**KNAUR
SCIENCE FICTION**

Herausgeber
Werner Fuchs

Die Traumkappe erzeugte ein brennendes Jucken rings um seinen Schädel, als das trübe Weiß des Tanks wieder sichtbar wurde. Wayne mußte den Drang unterdrücken, sie herunterzureißen. Statt dessen löste er sie vorsichtig von seinem Kopf und legte sie neben sich auf die Couch, während er sich seinen isometrischen Übungen unterzog. *Manchmal frage ich mich, wie ich dieses Ding überhaupt ertragen kann,* dachte er, obwohl er wußte, daß ein Leben ohne sie unvorstellbar war ...

Wayne Corrigan und Janet Meyers sind professionelle Träumer, die Tausenden von angeschlossenen Konsumenten durch Geisteskraft sensationelle Unterhaltung bieten. Aber so ausgetüftelt und abgesichert die Träume auch sind, eines Tages kommt es zur Katastrophe. Vince Rondel, dem ungekrönten König unter den Meisterträumern, geraten die Visionen außer Kontrolle – und ein absoluter Horrortrip beginnt ...

Stephen Goldin, Jahrgang 1947, ist ein erfolgreicher amerikanischer SF-Autor der jüngeren Garde. Bekannt wurde er vor allem durch eine Reihe von Romanen, die er nach Vorlagen von Space-Opera-Altmeister E. E. »Doc« Smith schrieb, etwa die Serie um die Familie d'Alembert. Wichtiger aber sind seine eigenständigen Werke (»Scavenger-Jagd«, »Anschlag auf die Götter«), in denen sich Goldin wie im vorliegenden Roman als Autor spannender Unterhaltungs-SF erweist, der die Probleme der modernen Gesellschaft nicht ausklammert. Von Stephen Goldin sind für diese Reihe weitere Titel in Vorbereitung.

Deutsche Erstausgabe
© Droemersche Verlagsanstalt Th. Knaur Nachf. München 1984
Titel der Originalausgabe »And Not Make Dreams Your Master«
Copyright © 1981 by Stephen Goldin
Aus dem Amerikanischen von Thomas Ziegler
Umschlagillustration Peter Goodfellow
Satz C. H. Becksche Buchdruckerei, Nördlingen
Druck und Bindung Clausen & Bosse, Leck
Printed in Germany · 1 · 10 · 784
ISBN 3-426-05780-8

1. Auflage

Stephen Goldin

Sklaven der Träume

Science-Fiction-Roman

Deutsche Erstausgabe

Dieses Buch ist explizit (so wie alle meine Bücher es zumindest implizit sind) Robert A. Heinlein gewidmet, der für uns alle die Träume träumte ...
... und Virginia Heinlein, die ihm geholfen hat, der zu werden, der er ist.

1

Der Korridor erstreckte sich in die Unendlichkeit. Die hellen Fluoreszenzröhren an der Decke beleuchteten die glatten weißen Wände und den Boden. Ein Mann und eine Frau rannten durch den leeren Gang. Ihre Schuhe hätten auf dem blitzenden Linoleum klappern müssen, aber in dem unheimlichen Tunnel war alles still – nur die schmucklosen Wände huschten vorbei. Die Zeit war gegen sie, die Zeit war der Feind. Wenn sie ihr Ziel nicht bald erreichten, würden die Terroristen mit ihrer selbstgefertigten Atombombe Los Angeles zerstören. Aber der Korridor erstreckte sich weiter und weiter, und der Mann und die Frau rannten und rannten, ohne anzuhalten, um Luft zu holen, ohne stehenzubleiben, um zu rasten. Sie sahen sich niemals an, und ihre Füße glitten lautlos über den glatten Boden. Sie rannten.
Der Korridor endete übergangslos. Als sie um die Ecke bogen, tauchte ein Mann mit einem Gewehr in den Händen auf. Er war ganz in Schwarz gekleidet, und an seiner linken Schulter war das Abzeichen der Terroristen in Form einer roten Kobra aufgenäht. Langsam hob er sein Gewehr, gespenstisch langsam, und legte auf das näher kommende Paar an.
Der rennende Mann beschleunigte seine Schritte, um dieser Bedrohung zu begegnen, und ließ seine weibliche Gefährtin hinter sich. In diesem Moment ... veränderte sich der Wächter. Seine Umrisse flimmerten und verschwammen. Er teilte sich in zwei Ausgaben desselben Wächters. Siamesische Zwillinge, die drohend identische Gewehre in den Händen hielten. Er/Sie verperrte/n den Weg, verwehrte/n den Zutritt.
Der rennende Mann kam mit unfaßbarer Plötzlichkeit zum Halt, bereit, den Kampf gegen den verdoppelten Gegner aufzunehmen, aber der Wächter schien mehr eine Gefahr für sich

als für andere darzustellen. Seine/Ihre Umrisse flimmerten weiter und irrten hin und her, versuchten buchstäblich, ihn/sie wieder zu vereinigen. Die Lampen wurden dunkler, und die Wände des Korridors verschwanden und tauchten wieder auf. Das zerbrechliche Gerüst der Realität stand am Rande des Zusammenbruchs.
Dann war plötzlich wieder alles in Ordnung. Die Wände stabilisierten sich, die Lampen wurden hell. Es gab nur noch den einen Wächter mit seinem Gewehr, entschlossen, diese beiden Eindringlinge abzuwehren – und ohne die leiseste Erinnerung an die nur Sekunden zurückliegende Spaltung seiner Persönlichkeit.
Der rennende Mann schlug mit der Faust nach dem Wächter, und sein Arm beschrieb eine träge Drehung in Richtung des Gesichts des Terroristen. Der Hieb traf voll, und der Aufprall war wie der Schlag auf ein Kissen. Das Gesicht des Wächters explodierte in einem Funkenregen, der wie Elfenstaub zu Boden rieselte. Sein kopfloser Körper sackte langsam zusammen, zerschmolz zu einer fleischfarbenen Pfütze und löste sich dann ganz auf.
Ein leises Klingeln ertönte, das nur der Mann und die Frau hören konnten. »Weiter«, sagte der Mann zu seiner Gefährtin. »Wir haben nicht mehr viel Zeit. Die Bombe wird in fünf Minuten hochgehen.«
Die Frau nickte stumm und bog in den Seitengang, aus dem der Wächter gekommen war. Sie rannte weiter, und der Mann folgte ihr, und in diesem Moment verschwand die Welt...

Wayne Corrigan lag in seinem matt beleuchteten Tank und atmete schwer vor Erschöpfung. Er befand sich in einem Zustand der Desorientierung, der ihn immer überfiel, wenn er vom Traum in die Wirklichkeit wechselte, dieser Moment, in dem er nicht wußte, was real und was erfunden war... Dann stabilisierte sich die Welt wieder, und er war »zu Hause«.
Komisch, daß ich diesen Ort als mein Zuhause betrachte, dachte er. *Ich bin hier nur jeden dritten Tag für ein paar*

Stunden und erfinde Geschichten. Und dennoch gab es Zeiten, in denen alles, was ihm wichtig und was für ihn Wirklichkeit war, sich in diesem kleinen Behälter konzentrierte, und die Außenwelt verblaßte zur Bedeutungslosigkeit.
Langsam öffnete er die Augen und sah hinauf zur mattweißen Decke. Seine Kopfhaut prickelte von zwei Dutzend feurigen Stichen, und das Gefühl erinnerte ihn daran, daß noch immer Arbeit vor ihm lag. Dies war nur eine Pause – die letzte Pause des heutigen Abends. Danach würde er bis zu seiner nächsten Vorstellung wieder Gefangener der Realität sein.
Rasch brachte Wayne die Routine hinter sich, die ihn nach jedem Übergang erwartete. Er krümmte Finger und Zehen und ließ das Gefühl der Wirklichkeit in sie zurückkehren. Als sie wieder zum Leben erwachten, sorgte er dafür, daß sich das Gefühl in seinem Körper ausbreitete, in die Muskeln seiner Arme und Beine strömte, seinen Rumpf erwärmte und schließlich seinen Kopf und seinen Hals erreichte. Dann die kurzen isometrischen Übungen, um seinen Körper zu informieren, daß er wieder die Kontrolle übernommen hatte, und um die Steifheit zu vertreiben, die ihm stets die Herrschaft streitig machte, während er sich im Traumland befand.
Wie jedes Mal war er erstaunt darüber, wie erschöpft sein Körper war, obwohl er doch in Wirklichkeit reglos und friedlich auf der Couch gelegen hatte. Aber er hatte die Untersuchungen studiert, die technischen Berichte gelesen. Im Traum sendete das Gehirn nach wie vor Befehle an die Muskeln, aber Hemmfaktoren hielten den Körper normalerweise davon ab, sie zu befolgen. Da er intensiver träumte als gewöhnliche Menschen, war es nur natürlich, daß sein Körper darunter litt.
Ernie White, der diensthabende Techniker des Abends, steckte seinen Kopf in den Tank. »Ist Dornröschen endlich wach?« fragte er.
Wayne lächelte, und die Anstrengung ließ ihn zusammenzucken; auch seine Gesichtsmuskulatur war steif. »Ich schätze, Sie meinen die junge Dame nebenan.«
»Wenn dem so ist, dann ist es unhöflich von Ihnen, dies zu

bemerken.« Whites Gesicht, das schwarz war wie eine Ebenholzmaske, verschwand aus dem Türrahmen.
Stöhnend setzte sich Wayne auf der Couch aufrecht hin. Sein Kopf stieß dabei fast gegen die Decke des Tanks – der natürlich nicht dafür konstruiert war, daß man in ihm saß oder stand. Unsicher nahm er seine Dornenkrone ab, die Traumkappe, legte sie neben sich auf die Couch und schob sich dann schwankend durch die Tür.
Das helle Licht in dem Zimmer brannte nach dem Halbdunkel des Tanks in seinen Augen. Wayne blinzelte die Tränen fort, während er aus seinem Kokon schlüpfte und nach links sah, wo White Janet Meyers aus ihrer eigenen Kammer half. Janet blinzelte in dem hellen Licht so wie Wayne, aber Wayne erholte sich als erster. Er nutzte den Moment ihrer Blindheit, um sie genau zu betrachten.
Von einem rein technischen Standpunkt aus gesehen war Janet Meyers keine klassische Schönheit. Sie war etwas zu groß, und ihr Knochenbau war ein wenig zu kräftig. Ihr Gesicht war rund, und auf ihren Wangen befanden sich eine Reihe kaum sichtbarer Sommersprossen. Ihr braunes Haar war trocken und nie richtig frisiert; stets gelang es einigen Strähnen, in ihre Stirn zu fallen. Sie war wohlproportioniert. Jeder Mann mit halbwegs normalem Geschmack würde ihr einen langen, lüsternen Blick zuwerfen, obwohl er sich wahrscheinlich nicht nach ihr umdrehen würde, wenn sie vorbeiging, um ihr einen zweiten Blick zu gönnen.
An ihr gab es nichts Besonderes, was man nicht auch an Hunderten anderer Frauen finden konnte. *Warum also benehme ich mich wie ein gottverdammter schüchterner Bengel, wenn ich in ihrer Nähe bin?* fragte sich Wayne grimmig.
Sie gewöhnte sich an das Licht und sah zu ihm hinüber. Wayne wandte rasch den Blick zu der Uhr über der Tür zum Technikraum und wurde dann wütend auf sich selbst, weil er sich schuldig fühlte, sie betrachtet zu haben. *Wie ein alberner Schuljunge*, sagte er sich. *Man sollte meinen, ich sei inzwischen erwachsen geworden.*
»Irgendwelche Probleme?« fragte White. »Ich glaube, ich ha-

be gesehen, daß die Anzeigen einen Moment lang ausgeschlagen haben.«
Das erinnerte Wayne an den schrecklichen Schlamassel mit dem Wächter im Korridor. »Nur ein wenig Ärger mit der Koordination einer Figur«, erklärte er. »Wir haben einen Charakter an verschiedenen Stellen plaziert, und er verschwamm und sprang kurz hin und her, bevor ich ihn schließlich unter Kontrolle brachte.«
»Es war mein Fehler«, gestand Janet. »Es war Ihre Figur, Sie mußten sie lenken – ich hätte Ihnen von dem Moment ihres Erscheinens an die Kontrolle überlassen müssen, aber ich habe nicht daran gedacht. Tut mir leid.«
»Es ist nicht Ihre Schuld«, beharrte Wayne und kam sich sehr beschützerhaft vor. »Die können keine Perfektion von uns erwarten, wenn sie unsere Drehbücher im letzten Moment umschreiben! Wir hatten kaum Zeit, sie durchzulesen, nicht viel Gelegenheit zur Probe . . .«
»Ich war nur etwas nervös, ein oder zwei Sekunden lang«, fügte Janet hinzu. »Wahrscheinlich hat es wie eine kleine komische Einlage ausgesehen, wenn es überhaupt jemand aus dem Publikum bemerkt hat. Das heißt, sofern es *überhaupt* Zuschauer gab.«
»Zweiundzwanzigtausend nach Auskunft des Computers«, erklärte White.
Wayne runzelte die Stirn. Mort Schulberg würde nicht zufrieden mit derart niedrigen Einschaltquoten sein – aber was das betraf, so war er selten mit irgend etwas zufrieden. »Und Janet hat erst vor zwei Tagen gearbeitet«, verteidigte er sie weiter. »Sie muß einfach erschöpft sein. Derartige Dinge können jedem passieren.«
»He, Sie brauchen sich nicht bei mir zu entschuldigen«, grinste der Techniker. »Vergessen Sie nicht, ich kümmere mich nur um die Kontrollen.«
»Wir haben noch zehn Minuten«, warf Janet mit einem Blick auf die Uhr ein. »Dieser Fehler ist Vergangenheit, aber wenn wir weitere vermeiden wollen, sollten wir uns um bessere Koordination bemühen.«

Mit Wayne begab sie sich in den Proberaum, wo eine rasch angefertigte Skizze der nächsten Einstellung für sie bereitlag. »Ein zwanzig Meter langer Korridor«, sagte sie fast mechanisch. »Hier, hier und hier sind Männer postiert. Ein Metallgitter wie das, mit denen des Nachts die Geschäfte zugesperrt werden, ist hier drüben und kann mit dem Knopf dort hochgefahren werden. Zwei Männer hinter dem Gitter. Glauben Sie, daß Sie allein die Bombe entschärfen können?«
Die Frage ließ Wayne plötzlich unsicher werden. Obwohl er in diesem Traumteam ein Neuling war, hatte er in anderen Gruppen bereits Erfahrungen gesammelt. Er versuchte, seine Gefühle hinter einigen scherzhaften Worten zu verstecken. »Mir bleibt nichts anderes übrig, oder? Jetzt ist es zu spät, das Drehbuch zu ändern. Im übrigen werden Sie mit all den Wächtern alle Hände voll zu tun haben.«
»Darauf will ich wetten. Ich werde Bill fragen, wie es kommt, daß jedes Mal mehr davon auftauchen. Er macht aus mir eine verdammte Amazone!«
»Wenn Sie ihn nett anlächeln, wird er Ihnen beim nächsten Mal eine Liebesgeschichte schreiben.«
»Gott, hoffentlich nicht!« Die Heftigkeit ihres Ausrufs überraschte Wayne. »Wenn es etwas gibt, das ich *nicht* mag, dann ist es dieses schmalzige Zeug für frustrierte Hausfrauen. Eher würde ich allein gegen die Mongolenhorden kämpfen.«
Sie blickte auf und bemerkte Waynes irritierten Gesichtsausdruck. »Was ist los mit Ihnen?« fragte sie.
Wayne wandte rasch den Blick ab. »Nichts«, sagte er. Ihre Reaktion machte ihm nur zu deutlich bewußt, was sie im Moment von Liebesbeziehungen hielt. »Wir sollten jetzt besser entscheiden, wer von uns welche Teile der Szene übernimmt, damit es kein weiteres Durcheinander gibt. Ich möchte nicht das Ende ruinieren.«
Sie verbrachten die nächsten Minuten damit, die Szene Schritt für Schritt durchzugehen und sich abzusprechen, wer von ihnen welche Teile und welche Charaktere visualisieren sollte. Schließlich erschien Ernie White und beendete die Diskussion, indem er ihnen mitteilte, daß sie nun ihre Tanks

aufsuchen mußten, wenn sie rechtzeitig beginnen wollten. Als sie wieder in ihre getrennten Kammern stiegen, warf Janet Wayne plötzlich ein Lächeln zu und machte kurz das V-Zeichen für Sieg. Es milderte irgendwie die Niedergeschlagenheit, die von ihm Besitz ergriffen hatte, und er entspannte sich.

Aufrecht auf der Couch sitzend, griff er nach der Traumkappe und hielt sie einen Moment lang in seinem Schoß, drehte sie und betrachtete sie von allen Seiten. Es gab nicht viel zu sehen – zwei über Kreuz verlaufende Plastikgurte, die mit einem Stirnreif verbunden waren und so eine Schädelkappe bildeten; Drähte führten vom Hinterkopf zum Boden. Die Quadranten der Kappe wurden von einem fast unsichtbaren Drahtnetz gefüllt, das an vierundzwanzig Knotenpunkten zusammenlief, die bestimmten Gehirnzentren entsprachen. Und dennoch hatte dieses simple Gerät ganz neue Industrien entstehen lassen und die Unterhaltungsmedien revolutioniert.

Schon vor Jahrzehnten hatte man mit der systematischen Erforschung der Gehirnfunktionen begonnen. Elektroenzephalogramme zeichneten die Gehirnwellen auf, so daß sie katalogisiert und identifiziert werden konnten. Die Forscher fanden heraus, daß verschiedene Gehirnregionen für verschiedene Körperfunktionen zuständig waren. Man entdeckte, daß Teile des Gehirns von außen stimuliert werden konnten, um das Verhalten zu verändern – das beste Beispiel war das klassische Experiment mit den Ratten, denen man Elektroden in das sogenannte Lustzentrum ihres Gehirns implantiert hatte. Diese Ratten waren bereit, eine Fläche zu überqueren, wo sie heftige Elektroschocks erhielten, nur um einen Hebel drücken zu können, durch den sich jenes Lustzentrum stimulieren ließ. Verhungernde Ratten würden nicht freiwillig diese Barriere überwinden, um an Futter zu gelangen, aber gesunde Ratten waren bereit, fast alles für eine Reizung des Lustzentrums zu riskieren.

Experimente, die der Katalogisierung des Gehirns dienten, wurden mit der Zeit immer ausgefeilter, bis die Psychologen und Neurologen schließlich mit absoluter Genauigkeit bestimmen konnten, wo die wichtigsten Gehirnfunktionen angesiedelt waren. Dies bedeutete an sich schon einen ungeheuren Fortschritt in der Medizin. Viele Krankheiten, die zur Lähmung führten, erwiesen sich als Folge von Fehlfunktionen innerhalb des zuständigen Gehirngewebes; in vielen Fällen konnte der Gesundheitszustand mit den Mitteln der Mikrochirurgie wiederhergestellt oder gebessert werden, konnten Millionen von Menschen von ihrer Lähmung geheilt werden.

Die Bereiche, für die sich die Psychologen am meisten interessierten, waren jene, die die höheren Gehirnfunktionen kontrollierten: Lernen, Speichern, Erinnern, Gedankenprozesse, Vorstellungskraft und so weiter. Viele Neurologen hatten bereits vermutet, daß einige Formen der Schizophrenie nicht durch emotionale Kindheitstraumata, sondern durch simple chemische Störungen im Gehirn verursacht wurden. Mit Hilfe der zunehmenden Kenntnis der Gehirnfunktionen bewiesen sie, daß diese Störungen tatsächlich die Patienten dazu brachten, die Welt anders als andere Menschen wahrzunehmen, was wiederum zu abweichendem Verhalten führte. Nebenbei entdeckten sie im Zuge dieser Forschungen, wie »normale« Menschen das Universum wahrnahmen.

Zur großen Überraschung vieler erwies sich dies als bemerkenswert einfach zu bestimmen. Bis auf jene Menschen mit physischen Störungen – die nun leicht zu identifizieren waren –, speicherte jeder die gleichen Bilder in den gleichen Regionen des Gehirns. Indem man bei zwei verschiedenen Menschen exakt die gleiche Stelle stimulierte, konnte man identische Bilder in ihrem Bewußtsein erzeugen. Zuerst konnte man diese Experimente nur mit der altmodischen Methode der chirurgischen Implantierung von Elektroden im Gehirn durchführen – aber kurz darauf wurde eine Methode entwickelt, diese Bereiche mit elektromagnetischen Wellen statt mit Elektroden zu reizen. Die neue Methode besaß mehrere offenkundige Vorteile: Sie konnte extern vorgenommen werden, ersparte also einen chirurgischen Eingriff, und sie konnte von einem Computer so gesteuert werden, daß sie sich punktgenau auf die gewünschte Stelle im Gehirn beschränkte und die umgebenden Gehirnbereiche unbehelligt ließ. Indem man die richtige Stelle im Gehirn des Betreffenden reizte, war es möglich, eine genau bestimmbare Folge von Bildern in seinem Bewußtsein zu erzeugen, die von außerhalb kontrolliert wurden.

Zunächst war das Wissen um die neuen Techniken auf die neurologischen Spezialisten beschränkt, und sie fanden hauptsächlich Anwendung auf dem Gebiet der Psychotherapie. Durch die Beobachtung des Bewußtseinsinhalts eines Patienten konnten die Analytiker visualisieren, was dieser Patient wirklich sah. Bei derartigen Patienten, die an Wahnideen und gestörter Wahrnehmung litten, ersetzten die Therapeuten die falschen Vorstellungen durch korrekte Bilder. Es war buchstäblich möglich, die Denkweise eines Menschen zu verändern, indem man die Art änderte, wie er die Realität wahrnahm.

Aber die Bedeutung dieser Entdeckung war zu groß, als daß man sie den Laboratorien überlassen konnte. In den totalitären Staaten der ganzen Welt wurde die Traumkappe rasch das wichtigste Instrument zur Gehirnwäsche und Gedankenkontrolle. Wenn ein Dissident nicht mit seiner Regierung zusammenarbeiten wollte, konnten ihn die Herrschenden in eine Nervenklinik einsperren – ein Vorgang, der bei den Russen schon seit Jahren üblich war – und seinem Bewußtsein ihre eigenen Vorstellungen aufzwingen. Falls sich das Bewußtsein des Dissidenten der neuen Wahrnehmungsart verweigerte, wirkten seine Peiniger weiter auf ihn ein und bombardierten sein Gehirn kontinuierlich mit neuen Bildern, bis sein Verstand nicht mehr unterscheiden konnte, was auf äußere Einflüsse zurückzuführen und was seine eigenen Gedanken waren. In diesem Fall wurde der Gefangene nachweislich verrückt, was seine weitere Inhaftierung rechtfertigte. In beiden Fällen war sein Wille, sich gegen die Regierung aufzulehnen, gebrochen.

Innerhalb der freien Welt galten derartige Techniken als abscheulicher Mißbrauch, obwohl es hartnäckige Gerüchte gab, daß der CIA und andere Geheimdienstorganisationen über eigene Gehirnwäsche-»Kliniken« verfügten. Aber das freie Unternehmertum wäre nicht das, was es war, wenn es ein solch potentiell gewinnbringendes Verfahren ungenützt ließe – nicht, wenn man damit Milliarden Dollar verdienen konnte.

Gelegentlich wurde darauf hingewiesen, daß ein erwachsener Mensch ungefähr ein Drittel seines Lebens schlafend verbrachte. Abgesehen von der Tatsache, daß der Schlaf dem Organismus gestattete, die während des Tages angesammelten Giftstoffe zu neutralisieren, und daß jeder normale Mensch ein bestimmtes Quantum an Träumen benötigte, sprach nur sehr wenig für den Schlaf. Er war eine ungeheure Zeitverschwendung. Die Schlafstunden der Menschen stellten ein riesiges ungenutztes Reservoir dar, das nur darauf wartete, erschlossen und ausgebeutet zu werden. Die Traumkappe war ein ideales Mittel dafür.

Eine Anwendungsmöglichkeit bot sich im Bildungssystem. Obwohl sich durch nichts die traditionelle Wissensvermittlung vom Lehrer auf die Schüler in der Schule ersetzen ließ, waren die Traumkappen ein Gottesgeschenk auf dem Gebiet der Erwachsenenbildung. Wer den ganzen Tag über schwer in seinem Beruf arbeitete, konnte dennoch Zeit finden, im Schlaf eine zweite Sprache zu lernen oder sich mit den neuesten Methoden des biodynamischen Gartenbaus vertraut zu machen. Schlaf-»Nachrichtenmagazine« konnten den Bürger über die Weltpolitik informieren. Dennoch war die weitaus populärste Anwendungsmöglichkeit die in der Unterhaltungsindustrie. Wer sich während des Tages mit weltlichen Problemen auseinandersetzen mußte, der war froh, derartige Sorgen zu vergessen und sich ins Reich der Phantasie zu flüchten. Die Traumprogramm-Industrie bot das ultimate Mittel zur Flucht aus dem Alltag an.

Bei allen bisherigen Unterhaltungsmedien stand das Medium zwischen dem Geschichtenerzähler und dem Publikum – bei den Büchern war es die bedruckte Seite, bei den Filmen und dem Fernsehen eine Leinwand oder ein Bildschirm. Das Publikum war auf die künstlichen Bilder angewiesen, die ihm der Geschichtenerzähler anbot, und mußte diese Bilder allein für sich in persönliche Symbole umwandeln. Die Träume hatten all das radikal geändert. Die Bilder wurden direkt in das Gehirn des Zuschauers übertragen, und der Zuschauer hatte das Gefühl, persönlich die Dinge zu erleben, die ihm vermittelt wurden. Er konnte die Nacht *tatsächlich* als Spion oder als Detektiv oder als größter Fechter im Frankreich des siebzehnten Jahrhunderts verbringen und dann am Morgen mit der vollständigen Erinnerung an das Geschehene erwachen. Er konnte nach draußen gehen und dem neuen Tag mit dem Gefühl entgegentreten, daß er größer gewesen war als in Wirklichkeit, daß er ein Abenteuer ohne das geringste persönliche Risiko erlebt hatte.

Wayne Corrigan war ein wichtiger Teil der neuen Unterhaltungsindustrie, einer der wenigen auserwählten Menschen, deren Phantasie lebhaft genug war, um sie als Träumer zu prädestinieren. Er, Janet Meyers und die anderen Träumer projizierten die Bilder, die die Schläfer zu Hause mit ihren Traumkappen empfingen. Er erschuf einen Traumcharakter, der von seiner Schädelkappe übertragen wurde. Seine Bilder wurden verstärkt und per Kabel in die angeschlossenen Haushalte in ganz Los Angeles gesendet, wo sie von den Traumkappen in das Bewußtsein der Zuschauer transmittiert wurden, die so das Abenteuer mit ihm erleben konnten. Im Gegenzug sendete jede angeschlossene Traumkappe ein Signal zurück in das Studio, wo die Einschaltzeit aufgezeichnet und die Gebühren entsprechend berechnet werden konnten.

Eines der frühesten Probleme, die auftauchten, war die Frage der Identifikation mit den Geschlechterrollen. Die meisten Männer wollten sich im Traum mit männlichen Charakteren indentifizieren, und die meisten Frauen verlangten nach weiblichen Charakteren. (Es gab eine anomale Minderheit, die es vorzuziehen schien, sich mit dem anderen Geschlecht zu identifizieren, aber die größten Traumgesellschaften ignorierten sie.) In einigen Fällen war es möglich, einen geschlechtslosen Protagonisten ein Abenteuer bestehen zu lassen, aber derartige Geschichten waren in ihren Möglichkeiten beschränkt und nicht im mindesten so populär wie jene mit voller Identifikationsmöglichkeit.

Eine Lösung des Problems stellte der »Meistertraum« dar. In diesem Fall erschuf der Träumer nicht eine, sondern verschiedene Rollen, mit denen sich die einzelnen Zuschauer je nach Geschmack identifizieren konnten. Der Meisterträumer ließ dann diese Charaktere in seiner Traumwelt agieren und so die von ihm erzählte Geschichte Gestalt annehmen. Da er simultan männliche und weibliche Rollen erschaffen konnte, war es jedem möglich, sich ohne Probleme in einen derartigen Traum einzuschalten.

Allerdings waren die Meisterträumer ein seltener Menschenschlag. Sie mußten in der Lage sein, eine ganze Welt zu visualisieren und gleichzeitig die einzelnen Charaktere in ihr agieren zu lassen, ohne daß es zu Überschneidungen kam. Es war eine schwer zu beherrschende Kunst, und das Team von Dramatische Träume verfügte nur über einen einzigen Meisterträumer – ein Genie namens Vince Rondel.

Die herkömmliche Lösung war es, separate Träume für Männer und Frauen anzubieten. Gewöhnlich waren derartige Träume völlig voneinander getrennt, obwohl im Notfall – wie er gelegentlich bei einer kleinen Gesellschaft wie Dramatische Träume mit einem winzigen Stab von Autoren und Künstlern auftrat – die beiden Charaktere in derselben Traumwelt zusammenwirken konnten. Genau das war in dieser Nacht geschehen: Wayne und Janet stellten ein Team von Regierungsagenten dar, die an demselben Fall arbeiteten. Die Männer unter den Zuschauern empfingen Waynes Impressionen, identifizierten sich mit ihm und sahen in Janet lediglich einen anderen wichtigen Charakter; bei den Frauen war es umgekehrt der Fall.

Für die meisten Träumer war ein derartiger Traum leichter zu kontrollieren als ein Meistertraum, da es eine direkte Beziehung zwischen dem Träumer und dem Zuschauer gab. Der Zuschauer sah nur das, was der Träumer sah, und der Träumer brauchte sich nicht damit abzugeben, Teile der Welt auf-

rechtzuerhalten, die in der jeweiligen Szene nicht auftauchten.
Der Nachteil war, daß es Pannen geben konnte, wenn zwei Träumer in demselben Traum agierten – wie die mit dem Wächter im Korridor. Wayne und Janet hatten ihn unterschiedlich visualisiert, und als Folge davon war das Bild unscharf geworden und herumgehüpft, bis Janet die Kontrolle über ihn vollständig an Wayne abgetreten hatte. Da beide Träumer über die gleiche Fähigkeit verfügten, die Handlung eines Traums zu bestimmen, war die Koordination zwischen ihnen unverzichtbar.
Wayne war froh, daß die Träume nicht ohne Unterbrechung abliefen. Die Erfahrung hatte gelehrt, daß die Träume am überzeugendsten waren, wenn man sie in Folgen von fünfzehn Minuten Dauer unterteilte und zwischen ihnen viertelstündige Pausen legte. Das Träumen war ein derart intensives Erlebnis, daß sich der Körper nach einer Sitzung erholen mußte, bevor man sich in die nächste Traumphase einschalten konnte. Die Drehbuchautoren hatten gelernt, die Länge ihrer Szenen entsprechend zu begrenzen, und jeder Träumer betrachtete die Pausen als Segen. Sie gaben ihm Zeit, sich von der vorangegangenen Szene zu erholen, die Muskeln zu lockern, sich über die weitere Entwicklung abzusprechen, technische Probleme mit dem diensthabenden Techniker zu besprechen, und – wenn zwei oder mehr Träumer in einem Notfall zusammenarbeiteten – sie boten ihnen die Chance, ihre Fehler durchzugehen und ihre Koordination zu verbessern.
Wayne holte tief Luft und stieß sie langsam wieder aus, während er sich die Traumkappe auf den Kopf setzte. Zweiundzwanzigtausend Menschen hatten sich in diesen Traum eingeschaltet, wenn man Ernie White glauben durfte. Das waren nicht sehr viele, nicht in einer Stadt von der Größe von Los Angeles. Zugegeben, er war ein neues Talent in einer kleinen Lokalstation, und es kostete Zeit, sich eine treue Anhängerschaft aufzubauen. Aber er wußte, daß Janet ein besserer Träumer war als er: Sie gehörte zu den etablierten Künstlern von Dramatische Träume und verfügte bereits über eine Fan-

gemeinde. Ihre Teilnahme an diesem Traum hätte eine Menge Frauen zum Einschalten bewegen und so seine Quote erhöhen und vielleicht sogar eine Reihe von Leuten an seinen Stil heranführen sollen. Statt dessen schien er sie auf sein niedrigeres Niveau herunterzuziehen.
Verdammt, ich weiß, daß ich gut bin! dachte er ärgerlich. *Ich bin vielleicht kein zweiter Vince Rondel, aber ich weiß, daß ich Besseres leisten kann als das hier. Wie, zum Teufel, komme ich nur aus dieser Talsohle heraus?*
Eine blaue Lampe blitzte an der Decke auf – das Signal dafür, daß ihm noch dreißig Sekunden blieben. Wayne legte sich auf die Couch, nahm eine bequeme Stellung ein und begann routinemäßig mit der Selbsthypnose, die alle Träumer erlernten, um sich in einen Trancezustand zu versetzen, der die Übertragung verbesserte. Er zwang sich dazu, alle unwesentlichen Gedanken zu verdrängen. In erster Linie war er ein Profi. Er mußte eine Geschichte erzählen. Er nahm nicht seine eigenen Probleme und Vorurteile mit in seine Träume – dies war, wie er wußte, der sicherste Weg, um gefeuert zu werden. Solange er träumte, spielte es für ihn keine Rolle, ob sich am anderen Ende der Leitung ein Mensch oder eine Million Menschen befanden. Einschaltquoten waren nur im wirklichen Leben ein Problem. Für jeden Träumer, der mit Leib und Seele bei der Sache war, zählten nur die Träume selbst.

2

Der Tank verblaßte in seinem Bewußtsein und wurde ersetzt durch den Korridor, den er am Ende der letzten Szene verlassen hatte. Janet war wieder an seiner Seite, und beide lieferten sich ein verzweifeltes Rennen mit der Zeit. Er erinnerte sich – und die Zuschauer – daran, daß er und Janet ein Team fähiger Regierungsagenten waren, die die Spur von Stadtguerilleros aufgenommen hatten. Die Ideologie der Terroristen war bewußt vage gehalten – Dramatische Träume wollte sich nicht dem Vorwurf aussetzen, Propaganda gegen irgend jemandes

Überzeugungen zu treiben –, aber hauptsächlich beschäftigten sie sich damit, unschuldige Menschen zu töten und all jene grundlegenden Werte zu zerstören, die jedem lieb und teuer waren.

Wayne und Janet hatten von einem Terroristen, den sie gefangen und verhört hatten, erfahren, daß die Bande über eine selbstgefertigte Atombombe verfügte und sie in Los Angeles explodieren lassen wollte, wenn ihre unmöglichen Forderungen nicht erfüllt wurden. Es blieb keine Zeit, die Polizei oder das Bombenräumkommando zu informieren: Die Angelegenheit mußte *jetzt* erledigt werden, und Wayne und Janet waren die einzigen Menschen, die in der Lage waren, Millionen Leben zu retten.

Aber die Terroristen waren nicht bereit, kampflos aufzugeben. Sie hatten aus ihren Reihen ein Selbstmordkommando gebildet und hier im Korridor postiert, um ihre Vernichtungsmaschine zu bewachen. Diese Männer wußten, daß sie sterben würden, wenn die Bombe in die Luft ging, und sie waren bereit, ihr Leben für diesen Zweck zu opfern. Sie würden wie die Teufel ihre Bombe verteidigen. Es gab nichts, wofür sie noch zu leben hatten, und nichts würde sie hemmen.

Als Wayne und Janet in den Seitengang stürmten, in dem die Bombe plaziert war, überblickten sie rasch die Situation. Zwanzig Meter Gefahr trennten sie von ihrem Ziel am anderen Ende des Korridors. In dem Moment, in dem sie sichtbar wurden, reagierten auch schon die drei Männer, die den Gang bewachten. Sie hatten die Waffen bereits gezogen und für einen derartigen Zwischenfall entsichert. Reflexartig eröffneten sie sofort das Feuer auf die Regierungsagenten.

Wayne fühlte die Hitze der Luft, als der Laserstrahl aus der Waffe eines Wächters nur Millimeter an seiner Wange vorbeizischte und ein kleines Loch in den Wandverputz brannte. Er nutzte den Schwung seines Laufes, stieß sich ab und warf sich auf den Bauch. Seine eigene Waffe war in seinen Händen, und als er nach seiner Rutschpartie über den glatten Boden zum Halt kam, stützte er sich auf die Ellbogen, zielte schnell,

aber sorgfältig und schoß. Der Wächter, der auf ihn gefeuert hatte, schrie vor Schmerzen auf, als die sengende Glut aus Waynes Pistole das Gewebe seiner rechten Schulter verdampfen ließ.
In Waynes Rücken ging nun auch Janet zum Angriff über. Sie war einen Schritt hinter ihm gewesen, als sie den Korridor betreten hatten – der auf ihn abgegebene Schuß hatte sie gewarnt. Sie rollte zur Seite und kniete dann, die linke Seite fest gegen die Wand gepreßt. Auch sie hatte ihre Waffe in der Hand und brannte den Feind nieder. Natürlich war auch Janet eine voll ausgebildete Agentin und im Umgang mit jeder Art Feuerwaffe geübt.
Wayne nutzte ihr Deckungsfeuer und glitt schlangengleich auf dem Bauch zwölf Meter durch den Korridor zu dem Knopf, mit dem sich das Metallgitter steuern ließ, das ihm den Weg bis zum Ende des Gangs versperrte. Um ihn herum schlugen Laserblitze ein, aber er kümmerte sich nicht um sie. Seine ganze Aufmerksamkeit galt diesem Knopf.
Um des dramatischen Effekts willen verlangsamte Wayne sein Zeitempfinden ein wenig. Wie alles andere in diesem Traum wurde auch der Zeitfluß von den Träumern kontrolliert. Wayne konnte einen Moment zu einer Ewigkeit dehnen, so daß sich alles in Zeitlupe abzuspielen schien, oder er konnte eine beliebige Anzahl von Ereignissen in einen einzigen Augenblick zusammenfassen. Die Veränderung des Zeitablaufs war ein künstlerischer Effekt, um die Spannung im Publikum durch eine Verlangsamung seiner Bewegungen und durch die wachsende Gefahr von den Lasern der Wächter zu steigern. Jeder Mann dort draußen, der sich in diesem Traum mit ihm identifizierte, würde sein Letztes geben, um den schicksalhaften Knopf zu erreichen und sich dabei durch die Melasse vorzukämpfen, die Wayne erzeugt hatte. Natürlich hatte er den Zeitlupeneffekt mit Janet abgesprochen, und sie verlangsamte ebenfalls ihr Zeitempfinden – andernfalls wäre sie für Waynes Augen und die der Männer, die durch seine Augen sahen, nur ein sich rasch bewegender, verschwommener Schatten gewesen.

Endlich erreichte Wayne den Knopf. Er drückte ihn, und gehorsam schob sich das Metallgitter langsam in die Decke zurück. Währenddessen normalisierte Wayne den Zeitablauf wieder. Der Weg zur Bombe schien jetzt für ihn frei zu sein. Aber kaum stieg das Triumphgefühl in ihm hoch, traf ihn ein Laserstrahl aus der Pistole eines Wächters in die rechte Wade.

Das war ein sehr riskanter Effekt, und Wayne war geschmeichelt gewesen, als ihm das Management des Senders die Erlaubnis dafür gegeben hatte. In der Branche gab es strikte Vorschriften gegen die Erzeugung von Schmerz während eines Traumes. Eine derartige Empfindung konnte traumatische Auswirkungen auf jene haben, die friedlich zu Hause im Bett lagen. Es hatte in der Frühzeit der Branche mehrere erfolgreiche Prozesse gegen Träumer gegeben, bei denen die Kläger seelische und körperliche Schädigungen infolge derartiger Traumata geltend gemacht hatten. Das Ergebnis war, daß sich die Träumer wie auf Eierschalen bewegten und sich während der Träume des Mittels des Stresses nur mit äußerster Vorsicht bedienten.

Wenn Wayne im Traum rannte, dann schwankte er nie nach einer besonders anstrengenden Leistung, und niemals wurde er müde, niemals tat ihm ein Muskel weh – und nun, wo das Drehbuch verlangte, daß er verwundet wurde, durfte er keinen richtigen Schmerz empfinden. Man würde ihn fristlos entlassen, wenn er etwas in dieser Art über den Sender gehen ließ.

Statt dessen mußte er die Wunde auf intellektueller Ebene behandeln. Statt den brennenden Schmerz zu übertragen, den ein echter Laserstrahl erzeugt hätte, mußte er den kühlen, rationalen Gedanken transmittieren, daß sein Bein von einem Schuß des Gegners getroffen worden war und daß er Schmerz empfand. Sein Bein würde sein volles Gewicht nicht mehr tragen können, und er würde alle weiteren Folgeerscheinungen einer derartigen Wunde vortäuschen müssen. Die einzige fehlende Zutat war der Schmerz selbst. Den Vorgang überzeugend darzustellen war eines der Dinge, die einen Experten

auszeichneten, und Wayne war froh, eine Gelegenheit zu haben, sein Können unter Beweis zu stellen.
Er schrie vor »Schmerz« auf, als Janets Laser den verbliebenen Wächter ausschaltete. Aber Wayne durfte in seinen Bemühungen nicht nachlassen. Ihm blieben nur noch Minuten, bis die Bombe explodierte – und er und nicht Janet war der Sprengstoffexperte. Jetzt, wo das Tor offen war, schien ihn nichts mehr davon abhalten zu können, sein Ziel zu erreichen. Er konnte mit seinem verletzten Bein nicht aufstehen, aber mit der Kraft der Verzweiflung rutschte er auf den Ellbogen über den Boden in Richtung Gangende.
Zwei weitere Wächter schienen auf der anderen Seite des Gitters aus dem Nichts zu wachsen. Sie hatten sich bis jetzt versteckt gehalten und gehofft, daß ihre Kameraden mit der Gefahr fertig werden würden, ohne daß sie selbst ihre Plätze verlassen mußten. Sie waren die letzte Verteidigungslinie, und sie waren zweifellos die tüchtigsten Männer, über die die Terroristen verfügten.
Wayne hörte, wie Janet hinter ihm gepreßt vor sich hin fluchte, als die Ladung ihres Lasers zur Neige ging. Mit einer Teffsicherheit, die einen Schützenkönig vor Neid hätte erblassen lassen, warf sie ihre Pistole nach der Waffenhand des einen der letzten beiden Terroristen. Jetzt war sie an der Reihe, ihr Zeitempfinden zu verlangsamen: Die Pistole glitt in Zeitlupe durch die Luft auf ihr Ziel zu. Würde der Wächter Gelegenheit haben, einen Schuß abzugeben, bevor sie ihn traf? Nein – denn im letztmöglichen Moment beschleunigte Janet die Zeit wieder. Ihre Pistole traf die Waffe des Wächters mit genügender Wucht, um sie ihm aus der Hand und zurück in den Raum zu schleudern.
Der andere Wächter hatte seine Waffe ebenfalls gezogen, doch Wayne stand ihm in nichts nach. Janets Ablenkungsmanöver hatte ihm genug Zeit verschafft, auf den zweiten Wächter anzulegen. Er schoß, aber im selben Augenblick bewegte sich der Wächter leicht, so daß Waynes Laserstrahl lediglich die Hand des Mannes versengte. Obwohl der Wächter nicht kampfunfähig war, war der Schmerz stark genug, daß er seine

Waffe fallen ließ und seine Hand schüttelte, um das brennede Gefühl zu vertreiben. Es war kein Problem, den Wächter in diesem Traum Schmerz empfinden zu lassen – er war lediglich eine von Wayne und Janet erschaffene Schattengestalt, und keiner von den Zuschauern zu Hause würde sich mit seinen Gefühlen identifizieren.

Wayne lud seine Pistole für den nächsten Schuß durch, nur um zu entdecken, daß ihre Ladung ebenfalls leer war. Enttäuscht warf er sie fort und kroch weiter durch den Korridor. Acht Meter und zwei selbstmörderische Wächter befanden sich zwischen ihm und der Bombe. Ihm blieb nichts anderes übrig, als weiterzukriechen und zu hoffen, daß Janet seine Gegner ausschalten würde.

Der Wächter, der seine Waffe durch Janets zielsicheren Wurf verloren hatte, sah sich jetzt nach seiner Pistole um, aber bei seinem ersten hastigen Blick durch den Korridor entdeckte er sie nicht. Als ihm klar wurde, daß es wichtiger war, Wayne von seinem Vorhaben abzuhalten, gab der Terrorist seine Suche auf und näherte sich dem kriechenden Agenten. In diesem Moment kam ihm Janet erneut zu Hilfe. Ihr wohlgeformter Körper – der in diesem Traum verändert worden war, um ihn sinnlicher als in Wirklichkeit erscheinen zu lassen, und der von Beinen getragen wurde, die weitaus kräftiger waren, als man bei einem echten Menschen erwarten konnte – wirbelte durch die Luft, prallte mit dem stämmigen Wächter zusammen und warf ihn zu Boden. Noch im Aufprall schwang sie ihre Beine herum und brachte den zweiten Wächter zu Fall, der ebenfalls auf Wayne zustürmte.

Wayne hatte keine Gelegenheit, den Kampf zu verfolgen, der rechts von ihm tobte – er war zu sehr damit beschäftigt, sich darauf zu konzentrieren, die Bombe zu erreichen, bevor sie explodieren konnte. Anhand des Drehbuchs konnte er sich genau vorstellen, was sich abspielte: Janet kämpfte allein auf sich gestellt, aber das Ende stand bereits fest. Die Frauen, die sich mit ihr identifizierten, würden eine aufregende Zeit haben, bevor sie zum Schluß ihre beiden Gegner besiegte. In der Zwischenzeit mußte er eine Atombombe entschärfen.

Er achtete sorgfältig auf sein Zeitempfinden – es bestand kein Grund, die Sache zu beschleunigen, und ein wenig zusätzliche Spannung dürfte niemandem schaden. Aus den Augenwinkeln verfolgte er den Verlauf von Janets Kampf. Dies war ihr großer Auftritt, und er hatte kein Recht, ihn zu ruinieren, indem er die Bombe zu früh erreichte, bevor sie ihre Terroristen zusammengeschlagen hatte.
Er paßte genau den richtigen Zeitpunkt ab und erreichte sein Ziel, als der letzte Wächter bewußtlos zu Boden sackte. Janet atmete nicht einmal schneller. Sie sah zu ihm hinüber und fragte: »Wieviel Zeit bleibt noch?«
Wayne warf einen Blick auf die Zeituhr an der Seite des Bombengehäuses. »Drei Minuten«, antwortete er. Mit größtmöglicher Vorsicht lehnte er sich an die Wand, zog sein miniaturisiertes Werkzeugtui aus der Tasche und machte sich an die Arbeit.
Bedächtig, gegen den Drang zur Eile ankämpfend, drehte er die vier Schrauben ab, die die Zeituhr an ihrem Platz hielten. Dann, langsam, so langsam wie möglich, zog er den Zeitzündermechanismus aus dem eigentlichen Bombengehäuse und legte ihn sanft neben sich auf den Boden. Er ließ als künstlerische Einlage einige Schweißtropfen auf seiner Stirn entstehen und wischte die schweißfeuchten Hände an der Hose ab. Der Zeitzünder stand auf zwei Minuten.
Ein buntes Gewirr von Drähten verband den Zeitzünder mit der Bombe – jeder Laie hätte davor kapituliert, aber Wayne erzeugte in seinen Zuschauern die Überzeugung, daß er wußte, was er tat. »Ich muß sie in einer bestimmten Reihenfolge entfernen«, informierte er Janet – und damit auch das Publikum. »Wenn ich einen Fehler mache, wird die Bombe sofort hochgehen.« Um die Spannung zu steigern, studierte er lange Sekunden die Anordnung der Drähte. »Wird schon klappen«, murmelte er schließlich.
Er zog einen elektrischen Schraubenzieher aus seiner kleinen Werkzeugtasche und begann nacheinander einige bestimmte Drähte von ihren Anschlüssen am Zeitzünder zu lösen. Während er auf seine Hände sah, wurden seine Finger länger und

gelenkiger – ein weiterer künstlerischer Effekt, der die Hände geschickter erscheinen ließ. Eine Minute vor der Explosion war der letzte Draht gekappt, aber die Bombe war noch immer scharf. Ungläubig starrte er sie einen Moment lang an, dann stieß er hervor: »Sie müssen einen zusätzlichen Zünder daran angeschlossen haben.«

Zeit war jetzt kostbar. Er ließ die tickenden Geräusche der Bombe lauter werden, so laut, daß sie fast in dem schmalen Korridor widerhallten. Hastig musterte er die Wandung der Bombe und hielt nach dem zweiten Zündmechanismus Ausschau. »Sie müssen ihn irgendwo in Reichweite angebracht haben«, wandte er sich an seine Partnerin. »Sie waren darauf vorbereitet, sie zu entschärfen, wären wir auf ihre Forderungen eingegangen. Es ist nur eine Frage von ... ah, da ist es.« Er deutete auf eine kleine Erhebung an einer Seite der Bombe.

Vierzig Sekunden. Der Zeitzünder war nur mit einer einzigen Schraube befestigt. Erneut griff er nach seinem elektrischen Schraubenzieher und löste die Schraube. Zwanzig Sekunden. Vorsichtig zog er dann mit seinen langen, schmalen Fingern den Zünder aus seiner Höhlung und untersuchte ihn. Es gab nur zwei Drähte.

Zehn Sekunden. Jetzt war keine Zeit mehr, behutsam vorzugehen. Wayne legte den elektrischen Schraubenzieher zur Seite und griff nach der Kneifzange. Mit zwei kräftigen Schnitten waren die beiden Drähte abgeknipst. Fünf Sekunden vor der Explosion brach das laute Ticken übergangslos ab.

Er sank gegen die Wand und stieß eine tiefen erleichterten Seufzer aus. Janet ließ sich neben ihm nieder, und auch ihr stand die Erleichterung im Gesicht geschrieben. Sie umarmte ihn und küßte ihn sacht auf die Lippen, der Ausdruck ihrer Augen versprach reichere Belohnung in der Zukunft.

Dann erhob sie sich und half ihm auf die Beine. Er legte einen Arm um ihre Schultern und stützte sich auf sie, um sein »verletztes« Bein zu entlasten. Diese Haltung verlangte engen Körperkontakt mit ihr und gestattete seinen Zuschauern – und auch ihm selbst –, dieses Gefühl zu genießen.

»Wollen wir doch mal sehen, was der Chef *jetzt* zu unserem

Geschick sagt, mit explosiven Situationen umzugehen«, meinte Janet lächelnd und bezog sich damit auf einen Ausspruch am Beginn des Traumes. Wayne erwiderte ihr Lächeln, während sie zusammen durch den Korridor humpelten.
Um sie herum verblaßten die Wände und machten Schwärze Platz. Der Traum war zu Ende. Es war Zeit, ins wirkliche Leben zurückzukehren.

3

Die Traumkappe erzeugte ein brennendes Jucken rings um seinen Schädel, als das trübe Weiß des Tanks wieder sichtbar wurde. Wayne mußte den Drang unterdrücken, sie herunterzureißen. Statt dessen löste er sie vorsichtig von seinem Kopf und legte sie neben sich auf die Couch, während er sich seinen isometrischen Übungen unterzog. *Manchmal frage ich mich, wie ich dieses Ding überhaupt ertragen kann*, dachte er, obwohl er wußte, daß ein Leben ohne sie unvorstellbar war. Als Träumer war er nach dieser Traumkappe süchtig – gefühlsmäßig, wenn nicht sogar körperlich –, wie ein Junkie nach Heroin süchtig war. Es gab ein bestimmtes Gefühl, das alle Träumer kannten. Das Träumen war ein Teil von ihnen, deshalb wurden sie überhaupt Träumer.
Sein Magen knurrte ebenfalls und verriet ihm, wie hungrig er war. Er hatte vor dem Beginn des Traums gegessen, aber nicht viel. Es lenkte ihn zu sehr ab, wenn sein Bauch zu voll war. Und das Träumen selbst kostete ihn eine Menge Kraft: Obwohl die Station seine Impulse verstärkte, damit sie die Tausende von Zuschauern, die sich eingeschaltet hatten, erreichen konnten, mußte er dennoch einen Großteil seiner selbst in seine Rolle hineinprojizieren. Und jeder gute Schauspieler kannte das Gefühl, sich so sehr in seine Arbeit zu versenken, daß er danach so erschöpft war, als hätte er einen ganzen Tag lang schwere körperliche Tätigkeiten ausgeübt. Wayne war gewöhnlich am Verhungern, wenn er einen Traum beendete,

und jedesmal aufs neue fragte er sich, wie es einem Mann wie Vince Rondel gelang, anschließend so erholt zu wirken.
Ernie White klopfte an den Türrahmen des Tanks und rief: »Alles in Ordnung, Wayne.« Der Traum war offiziell vorbei, ohne daß es technische Probleme gegeben hatte. Wäre dies eine der großen Gesellschaften gewesen, dann wären jetzt die Vorbereitungen getroffen worden, nach der erforderlichen fünfzehnminütigen Pause mit der Übertragung des nächsten Traums zu beginnen, indem sich ein ausgeruhter Träumer in den Tank legte und eine neue Geschichte erzählte. Aber Dramatische Träume war nur eine kleine Lokalstation, sie verfügte nicht über genügend Personal, um die ganze Nacht über zu senden. Manchmal war sie froh, wenn sie ihre Mitarbeiter so einteilen konnte, um jede Nacht ein Programm anzubieten. Man hätte Wayne und Janet abwechselnd einsetzen können, statt sie zusammen träumen zu lassen, aber das hätte die Zuschauerzahlen in jedem Fall wegen des fehlenden Geschlechtsidentifizierungsfaktors verringert. Bill DeLong, der Programmkoordinator, hatte hoch gepokert, als er die beiden Träumer zusammen eingesetzt hatte, um die Einschaltquoten in die Höhe zu treiben. Offenkundig hatte er das Spiel verloren.
Die Zuschauer zu Hause mußten nicht aufwachen und die Einstellungen ihrer Traumkappen verändern, um während der Nacht die Station zu wechseln. Jede Sendeanstalt veröffentlichte Vorschauen und Sendezeiten ihrer Träume in den Tageszeitungen und im Fernsehen – der Zuschauer konnte vorher auswählen und das gewünschte Programm an seiner Kappe zusammenstellen, die dann automatisch die Stationen wechseln würde, ohne den Zuschauer zu wecken. In diesem Moment geschah genau das bei zweiundzwanzigtausend Traumkappen in Los Angeles. Einige würden sich ganz abschalten, aber die meisten würden wahrscheinlich auf einen anderen Sender umblenden.
Als Wayne aus seinem Tank kletterte, sah er vor sich einen kleinen kahlköpfigen Mann, in dessen hohe Stirn sich Sorgenfalten eingegraben hatten, die nie verschwanden. »Hat alles

geklappt?« fragte Mort Schulberg, der Stationsmanager. »Ernie sagte, es hätte in der vorletzten Szene einen kleinen Patzer gegeben.«
»Klein ist das richtige Wort«, brummte Wayne gereizt. Er sah zu White hinüber, aber der Techniker tat so, als sei er mit seinem Kontrollpult beschäftigt und würde es nicht bemerken. »Es besteht kein Grund zur Aufregung.«
»Sicher, sicher, Sie haben leicht reden.« Schulberg ging in dem Büro wie eine Aufziehpuppe auf und ab. »Für Sie ist das nur ein Job. Ihnen sitzt die BKK nicht im Nacken. Einer von diesen Burschen, Forsch, wird übermorgen hier aufkreuzen, um die Spiegelman-Sache zu untersuchen. Wann werden Sie anfangen, sich Sorgen zu machen? *Nachdem* man uns unsere Lizenz entzogen hat?«
»Es hat nur diesen einen winzigen Fehler gegeben«, verteidigte sich Wayne. Offenbar wurde er erneut, wenn auch indirekt, mit der Perfektion eines Vince Rondel verglichen. Rondel war ein Meisterträumer. Rondels Koordination war perfekt. Rondel machte niemals einen Fehler. Sicher – Rondel war gut, und Wayne war lediglich ein Neuling an der Station und obendrein noch mit einem schlechten Ruf belastet. Aber das gab ihnen nicht das Recht, jeden lächerlichen Schnitzer zu kritisieren, den er machte.
»Ich weiß, daß ich nicht Vince Rondel bin, aber ich bin trotzdem ein verdammt guter Träumer«, fuhr er fort, und mit jedem Wort wurde seine Stimme lauter. »Janet und ich bekommen unsere Koordination schon in den Griff – und es wäre alles wesentlich leichter, wenn wir unsere Drehbücher ein oder zwei Tage vor der Sendung bekommen würden, um uns rechtzeitig damit vertraut zu machen.«
»Wir arbeiten *gut* zusammen, Mort«, warf Janet ein, als sie ihren Tank verließ. Sie hatte das Gespräch mitgehört, und ihr kühler Tonfall unterbrach Wayne mitten in seinem Zornesausbruch. Er begriff, daß sie versuchte, die Auseinandersetzung zu schlichten, und er war ihr dankbar dafür. »Die letzte Szene lief wie ein Uhrwerk ab.«
Schulberg hatte auf Waynes Worte ebenfalls mit Gebrüll rea-

gieren wollen, aber er zwang sich zur Ruhe, als er sich zu ihr umdrehte. Janet wußte, wie man sich weiblich und verletzlich gab, und sie konnte Schulbergs väterliche Instinkte wecken.
»Sind Sie sicher?«
»Wäre es Ihnen vielleicht lieber gewesen, ich hätte alles unterbrochen und das Publikum befragt?« entgegnete Janet und äffte Schulbergs Akzent nach.
Wayne konnte sehen, wie Ernie White in seinem technischen Studio lachte, obwohl er ihnen den Rücken zugedreht hatte und diese Unterhaltung eigentlich gar nicht verstehen konnte. Mit rotem Gesicht, aber ohne Bitterkeit sagte Schulberg: »Sicher, machen Sie nur so weiter, lachen Sie mich aus, lacht mich alle aus. Wer bin ich denn schon, nur der komische kleine Mann, der Ihre Gehaltsschecks unterschreibt. Ich möchte zu gern sehen, wie laut ihr lacht, wenn die BKK unseren Laden dichtmacht und ihr keine Gehaltsschecks mehr bekommt. Dann werdet ihr begreifen, wie wahnsinnig komisch es ist, arbeitslos zu sein.«
Kopfschüttelnd verließ er den Raum und ging durch den Korridor zurück in sein Büro, während er, laut genug, daß sie es verstehen konnten, vor sich hin brummte: »Wenn ich nicht hier wäre, dann würden die sich doch glatt aus ihren Stellungen lachen...«
Wayne schenkte Janet ein mattes Lächeln. »Danke, daß Sie mich zurückgehalten haben. Ich war gerade dabei, die Nerven zu verlieren.«
»Das passiert jedem von uns.« Janet zuckte die Schultern. »Vor allem kurz nach einem Traum – wir sind dann alle ein wenig empfindlich. Aber sie sollten Mort wirklich nicht so ernst nehmen. Er meint es nicht persönlich, er ist eben ein professioneller Schwarzseher.«
»Ich weiß. Ich komme mir nur vor wie das neue Kind in der Nachbarschaft.«
»Dann gehen Sie Mort aus dem Weg, bis diese Sache mit der BKK erledigt ist. Sie raubt ihm wirklich den letzten Nerv, und ich nehme es ihm nicht übel, daß er sich Sorgen macht. Wenn alles vorbei ist, wird er wieder genießbarer sein.«

Wayne nickte. Die sogenannte Spiegelman-Affäre und die sich daran anschließende Untersuchung der BKK waren noch immer die zentralen Gesprächsthemen im Sender, selbst einen Monat nach dem Zwischenfall. In gewisser Weise mußte Wayne dafür dankbar sein – vor allem wegen Spiegelman war er eingestellt worden. Aber vielleicht war das auch der Grund dafür, daß all seine Handlungen von jedem in seiner Umgebung mißtrauisch beobachtet wurden.

Eliott Spiegelman war Träumer an dieser Station gewesen, schlimmer noch, er war Morts Schwiegersohn. Vor ungefähr einem Monat hatte Spiegelman einen Traum dramatisiert, bei dem es sich um eine routinemäßige Detektivgeschichte handelte, die im Jahr 1930 angesiedelt war, im Stil von Raymond Chandler. Das Drehbuch war recht harmlos gewesen und von Bill DeLong und der Rechtsabteilung genehmigt worden – aber jeder Träumer wußte, daß selbst das strikteste Drehbuch einem Träumer die größtmöglichen künstlerischen Freiheiten ließ.

Offenbar hatte Spiegelman genau die in Anspruch genommen. Mit Beginn des nächsten Tages war die Station von Briefen und Telefonanrufen überschwemmt worden, in denen Spiegelman beschuldigt wurde, den Traum zur Propagierung seiner eigenen ökonomischen und politischen Überzeugungen mißbraucht zu haben, die offenbar links von der Mitte angesiedelt waren. Spiegelman hatte noch Öl ins Feuer geschüttet, indem er einem Reporter gegenüber erklärt hatte, daß in den dreißiger Jahren sozialistische Bewegungen sehr populär gewesen seien und er nichts anderes getan habe, als den zeitgeschichtlichen Hintergrund der Geschichte darzustellen. Das ließ die Flut der Briefe und Telefonanrufe nur noch weiter anschwellen.

Es gab keine objektive Möglichkeit, das Geschehene zu überprüfen, denn es war unmöglich, einen Traum aufzuzeichnen und ihn sich im nachhinein anzuschauen. Jeder Traum wurde live aufgeführt und verschwand in der Erinnerung, wenn er vorbei war. Die Angelegenheit wurde zu einer Frage von Spiegelmans Wort gegen das der Beschwerdeführer. An diesem Punkt erschien die BKK, die stets empfindlich reagierte, wenn das Medium zur politischen Manipulierung mißbraucht wurde, auf der Bildfläche.

Spiegelman wurde augenblicklich bis zur Klärung des Falls suspendiert. Eine Weile sah es so aus, als ob Schulberg, Bill DeLong und der Autor, der das Drehbuch geschrieben hatte, ebenfalls suspendiert werden würden. Einige der zornigeren Bürger verlangten sogar, dem Sender die Lizenz zu entziehen. Die BKK entschied, nicht so weit zu gehen, aber sie beauftragte einen Mann namens Gerald Forsch, einen langjährigen Kritiker der Traumindustrie, mit der Untersuchung des Falls.

Die Station stand zu dem Zeitpunkt, als Wayne für Eliott Spiegelman eingestellt wurde, buchstäblich kopf. Die Branche im allgemeinen und Dramatische Träume im besonderen waren besorgt, daß dieser Fall ernste Konsequenzen nach sich ziehen würde. Wie um ihre schlimmsten Befürchtungen zu bestätigen, kam Forschs Untersuchung nur mit absichtlicher Langsamkeit voran. Forsch selbst wurde hier in zwei Tagen erwartet, um sich die Senderversion des Falls anzuhören. Auf Anraten seines Rechtsanwalts gab Spiegelman keine öffentlichen Erklärungen mehr ab. Die vorherrschende Meinung innerhalb der Traumindustrie war, Spiegelman den Wölfen zum Fraß vorzuwerfen. Alle Schuld sollte auf seinen Schultern lasten – er würde für immer vom Träumen ausgeschlossen werden und Dramatische Träume mit nicht mehr als einem strengen Verweis davonkommen. Aber der arme Mort Schulberg konnte in keinem Fall gewinnen. Selbst wenn er seine Gesellschaft rettete, mußte er sich damit abfinden, daß sein Schwiegersohn in Ungnade gefallen und für immer aus seinem Beruf vertrieben worden war. Ja, es war durchaus nicht verwunderlich, daß Schulberg wegen der Spiegelman-Affäre nervös war.

Aber die Person, die Wayne wirklich leid tat, war Eliott Spiegelman. Träumer ergriffen ihren Beruf, weil sie Visionen hatten, die sie weitergeben wollten. In früheren Zeiten wären sie Priester oder Schriftsteller oder Künstler oder Schauspieler oder Unruhestifter geworden – Menschen, die die Dinge anders sahen und versuchten, ihre Mitmenschen von ihren Ansichten zu überzeugen. Das Träumen endlich hatte eine Möglichkeit geschaffen, diese Vermittlung zu perfektionieren. Wer einmal diese Perfektion gekostet hatte – wie konnte sich danach ein Träumer mit weniger zufriedengeben? Spiegelmans Leben war keineswegs verpfuscht, es gab andere Mittel, mit denen er seine Gefühle und Ansichten ausdrücken konnte. Aber keines davon war mit einer solchen Macht und Glorie verbunden wie das Träumen. Ein Träumer, der nicht mehr in der Lage war zu träumen, war nur noch ein Schatten seiner selbst, und der Rest seines Lebens würde schal sein.

Wayne schauderte, und die unbewußte Bewegung brachte seine Gedanken in die Gegenwart zurück. Janet hatte den Raum verlassen, wahrscheinlich, um sich in ihr eigenes Büro zu begeben. »He«, rief Wayne ihr nach. »Ich weiß nicht, wie es Ihnen geht, aber ich für meinen Teil bin am Verhungern. Warum gehen wir nicht nach unten und schauen nach, ob man etwas in den Automaten übriggelassen hat?«

Janet blieb stehen und drehte sich zu ihm um. Sie warf ihm einen seltsamen Blick zu, als versuchte sie, eine geheime Bedeutung aus seinen Worten herauszulesen. »Oh, danke, Wayne«, sagte sie schließlich, »aber ich bin im Moment überhaupt nicht hungrig. Vielleicht ein anderes Mal.«

»Das sagen Sie immer.« Die Worte entschlüpften ihm, bevor er sie zurückhalten konnte.

Janet seufzte. »Ich weiß. Es tut mir leid. Ich weiß das Angebot zu schätzen, wirklich, aber ... aber ...«

Sie sah zu Boden, wich seinem Blick aus. »Ich glaube, ich bin derzeit kaum eine angenehme Gesellschafterin. Ich muß mir über eine Menge Dinge klarwerden, und es wäre nicht fair, Sie damit zu belästigen.«

Wayne stand da und wußte nicht, was er darauf erwidern sollte. Er hätte am liebsten gesagt: »Bitte, ich wäre glücklich, wenn Sie sich an meiner Schulter ausweinen würden. Ich wäre glücklich, wenn Sie mir Ihre Probleme anvertrauen würden ...« Aber er kannte sie nicht gut genug, um sich so in ihr

Privatleben zu drängen. Und wenn er ihr versicherte, daß ihre Probleme ihn nicht stören würden, dann konnte es so klingen, als ob er sie nicht ernst genug nahm, um sich darüber Gedanken zu machen, und sie würde ihn für gefühllos halten.
Während er unschlüssig dastand, schlenderte Bill DeLong ins Zimmer. Der Programmkoordinator war ein hochgewachsener, schlaksiger Mann Mitte Fünfzig. Jede Spur, die das Alter in seinem ergrauenden Bürstenhaarschnitt hinterlassen hatte, wurde durch das jugendliche Funkeln seiner Augen ausgelöscht. Meist trug er einen unauffälligen Pullover zu einer gleichfalls unauffälligen Hose, aber seine großherzige Freundlichkeit konnte nicht über den scharfen Verstand hinwegtäuschen, der sich dahinter verbarg.
»Programmkoordinator« war ein allgemein gehaltener Titel, der ein Sammelsurium von Schandtaten verdeckte. DeLong war der Chefautor, der Chefzensor, der Programmplaner und das Mädchen für alles im Studio. Während sich Schulberg um die finanzielle Seite des Geschäfts kümmerte, war DeLong für die kreative Seite verantwortlich. DeLong war nicht selbst ein Träumer, aber er war der Freund aller Träumer im Team. Außerdem fungierte er bei Gelegenheit als Vaterersatz für jeden, der ein freundliches Ohr benötigte. Wenn Schulberg der Kopf von Dramatische Träume war, dann war DeLong die Seele.
»Janet, schön, daß ich Sie erwische«, sagte DeLong schleppend. Einflüsse aus Texas und Oklahoma hatten seinen Akzent geprägt. »Ich habe Ihr nächstes Drehbuch bekommen.« Er reichte ihr eine Reihe zusammengehefteter Blätter.
Erleichtert, sich aus der Schlinge ziehen zu können, kehrte sie rasch wieder zu ihrem normalen scherzhaften Verhalten zurück. »Ich glaube es einfach nicht. Ich bekomme endlich einmal rechtzeitig ein Drehbuch? Ein Geburtstagsgeschenk kann es nicht sein, denn mein Geburtstag war vor drei Monaten. Womit habe ich das nur verdient?«
»Ich will verdammt sein, wenn ich das weiß. Helen hat es heute nachmittag eingereicht und gemeint, es läge allein an der Inspiration, daß sie so schnell damit fertig geworden ist.

Es ist sogar gut. Jemand sollte diese Frau öfter inspirieren – sie ist eine gute Autorin, wenn sie sich darauf konzentriert.«
»Wundervoll. Ich werde mich sofort darin vertiefen. Danke.«
Janet schenkte DeLong ein Lächeln, wandte sich dann ab und verließ den Raum, stahl sich aus der peinlichen Situation, die zwischen ihr und Wayne entstanden war.
»Jack hat versprochen, Ihres bis morgen nachmittag fertig zu haben«, erklärte DeLong und sah Wayne an. »Wenn ich mich recht erinnere, ist es ein Western.«
»Nicht schon wieder«, stöhnte Wayne.
»Nun, wir können nicht jedesmal *Hamlet* bringen. Zumindest sind Western schnell zu produzieren und unpolitisch.«
»Ich weiß. Es ist nur, daß ich das Gefühl habe, meine Zeit zu verschwenden. Ich möchte eine Chance bekommen, bis an die Grenzen meiner Möglichkeiten vorzustoßen, Ihnen zu beweisen, was in mir steckt, statt meine ganze Energie mit diesem Schund zu verschwenden.«
»Lassen Sie sich etwas von jemandem sagen, der Bescheid weiß«, entgegnete DeLong freundlich. »In jedem kreativen Beruf sind die besten Leute die, die mit dem Schund angefangen und sich dann hochgearbeitet haben. Shakespeare, Dumas, Dickens, Michelangelo und da Vinci waren alle mit Schund befaßt. Man braucht eine feste Grundlage, bevor man sich an größere Dinge wagen kann. Ich habe eine Menge Superstars aus dem Nichts kommen und eine Zeitlang aufstrahlen sehen – gewöhnlich endet es damit, daß sie ebenso schnell wieder verblassen. Dieser Weg kostet vielleicht mehr Zeit, aber er ist sicherer.«
»Und in der Zwischenzeit ist es verdammt frustrierend«, sagte Wayne.
»Tja, ich weiß. Sagen Sie, stimmt es, daß Sie bei meinem Eintreten irgend etwas von Essengehen gesagt haben? Ich bin nicht so hübsch wie Janet, aber ich könnte einen Bissen gut gebrauchen, falls Sie nichts gegen meine Begleitung einzuwenden haben.«
Wayne grinste. »Sicher, warum nicht? Gehen wir.«

Die beiden Männer verließen das Studio und traten hinaus auf den Korridor. Das Gebäude, in dem die Büros von Dramatische Träume lagen, war weder besonders neu noch besonders alt. Der Glanz der braunen und weißen Linoleumfliesen war verblaßt, aber sie waren noch nicht so abgenutzt, daß sie ersetzt werden mußten. Die nackten weißen Wände waren vergilbt und zerkratzt, aber man gewöhnte sich rasch an diesen Anblick und nahm ihn bald bewußt gar nicht mehr wahr. Die Leuchtplatten aus Plastik an der Decke waren an einigen Stellen gesplittert, und zwei Drittel der Neonröhren auf dem Weg zum Aufzug flackerten leicht. Wayne, der inzwischen schon einen Monat hier war, bemerkte diese Einzelheiten kaum noch. Dies war einfach ein Arbeitsplatz und dazu ein besserer als manche, die er bisher gehabt hatte.
Das einzige, was ihn wirklich störte, war die Stille. Die meisten Firmen, die in diesem Gebäude Büros unterhielten, arbeiteten zur normalen Geschäftszeit, und ihre Angestellten waren längst nach Hause gegangen. Dramatische Träume im sechsten Stock war die Ausnahme. Da es keine Methode gab, Träume aufzuzeichnen und zu einem späteren Zeitpunkt zu senden, mußten sie live übertragen werden. Die Leute, die sich ihren Lebensunterhalt in der Traumindustrie verdienten – abgesehen von den Autoren, die sich ihre Zeit selbst einteilen konnten –, waren an einen umgekehrten Tagesablauf gefesselt. Jeder Träumer, der sich nicht an die nächtliche Arbeit und leeren Gebäude gewöhnen konnte, mußte sich bald nach einer anderen Beschäftigung umsehen.
Dennoch haßte Wayne die bedrückende Stille. Sie war wie ein Vorhang zwischen ihm und dem Rest der Menschheit. Er erschuf Träume, um den Millionen in der Stadt die Schlafstunden zu vertreiben, und dennoch hatte er im Lauf der Zeit immer weniger Kontakt mit ihnen.
Während die Schritte der beiden Männer durch den Korridor hallten, sagte DeLong: »Würden Sie einen unerbetenen Rat annehmen?«
»Wie? Um was geht es?«
»Um Janet. Sie hat eine wirklich schlechte Zeit hinter sich.

Drängen Sie sie nicht. Sie beide sind jung und haben noch viel Zeit vor sich, um die Dinge sich entwickeln zu lassen.« Sie erreichten den Aufzug, und DeLong drückte auf den Rufknopf.

Wayne wurde rot. »Ich wußte nicht, daß es so offensichtlich ist.«

Der Aufzug kam rasch, und sie betraten die Kabine. »Vielleicht nicht so, daß ein Blinder es bemerken würde«, erklärte DeLong, »aber ich muß über alles hier informiert sein. Ich kann nicht zulassen, daß einer meiner Träumer – und noch dazu einer der vielversprechendsten – hoffnungslos einer meiner Träumerinnen hinterherträumt. Es ist schlecht für die Moral, und es lenkt Sie von Ihrer Arbeit ab. Ganz davon zu schweigen, daß es damit enden wird, daß ich einen von Ihnen beiden verlieren werde, wenn Sie es sich anmerken lassen, und das möchte ich nicht: Sie sind beide zu gut.«

»Ich glaube nicht, daß ich es als ›träumen‹ bezeichnen würde«, wandte Wayne ein.

»Nun, nennen Sie es, wie Sie wollen, der Effekt ist derselbe. Als mein Sohn fünfzehn war und seine erste Verabredung traf, da hat er mehr *savoir faire* gezeigt als Sie jetzt. Sie sind kein Junge mehr, der erst noch Erfahrungen sammeln muß – was ist los mit Ihnen?«

Wayne zuckte die Schultern. »Ich weiß es nicht. Sie ist eine bessere Träumerin, als ich einer bin. Vielleicht fürchte ich, daß sie denkt, ich sei unter ihrem Niveau. Oder ich habe Angst, daß sie auf mich hinuntersieht wegen der Dinge, die ich getan habe, bevor ich hierherkam.«

DeLong schnaubte leise. »Janet ist ein Profi, mein Sohn. Sie weiß, was man alles tun muß, um zu überleben, wenn man ganz am Anfang steht. Ich glaube wirklich nicht, daß sie Ihnen diese Pornos vorwirft.«

»Aber es gibt etwas, das sie zurückhält.«

»Ja«, bestätigte DeLong, »aber das hat nichts mit Ihnen zu tun.«

Der Aufzug entließ sie im Erdgeschoß, und sie gingen durch den dunklen Korridor zur Essensausgabe. Die Kantine bestand

hauptsächlich aus einer Reihe Speiseautomaten, die in einem großen Raum untergebracht waren, der zu dieser Stunde nur von einer Reihe Lampen erhellt wurde. Plastiktische wuchsen wie gespenstische Pilze aus dem Boden, und die Stühle umgaben sie wie Hexenringe. Die Schritte der Männer schienen hier noch hohler zu hallen, während sie auf die Automaten zugingen und die Auswahl studierten.
»Was ist *dann* das Problem?« fragte Wayne.
DeLong gab einen Moment lang vor, ihn nicht verstanden zu haben, und musterte kritisch das Angebot. »Verdammt! Man sollte meinen, diese Leute, die die Automaten füllen, würden allmählich dahinterkommen, daß sie in der Nacht das Geschäft ihres Lebens machen könnten, wenn sie nur eine vernünftige Auswahl anbieten würden. Alles, was wir bekommen, ist das Zeug, das die Leute von der Tagschicht nicht mögen – und außerdem ist es noch abgestanden!«
Der Programmkoordinator entschied sich schließlich für ein erbarmungswürdiges Sandwich mit Schinken und Käse und eine Tasse schwarzen Kaffee, aber Wayne war hungriger als er, auch wenn das Angebot nicht gerade appetitanregend war. Er wählte einen Teller heiße Tomatensuppe, verwelkten Salat, eine Limonade und ein Schälchen lockeren Pudding zu seinem eigenen Sandwich mit Schinken und Käse. Er stellte alles auf ein Tablett und ging zu dem Tisch, an dem DeLong bereits Platz genommen hatte.
DeLong nahm sein Sandwich und starrte es lange Zeit an, ehe er es zum Mund führte. »Sie wissen doch sicher«, sagte er, »daß Janet eine Affäre mit Vince Rondel gehabt hat?«
Wayne hielt seinen Suppenlöffel auf halbem Weg zwischen Teller und Mund in der Luft. »Ich habe ... äh ... ein entsprechendes Gerücht gehört.«
DeLong schüttelte den Kopf. »Es ist kein Gerücht. Nicht weil jeder im Sender darüber Bescheid wußte, sondern weil ich die ganze Geschichte bei einem Abendessen von Janet gehört habe – sie hat sich bei mir ausgeweint. Die Beziehung dauerte etwa anderthalb Jahre, und sie zerbrach kurz vor der Sache mit Spiegelman. Wenn ich nicht so damit beschäftigt gewesen

wäre, Janet moralisch wieder aufzurichten, hätte ich Eliotts Treiben vielleicht mehr Aufmerksamkeit geschenkt – obwohl ich nicht glaube, daß ich es hätte verhindern können...«
»Warum erzählen Sie mir das?« fragte Wayne. »Mißbrauchen Sie damit nicht ihr Vertrauen?«
»Möglich«, stimmte DeLong unbeeindruckt zu. »Aber ich schätze, ich kann bei Ihnen davon ausgehen, daß Sie es nicht gegen sie verwenden, und ich glaube wirklich, daß Sie es wissen sollten.«
»Warum?«
»Weil es Ihnen zeigen wird, was geschehen kann, wenn zwei Träumer, die bei derselben Station beschäftigt sind, ihre Gefühle nicht mehr unter Kontrolle bekommen. Janet war eine konfuse junge Dame, als sie vor ein paar Jahren bei uns anfing – warum gibt es eigentlich nie einen *normalen* Träumer? –, aber sie besaß ein großes Potential. Vince arbeitete mit ihr und baute sie zu einem vielversprechenden Talent auf. Was ihren Beruf angeht, war er ihr eine große Hilfe, aber ich weiß nicht, ob er viel für sie als Mensch getan hat.
Vor einem Monat schließlich kam sie in Tränen aufgelöst zu mir und erklärte, sie könnte es nicht mehr aushalten, und sie müßte sich von Vince trennen. Ich stimmte ihr zu, wenn auch aus verdammt egoistischen Gründen – sie ist eine wahnsinnig gute Träumerin, und ich wollte sie nicht verlieren. Dann kam die Spiegelman-Sache hoch, und wir konnten es uns nicht *leisten*, sie zu verlieren. Also habe ich sie bekniet und angefleht und sie dazu überredet, bei uns zu bleiben, auch wenn das bedeutete, daß sie Vince weiterhin jeden Tag sehen und mit ihm sprechen muß. Das ist nicht einfach für sie: Ich glaube, ein großer Teil von ihr liebt ihn noch immer.«
»Was hat zum Ende der Affäre geführt?« fragte Wayne.
DeLong biß endlich ein Stück von seinem Sandwich ab und lehnte sich nachdenklich kauend in seinen Stuhl zurück. »Vinces Mutter«, sagte er schließlich. »Mrs. Rondel ist der Grund für viele unglückliche Dinge, von denen Vince selbst nicht das unwichtigste ist. Aber das gehört jetzt nicht hierher, und ich hätte wahrscheinlich gar nicht erst davon anfangen

sollen. Dieses Sandwich ist wirklich abscheulich, wissen Sie das? Ich stoße jedesmal aufs neue auf diese Tatsache, wenn ich hierherkomme. Man sollte meinen, ich hätte mich inzwischen damit abgefunden.«
Er legte das Sandwich wieder auf den Pappteller und sah Wayne offen ins Auge. »Aber jetzt, wo Sie wissen, daß ich Janet geholfen habe, nach einem unglücklichen Verhältnis wieder zu sich zu finden, werden Sie verstehen, warum ich möchte, daß es nicht noch einmal geschieht. Wenn irgend etwas schiefginge, würde einer von Ihnen oder Sie beide uns verlassen – und wie ich schon sagte, Sie sind beide zu gut. Ich möchte keinen von Ihnen verlieren. Sie sollten sich geschmeichelt fühlen.«
»Das bin ich auch, aber . . .«
»Ich gehöre nicht zu den Chefs, die nicht wollen, daß sich ihre Angestellten nach Feierabend treffen. Ich sage nicht, daß Sie Janet nicht sehen oder sich mit ihr befreunden oder sie gar heiraten und mit ihr siebzehn Kinder haben können. Alles, was ich sage, ist: Drängen Sie sie nicht. Lassen Sie es sich von allein entwickeln. Es gibt bei ihr immer noch ein paar Narben, die nicht ganz verheilt sind. Welch gute Absichten sie auch haben mögen, wenn Sie sie überrumpeln, wird sie sich vielleicht niemals erholen. Sie sind beide sehr attraktive Menschen, und es ist durchaus möglich, daß sie im Lauf der Zeit zueinanderfinden werden . . .«
»Da sind wir wieder beim Thema«, klagte Wayne. »Zuerst raten Sie mir, Geduld mit meiner Karriere zu haben, und jetzt soll ich mich bei Janet in Geduld üben . . .«
»Es klingt wie eine defekte Schallplatte, nicht wahr?« DeLong lächelte. »Aber es ist die Wahrheit. Es gibt Leute, die die höchsten Gipfel der Himalayas erklettert haben, unter großen persönlichen Risiken und Kosten, um die größten Yogis zu befragen und genau denselben Rat zu bekommen, den ich Ihnen gegeben habe. Sie erhalten die Weisheit der Ahnen umsonst, mein Sohn. Zeigen Sie ein wenig Dankbarkeit.«

4

Während Wayne noch über eine Antwort auf DeLongs halb ernstgemeinte Bemerkungen nachdachte, betrat Vince Rondel die Kantine. Rondel war mittelgroß und kräftig, wie ein Freistilringer, der zu klein für die eine und zu schwer für die andere Wertungsklasse war. Die meisten Träumer kleideten sich einfach – Wayne in Jeans, T-Shirt und Freizeitschuhe –, aber Rondel trug stets einen Anzug. Waynes Wissen nach besaß er nur zwei davon; der Stoff von beiden war billig, aber sie waren immer ordentlich gebügelt. Das Schnittmuster seines Jacketts unterstrich nur Rondels vierschrötigen Oberkörper und ließ seinen Kopf um eine halbe Größe zu klein erscheinen. Sein Gesicht war glattrasiert und sein blondes Haar ordentlich gekämmt, an der Stirn bereits ein wenig schütter, aber noch nicht kahl. Seine Fingernägel waren stets manikürt und seine Hände immer sauber.

Rondel entdeckte DeLong und rief: »Da bist du ja, Bill. Du mußt mir einen Gefallen tun.«

Wayne bemerkte, wie sich DeLongs Finger um den Pappbecher Kaffee verkrampften, aber ansonsten blieb sein Verhalten unverändert. »Um was geht es, Vince?«

»Meine Mutter. Sie hat angerufen – irgend etwas stimmt nicht, ich muß zu ihr.«

»Das ist das dritte Mal in dieser Woche«, sagte DeLong ruhig.

»Sie ist alt, sie ist krank. Ich kann nichts dafür. Sie will nicht, daß ich eine Pflegerin für sie einstelle, und sie weigert sich, in ein Pflegeheim zu ziehen, wo man sich richtig um sie kümmern könnte. Kannst du mich nicht nach Hause fahren?«

»Du weißt, daß mein Tagesablauf andersherum abläuft. Warum nimmst du dir nicht ein Taxi?«

Rondel ignorierte den Vorschlag und sah zum ersten Mal Wayne an. »Corrigan, Sie sind doch mit dem Auto gekommen, nicht wahr? Wo wohnen Sie?«

»Van Nuys«, antwortete Wayne widerwillig.

Rondel lächelte. »Dann haben wir's ja. Ich wohne in North

Hollywood, das liegt direkt am Weg. Sie können mich dort absetzen, oder nicht?«
»Nun ...«
»Wundervoll. Ich hole nur noch mein Zeug und bin gleich wieder zurück.«
Rondel lief aus dem Raum und hinüber zum Aufzug.
»Sie sollten lernen, ein wenig schneller nein zu sagen«, riet DeLong.
Wayne sah ihn erstaunt an. »Sie meinen, er hat kein Auto? Wie kommt er dann hierher?«
»Meistens mit dem Bus – wenn er nicht bei irgend jemandem mitfahren kann.«
»Aber er muß mehr als ich verdienen.«
»Fast das Doppelte«, nickte DeLong.
»Was macht er mit all dem Geld?«
»Was nicht für die Hypothek, Strom und Wasser oder das Essen draufgeht, verschlingen die Arztrechnungen seiner Mutter. Der Rest geht an die Kirche. Mama besteht darauf.«
Wayne schüttelte ungläubig den Kopf. Mit dem Doppelten seines derzeitigen Verdienstes würde er mehr als gut leben können – und da war dieser Vince Rondel, der Star der Station, der darauf angewiesen war, bei jeder sich bietenden Gelegenheit bei jemandem mitzufahren. »Stört es Sie, wenn ich jetzt aufbreche?« fragte er. »Ich habe jetzt sowieso Feierabend – und Sie sagten, mein nächstes Drehbuch sei vor morgen ohnehin nicht fertig ...«
»Sicher, gehen Sie nur«, seufzte DeLong. »Wir müssen unseren Star bei guter Laune halten.«
Rondel war ein paar Minuten später mit seiner Aktentasche wieder da, aber es gab noch eine weitere Verzögerung, da Wayne in sein Büro zurückgehen mußte, um seine Jacke zu holen. Wayne bemerkte, daß er sich absichtlich langsam bewegte, und er fragte sich, warum. Lag es daran, daß Rondel eine Affäre mit der Frau gehabt hatte, die Wayne liebte? Die Vorstellung erschien ihm kindisch, und er zwang sich, seine Schritte zu beschleunigen.

Schließlich waren sie fertig. Wayne führte Rondel hinaus auf den Parkplatz und zu seinem zerbeulten, vier Jahre alten Wagen. »Er stellt nicht viel dar«, sagte er entschuldigend, »aber er fährt mich, wohin ich will.«
»Sieht hübsch aus«, meinte Rondel. »Ich hasse es, mich so aufzudrängen, aber die Busse fahren zu dieser nächtlicher Stunde nicht oft, und Taxis sind so teuer.«
»Wie Sie schon sagten, es liegt direkt auf meinem Weg.« Wayne zuckte die Schultern. Er ließ den Motor an, und sie rollten hinaus in die Nacht.
Zunächst fuhren sie schweigend. Obwohl Wayne schon seit einem Monat bei Dramatische Träume arbeitete, kannten er und Rondel sich kaum. Rondel hatte einen halbherzigen Versuch unternommen, mit ihm über Religion zu sprechen, aber Wayne hatte sich voll Grausen davongemacht. Alles, was er wirklich wußte, war das, was er von DeLong gehört hatte. Rondel war der Star der Station – nicht nur, daß er der einzige Meisterträumer im Team war, sondern er war zudem noch ein Multitalent, schrieb sich seine eigenen Drehbücher und inszenierte sie auch. Wayne hatte eine Reihe von Rondels Arbeiten kennengelernt, bevor er zum Sender gekommen war, und er mußte zugeben, daß sie ihn beeindruckt hatten.
»Darf ich Ihnen eine persönliche Frage stellen?« sagte er nach einigen Minuten.
»Das hängt davon ab, um was es geht!«
»Nun, ich habe mich nur gefragt, warum Sie Ihre Zeit hier in einer kleinen Lokalstation verschwenden. Sie könnten bei einer der landesweiten Stationen arbeiten und groß herauskommen.«
Rondel sah aus dem Seitenfenster. »Ja, ich habe einige Angebote bekommen. Gute Angebote. Aber dann hätte ich zurück nach Osten ziehen müssen, und das kann ich nicht.«
»Warum nicht?«
»Meine Mutter verträgt das Klima nicht. Ihre Gesundheit ist angegriffen.«
»Was fehlt ihr?«
»Scheinbar alles mögliche. Sie leidet an Arthritis, eine Niere

hat versagt, ihr Herz ist krank, ihr Verdauungssystem, ihre Lunge – nennen Sie irgendein Teil, und ich garantiere Ihnen, daß etwas damit nicht stimmt.«
»Tut mir leid, das zu hören.«
Rondel zuckte die Schultern. »Es ist Gottes Wille – man kann nichts dagegen tun. Mir bleibt nur, es ihr so bequem wie möglich zu machen.«
Stille kehrte wieder in den Wagen ein, während er über die leere Autobahn rollte. Wayne löste mehrmals den Blick von der Straße, um den Mann neben ihm verstohlen anzusehen. Er konnte nur das im Halbdunkel liegende Profil erkennen, aber mit der Phantasie eines Träumers fügte Wayne die Einzelheiten hinzu, an die er sich erinnerte, sie bei Licht gesehen zu haben. Er versuchte, sich Janet in den Armen dieses Mannes vorzustellen; Janet, wie sie seine Lippen küßte, seine Wangen, seinen Hals, Janet, nackt und vor Leidenschaft stöhnend, unter Rondels Körper liegend . . .
Die Reifen ratterten lautstark über die Katzenaugen der Spurmarkierung, als sein Wagen langsam auf die angrenzende Fahrbahn ausscherte. Wayne riß sich aus seinen Träumereien und warf das Lenkrad rasch herum. *Konzentriere dich auf die Fahrt*, rief er sich streng zur Ordnung.
Rondel neben ihm reagierte ebenfalls. »He, schlafen Sie mir bloß nicht ein. Es wird meiner Mutter nicht bekommen, wenn ich bei einem Unfall getötet werde.«
»Tut mir leid«, entschuldigte sich Wayne. »Ich bin nur in Gedanken versunken. Sie wissen, daß das passieren kann.«
»Sicher, das ist unser Beruf. Was machen Sie als nächstes?«
»Bill sagt, es ist ein Western. Ich werde das Drehbuch morgen bekommen.«
»He, Western sind immer eine wunderbare Sache. Die klassische Konfrontation zwischen Gut und Böse. Ich habe vergessen, wie viele Western ich zu Beginn meiner Karriere gemacht habe. Sie sind eine gute Übung, um die eigenen Fähigkeiten zu entwickeln.«
Was veranlaßt dich zu der Annahme, daß meine Fähigkeiten entwickelt werden müssen? dachte Wayne bitter, aber laut

sagte er: »Tja, genau das meint auch Bill. Aber sie sind so simpel. Ich würde gern etwas tun, was mir mehr abverlangt.«
»Sie sind nur so simpel, wie Sie sie machen. Haben Sie eine Ausgabe von Ronsons *Weg nach Westen?*«
»Nein. Was ist das?«
»Es ist die beste Abhandlung über diese Epoche, die ich je gesehen habe. Sie kostet fünfundachtzig Dollar, aber sie ist es wert. Tausende von Illustrationen und sogar einen Haufen alter Fotos aus jener Zeit. Sie ist das beste Hilfsmittel bei der Visualisierung der Kostüme, der Gebäude, der ganzen Atmosphäre des Alten Westens. Sie brauchen sie nur mehrmals zu lesen, und Ihre Western werden so real, daß die Leute nach dem Aufwachen im texanischen Dialekt reden.« Er schwieg für einen Moment. »Ich habe meine Ausgabe zu Hause. Wenn Sie wollen, kommen Sie auf einen Sprung herein, und ich leihe sie Ihnen.«
»Ich möchte nicht aufdringlich ...«
»Keine Sorge. Es dauert nur eine Minute.«
Wayne wollte diesen Mann nicht mögen. Aber er war von einer derart mitleiderregenden Freundlichkeit, daß Wayne nichts anderes übrigblieb, als das Angebot um seiner selbst willen zu akzeptieren. »Äh ..., in Ordnung, Vince. Danke.«
Sie schwiegen erneut. Rondel räusperte sich mehrmals, als ob er etwas sagen wollte, nur um sich dann eines Besseren zu besinnen. Schließlich brachte er genug Mut auf, um seine Hemmungen zu überwinden. »Da Sie mir eine persönliche Frage gestellt haben – würden Sie mir da auch die Ehre erweisen und eine von mir beantworten?«
»Gewiß.« Wayne versuchte, sich soweit wie möglich zurückzuhalten. Rondels Gegenwart machte ihn immer nervöser.
»Haben Sie ... ich meine, ich habe gehört, daß Sie – bevor Sie zu Dramatische Träume gekommen sind –, daß Sie Pornos gemacht haben. Stimmt das?«
Waynes Hände umklammerten das Lenkrad fester. »Ja. Na und?« Das letzte, was er jetzt brauchte, war eine Moralpredigt, und Rondel war berüchtigt für seine religiösen Überzeu-

gungen. »Es war damals der einzige Auftrag, den ich als Anfänger bekommen konnte. Wie Sie schon sagten, es war eine gute Übung, um die eigenen Fähigkeiten zu entwickeln.«
»Ich ... äh ... bin davon überzeugt. Ich wollte Ihnen keine Vorwürfe machen. Wir alle müssen mit dem anfangen, was sich uns bietet. Zumindest hat Gott es für richtig gehalten, Sie aus diesem Sumpf herauszuziehen. Ich frage mich nur ... Ich möchte nur gern wissen, wie es war.«
»Hm?« Wayne sah überrascht zu Rondel, der starr geradeaus blickte und nervös seine Hände an seiner Hose abwischte. »Wie meinen Sie das?«
»Nun, der ganze Sex. Es muß aufregend gewesen sein.«
Jetzt war es also heraus. Der kleine Herr Saubermann, der Mann, der einen Großteil seines Einkommens der Kirche spendete, war ein Heuchler. Wayne wurde fast geblendet von dem klaren Licht der Erkenntnis, das ihm Rondels Seele enthüllte, und irgendwie ließ dieses Wissen um die Schwäche des anderen Mannes Wärme in ihm entstehen. Aber er achtete sorgsam darauf, daß er seine Gefühle verbarg, als er antwortete: »Nein. In Wirklichkeit war es eher langweilig.«
Die Bemerkung zeigte die gewünschte Wirkung. Rondel sah ihn verblüfft an. »Langweilig? Ich verstehe nicht ...«
»Sicher, aber denken Sie einen Moment darüber nach. Nüchtern betrachtet, handelt es sich bei dem körperlichen Geschlechtsakt um nichts weiter als um eine sich ständig wiederholende Bewegung. Natürlich, wenn man dabei ist, wird man von den Gefühlen des eigenen Körpers überwältigt, aber die Rekonstruierung des Anblicks, der Laute und Gerüche entpuppt sich als recht nüchterne Angelegenheit. Der Großteil der großen erotischen Weltliteratur beschäftigt sich mit dem Vorspiel, und der wirkliche Verkehr nimmt nur wenig Raum ein. Übrigens, wir dürfen nur reizen – der Vollzug ist uns nicht gestattet.«
»Warum nicht?«
»Aus dem gleichen Grund, aus dem wir nicht jemanden verletzen oder töten dürfen, nehme ich an. Selbst in normalen Träumen vollzieht niemand den Verkehr. Man kann dem oft

sehr nahe kommen, aber immer geschieht etwas, das einen daran hindert, die Sache abzuschließen.«
Er schüttelte den Kopf. »Vielleicht ist das ein Mittel des Körpers, sich von Spannungen zu befreien – aber die BKK hat uns strenge Vorschriften auferlegt. Unter keinen Umständen Vollzug, wie sie es ausdrückte. Selbst wenn wir etwas in dieser Richtung auch nur versucht hätten, wäre man uns so gründlich an den Kragen gegangen, daß die Spiegelman-Sache dagegen wie ein Kaffeekränzchen ausgesehen hätte.«
»Aber was haben Sie dann gemacht?«
»Meistens Routinesachen. Pärchen, Harems-Phantasien, Orgien. Ich habe mich von dem wirklich abartigen Zeug ferngehalten, den S&M-Trips, Züchtigungen, Skatophilie und so weiter. Einmal habe ich es mit einem Homo-Traum versucht, aber es war schrecklich – ich fand einfach keine Beziehung dazu, und der Chef riet mir, ich sollte mich an die normalen Sachen halten. Gelegentlich habe ich ein paar lesbische Szenen inszeniert, aber das war etwas anderes. Lesbische Phantasien sind eine fast exklusive Männerangelegenheit. Nach dem, was ich weiß, sind die meisten homosexuellen Frauen nicht daran interessiert. Komisch, wie ...«
Rondel unterbrach ihn. »Wir müssen am Laurel Canyon abbiegen.«
Die nächsten fünf Minuten war Rondel damit beschäftigt, Wayne über die Rollsplitstraßen zu seinem Haus zu dirigieren, und das Gespräch versandete. Zu dem Zeitpunkt, als Wayne den Wagen vor ihrem Ziel parkte, war es zu spät, weiter über Waynes frühere Beschäftigung zu sprechen – was ihm ebenso recht war.
»Kommen Sie mit rein, damit ich Ihnen das Buch geben kann«, lud ihn Rondel ein.
»Sie können es mir morgen bei der Redaktionskonferenz mitbringen.«
»Es dauert nur eine Minute. Kommen Sie.«
Widerwillig stieg Wayne aus dem Auto und ging ins Haus.
Das Haus war wenig eindrucksvoll, ein bescheidenes einstökkiges Gebäude, das sich abseits der Straße scheu zu Boden

duckte. Der Vorgarten war von einem hüfthohen Maschendrahtzaun umgeben, der im Lauf der Jahre von den spielenden Kindern aus der Nachbarschaft eingedrückt worden war. Das Gras stand an vielen Stellen knöchelhoch, während es an anderen Stellen kahle Flecke gab. Welche Talente Rondel auch besitzen mochte, die Gartenarbeit gehörte nicht dazu.
Eine trübe Glühbirne brannte über der Haustür. Selbst in dem ungewissen Licht bemerkte Wayne, als er die Treppe zur schmalen Veranda hinaufstieg, daß die Farbe von den Holzlattenwänden abblätterte und die Jalousie des Vorderfensters rissig und fleckig war. *Schäbig*, dachte er voll Abscheu. *Dieser Mann gehört zu den Stars unserer Branche, und er lebt in einer solchen Umgebung. Warum?*
Aber wenn ihm schon das Äußere des Hauses nicht gefiel, so stieß ihn das Innere erst recht ab. Als Rondel die Tür öffnete, wurde Waynes Nase von dem beißenden Gestank eines Katzenklos beleidigt, das seit Wochen nicht mehr gesäubert worden war. Der Boden war mit alten Zeitungen und Zeitschriften übersät, die Bücherregale an den Wänden waren überfüllt, und zwar nicht nur mit Büchern, sondern auch mit schmutzigen Tellern, Gläsern und verschiedenen anderen Gegenständen, die in eiligen Momenten dort abgestellt und niemals wieder entfernt worden waren. Die Sessel waren alt, und die Brokatpolsterung wies an zahlreichen Stellen Risse auf, aus denen die Füllung herausquoll.
»Entschuldigen Sie die Unordnung«, sagte Rondel verlegen, während er vorsichtig über den Abfall auf dem Boden hinwegstieg. »Ich habe nicht viel Zeit zum Aufräumen, und meine Mutter kann es natürlich nicht, so daß sich alles ansammelt...«
Wayne gab keinen Kommentar von sich, als er Rondel ins Haus folgte. Sein Unbehagen wurde von Sekunde zu Sekunde stärker, und er wünschte, er hätte die Einladung nicht angenommen. Wie DeLong es ihm geraten hatte: Er würde lernen müssen, ein wenig schneller nein zu sagen.
»Vince, bist du das?« rief eine schrille Stimme aus dem Hinterzimmer. »Gott sei Dank, daß du es geschafft hast. Ich dachte schon, du würdest gar nicht mehr kommen.«

»Ja, Mama. Ich bin gleich bei dir.«
»Hast du jemanden mitgebracht? Ich habe dich mit jemandem reden gehört.«
»Ja, Mama. Wayne Corrigan, ein Arbeitskollege. Ich habe dir von ihm erzählt. Er hat mich nach Hause gefahren.« Er wandte sich an Wayne. »Entschuldigen Sie mich bitte einen Moment. Ich muß nachschauen, wie es ihr geht. Ich bin gleich wieder zurück.« Er ging durch den Korridor und verschwand, ließ Wayne allein.
Etwas strich an seinem Bein vorbei, und er sprang fast in die Luft – wer konnte wissen, was für Tiere in einem Haus wie diesem frei herumliefen? Aber es war nur eine Katze mit kurzem, schwarzweißgeflecktem Fell und von magerem und räudigem Aussehen. Sie trug etwas in ihrem Maul, aber bevor Wayne erkennen konnte, um was es sich dabei handelte, war sie schon wieder davongeschlichen. Als Wayne sich umblickte, stellte er fest, daß er noch von einigen anderen Katzenaugenpaaren aus den dunklen Winkeln des vollgestopften Raums beobachtet wurde.
Rondel und seine Mutter unterhielten sich im Nebenzimmer. Streiten wäre wohl ein besserer Ausdruck. Wayne konnte nicht viele ihrer Worte verstehen – Mrs. Rondel sagte irgend etwas von »Fremden im Haus« –, aber der Klang der mal lauter, mal wieder leiser werdenden Stimmen war deutlich genug. Wayne fühlte sich immer unbehaglich, wenn er Zeuge eines Familienstreits wurde, und er war versucht, kehrtzumachen und zu gehen – aber es war unhöflich, das Haus zu verlassen, nachdem er Rondels Einladung angenommen hatte. Er mußte zumindest warten, bis Rondel zurückkam, damit er sich formell verabschieden konnte.
Je länger er das Zimmer betrachtete, desto verkommener erschien es ihm. Zwischen den Zeitungen auf dem Boden lagen zusammengeknüllte Kleidungsstücke, und er glaubte, eine große Küchenschabe in einer Ecke krabbeln und unter den Schränken verschwinden zu sehen. Die Teller, die ihn an das geliebte Limoge-Porzellan seiner Mutter erinnerten, waren ziellos auf den Bücherregalen übereinandergestapelt, und auf

einigen lagen noch Essensreste, die teilweise angeschimmelt waren. Neben einem Teller stand ein Steuben-Produkt, ein Kristallwal mit hochgerecktem Schwanz – aber der Schwanz war gesplittert, und eine Flosse war abgebrochen. An den Fenstern hingen Gardinen, doch sie zeigten die jahrelangen Spuren von Katzenkrallen. Auf dem Fensterbrett befanden sich eine Reihe verwelkter, toter Pflanzen, die so vertrocknet waren, daß man unmöglich feststellen konnte, wie sie einst ausgesehen hatten. Neben der Tür, die zur Küche führen mußte, lehnte eine braune Einkaufstüte voller Abfall, unter dem Wayne das Glitzern gebrauchter Aluminiumtabletts entdeckte, wie man sie für Tiefkühlgerichte verwendete. Aus der Küche drang ein Geruch, der an eine Mischung aus Abwasserkanal und offenem Grab erinnerte.

Wenn ich hier noch länger bleibe, dachte Wayne, *werde ich krank. Wie kann man nur in einer derartigen Umgebung leben?*

Rondel steckte den Kopf ins Zimmer. »Corrigan, haben Sie noch eine Minute Zeit? Ich würde Sie gern mit meiner Mutter bekannt machen.«

»Nun, ich muß jetzt wirklich gehen ...«

»Es dauert nur eine Minute, und ich muß sowieso noch das Buch für Sie suchen. Kommen Sie.«

Wayne fragte sich, warum er sich in diese Zwangslage manövrieren ließ, während er sich unsicher einen Weg durch das Durcheinander bahnte und sich bemühte, nicht auf eine der Katzen oder auf etwas Unappetitliches zu treten, das zwischen dem Müll auf dem Wohnzimmerboden liegen mochte. Der Korridor war zwar frei von Zeitungen, aber das gestattete Wayne nur festzustellen, wo auf den Holzdielen Zigaretten ausgetreten worden waren. Die Kippen waren in einer Ecke zusammengefegt, wo sie eine kleine Pyramide aus Zigarettenfiltern bildeten.

Eine der Türen, die den Korridor säumten, war nur angelehnt. Das Zimmer dahinter war beeindruckend in seiner Kargheit: nackter Holzboden, ein schmiedeeisernes, sorgfältig gearbeitetes Doppelbett; an der Wand ein religiöser Sinnspruch, der

erklärte: »Der Herr ist mein Hirte.« Der Raum war eine Insel der Sauberkeit in diesem Misthaufen eines Hauses. Wayne nahm an, daß es sich dabei um Rondels Zimmer handelte, wenn man von der persönlichen Reinlichkeit des Mannes ausgehen konnte. Aber das Zimmer war leer, und Wayne ging weiter.
Er wußte, daß es das Schlafzimmer der Mutter war, noch bevor er es betrat: Der Gestank verriet es ihm früh genug. Die Luft war stickig von dem Geruch billigen Veilchenparfüms, zu dem sich der Gestank von schalem Zigarettenrauch und Urin gesellte. Jeder einzelne Geruch wäre für sich allein übelkeiterregend gewesen, aber auf irgendeine Weise vervielfachte die Kombination die unangenehme Wirkung. Wayne mußte vor der Tür kurz stehenbleiben und die Mahlzeit wieder hinunterwürgen, die er im Sender eingenommen hatte. Er wollte sich nicht hier vor Rondel übergeben, auch wenn er bezweifelte, daß dies in dem allgemeinen Unrat überhaupt auffallen würde.
Mrs. Rondels Schlafzimmer enttäuschte seine Erwartungen nicht. Die Marmorplatte des Nachttischchens aus Walnußholz wies Kaffeeringe und Ascheflecke auf, und die Seiten hatten den Katzen zum Schärfen ihrer Krallen gedient. In einer Ecke stand ein Coromandel-Spiegel. Einst mußte er sehr wertvoll gewesen sein, aber inzwischen war der Großteil der Intarsienarbeiten längst verschwunden. Kleidungsstücke, von denen keines sehr sauber war, lagen wahllos auf den Stühlen oder auf dem Boden verstreut. An den Wänden hingen Bilder einer überaus attraktiven Frau – aber die Ähnlichkeit zwischen ihr und der Mrs. Rondel von heute war im besten Fall nur sehr entfernt.
In der Mitte des Raums, mit dem Kopfteil an der gegenüberliegenden Wand, stand Mrs. Rondels Bett. Es war sehr groß und besaß an den Ecken geschnitzte Holzpfosten, die die Überreste eines Baldachins trugen. Fetzen des Spitzenstoffs hingen als traurige Erinnerungen an die Pracht herab, die dem Bett einst zu eigen gewesen sein mußte. Die orientalische Brokatbettdecke mußte auch schon einmal bessere Tage erlebt

haben, aber jetzt war sie nur noch fadenscheinig, zerrissen und mit großen, häßlichen Flecken übersät. Um das Bett herum lagen unbeachtet ganze Haufen von Zigarettenkippen.
Mrs. Rondel hatte sich in ihrem Bett halb aufgerichtet, gestützt von einem Stapel Kissen. Sie war eine große Frau mit einem aufgedunsenen Gesicht und dunklen Schweinsäuglein. Ihre Haut war mit Leberflecken bedeckt, ihr weißes Haar war mit Lockenwicklern aufgedreht, und auf ihrem Gesicht lag eine dicke, fast clownähnliche Schicht Make-up. Um ihren Hals schlang sich ein schmuddeliges graues Etwas, das Wayne zunächst für eine weitere Katze hielt. Dann wurde ihm klar, daß es sich dabei um den schmutzigen Marabukragen eines Nachthemds handelte, der einst farbig gewesen sein mußte – aber er konnte nicht einmal erraten, was das wohl für eine Farbe gewesen war.
»Das ist meine Mutter«, sagte Røndel enttäuschenderweise.
Mrs. Rondel gab einen ekelerregenden Kehllaut von sich und spuckte Schleim in ein Taschentuch, das sie dann beiläufig in eine Ecke warf. Sie musterte Wayne mit einem durchdringenden Blick und sagte: »Corrigan, eh? Sie sind Ire?«
»Ich bin Amerikaner. In der vierten Generation.«
»Katholik?«
»Kein praktizierender.« Wayne empfand Zorn angesichts dieses barschen Kreuzverhörs.
Mrs. Rondel sah zu ihrem Sohn hinüber. »Hast du ihm schon den Weg zum Herrn gezeigt?«
Rondel war deutlich verlegen. »Mama, ich kenne ihn doch kaum.«
»Das spielt keine Rolle. Vor Gott sind alle Männer Brüder.« Sie wandte sich wieder an Wayne. »Möchten Sie gerettet werden?«
Wenn Wayne sie so ansah, war er sich dessen nicht sicher – nicht, wenn sie ein Beispiel dafür war. »Das gehört nicht zu den Dingen, um die ich mir viel Gedanken mache – und offen gesagt, Mrs. Rondel, glaube ich nicht, daß Sie das etwas angeht.«

Die Frau schnaubte und wandte sich an ihren Sohn. »Seltsame Freunde hast du in deinem Beruf. Ist das der Sünder, von dem du mir erzählt hast, der mit den schmutzigen Träumen?«
»Mama!«
»Gottloser Heide!« Mrs. Rondels Augen blitzten, als sie sich auf Wayne richteten. »Sklave Satans, der du die Menschen vom Pfad der Gerechtigkeit mit deinem Schmutz und deiner Lust lockst. Aber der Tag des Jüngsten Gerichts wird kommen, und er wird der Tag der Vergeltung sein. Das Innere der Erde wird sich öffnen und Sünder wie dich verschlingen. Wie wirst du dich dann an deiner Lust erfreuen, wenn du im Feuer schmorst und im Rauch des Schwefels erstickst? Fürchte dich vor dem Richterspruch des Herrn, fürchte dich vor der Strafe für die Sünder. Jesus vergibt, aber du mußt zu Ihm kommen und deine Sünden gestehen. Du mußt auf deinen Knien bitten ...«
»Mama«, bat Rondel, »er ist unser Gast.«
Mrs. Rondel schenkte ihm keine Beachtung. »Bete um deine Seele, oder du wirst in der ewigen Verdammnis enden.«
Wayne stand sprachlos da angesichts der unverhüllten Feindseligkeit und wußte nicht, wie er sich verhalten sollte. Er war gleichzeitig schockiert und verwirrt und verlegen und sogar ein wenig ängstlich. Als die alte Frau weiterkeifte, ergriff Rondel Waynes Arm und führte ihn hinaus in den Korridor. Mrs. Rondel nahm kaum wahr, daß sie gingen. Sie hatte sich in Rage geredet, und die bloße Abwesenheit der Zielscheibe ihres Zorns genügte nicht, sie zum Schweigen zu bringen.
»Es tut mir wirklich leid«, sagte Rondel. »Manchmal kommt es einfach über sie. Ihr Verstand ist nicht mehr das, was er früher einmal war.«
Wayne holte mehrmals tief Luft, um seine Beherrschung zurückzugewinnen. »Ich dachte, Sie hätten gesagt, Sie müßten nach Hause, weil es ihr nicht gutginge.«
Rondel zuckte die Schultern. »Ich schätze, das war falscher Alarm. Das kommt manchmal vor. In ihrem Alter und bei ihrem Zustand möchte ich keine Risiken eingehen. Sagen Sie, kann ich Ihnen eine Tasse Kaffee anbieten?«

Kurz kam ihm die Erinnerung an den Geruch aus der Küche in den Sinn, und Wayne drehte sich der Magen um. »Äh, nein, danke. Ich muß jetzt wirklich nach Hause.«
»Lassen Sie mich zumindest für Sie nach dem Buch suchen.«
»Nein!« sagte er ein wenig zu scharf und zwang sich dann, seine Stimme sanfter klingen zu lassen. »Morgen ist es früh genug, wirklich. Sie können es zur Redaktionskonferenz mitbringen. Ich werde dort sein.«
»Es dauert nur ein paar Minuten . . .«
»Tut mir leid, ich . . . ich muß jetzt gehen.« Ohne weiteres Zögern hastete Wayne durch das Wohnzimmer und durch die Haustür. In seinem Bestreben, so schnell wie möglich das Haus der Rondels hinter sich zu lassen, stolperte er auf der Verandatreppe.
Schließlich war er bei seinem Wagen angelangt und lehnte sich eine Weile dagegen, atmete in tiefen, gierigen Zügen die kühle Nachtluft ein. Es dauerte einige Sekunden, bis sich seine Hand so weit beruhigt hatte, daß sie nicht mehr zitterte und er in seinen Taschen nach den Schlüsseln suchen konnte. Selbst als er losfuhr, konnte er noch Mrs. Rondels schrille Stimme hören, wie sie ihre Tiraden hinaus in die gleichgültige Nacht schrie.

5

Wayne hatte sein Apartment niemals für besonders vorbildlich gehalten, aber nach einem Besuch in Rondels Haus schien es direkt den Seiten von *Schöner wohnen* entstiegen zu sein. Waynes Apartment bestand aus einem spartanisch möblierten Zimmer, dessen Hauptvorzug seine kahle und freudlose Funktionalität war. Die Wände waren leer und weiß, die Möblierung billig, aber praktisch. Aber was ihm am meisten auffiel, als er eintrat und das Licht anknipste, war die Tatsache, daß es sauber und geruchlos war. Wayne war kein gewissenhafter Hausmann, und auf den Regalen lag Staub, aber zu-

mindest stand alles an seinem richtigen Platz, und der goldflorige Teppich war nicht mit Abfall bedeckt.
Manchmal ist eine wirklich schlimme Erfahrung notwendig, damit man zu schätzen weiß, was man hat, dachte Wayne, als er sich umsah.
Dennoch störte ihn die sterile Atmosphäre seines Apartments. Solange er sich kritisch gab, konnte er diesen Kritizismus auch auf seinen Lebensstil ausdehnen. Abgesehen von dem Fernseher und einigen Drucken, die er aufgehängt hatte, um die kahlen Wände zu schmücken, gab es hier wenig, das er sein eigen nennen konnte. Er machte eine Bestandsaufnahme und wurde noch deprimierter. In der Kochecke waren es Geschirr und Besteck, ein Toaster und die Schreibmaschine auf dem Tisch, die ihm gehörten, im Zimmer selbst waren es seine Traumkappe und ein Schrank voller Kleidung. Diese Dinge und eine stetig wachsende Bibliothek aus Nachschlagewerken – von denen er im übrigen viele im Studio aufbewahrte – waren die einzigen Besitztümer, die er nicht mit dem möblierten Zimmer übernommen hatte.
Während er darüber nachdachte, wurde ihm bewußt, daß die meisten Träumer, die er kannte, weder sehr weltlich gesinnte noch materialistische Menschen waren. Das Beste, was sich von ihnen sagen ließ, war, daß sie die Realität ertrugen – ihr wahres Leben führten sie im Traum. Die Welt war nur ein Ort, wo sie ihre körperlichen Bedürfnisse befriedigen konnten. Alles, was für sie eine Rolle spielte, durchlebten sie in ihren eigenen Köpfen und gaben es über ihre Traumkappen an andere Menschen weiter. Wayne fragte sich, ob der pingelige Rondel deshalb das Leben mit seiner Mutter in diesem Haus ertragen konnte – indem er dies als vorübergehendes Phänomen betrachtete, das mit stiller Würde erlitten werden mußte, bis er sich wieder in seine Träume flüchten konnte.
Er spürte, wie eine Welle Selbstmitleid heranrollte, und er versuchte, sie zurückzudrängen. Schließlich – waren die Träumer denn schlechter dran als die anderen? Die anderen, diese gesichtslosen Massen, die das nächtliche Publikum darstellten, verfügten nicht einmal über genug Phantasie, um

sich ihre eigenen Träume zu schaffen. Sie verbrachten ihr Leben in Berufen, die die meisten von ihnen haßten, und ihr einziger Ausweg war, sich in die Träume einzuschalten, die andere Menschen stellvertretend für sie erschufen. Träumer waren zumindest so unabhängig, daß sie sich von den Fesseln des banalen Lebens lösen konnten.
Es war eine vertraute Rationalisierung. Er hörte diese elitären Argumente oder deren Variationen jedesmal, wenn Träumer zusammentrafen und sich über ihr Leben unterhielten. War es die Wahrheit, oder sagte es jeder nur so laut wie möglich, um die eigene Unsicherheit zu verbergen? Es klang mutig auf Partys und in den Korridoren der Traumstudios – aber Wayne fragte sich, ob diese Träumer nicht auch wie er jene stillen Momente der Verzweiflung kannten, wenn sie in der Nacht allein waren – in dem Bewußtsein, daß vor ihnen ein leeres Leben lag und daß ihre schärfsten Wirklichkeiten fest auf dem Boden der Phantasie ruhten.
Es war alles ganz anders gewesen, als Marsha noch bei ihm war. Das Leben hatte damals einen Sinn gehabt, oder zumindest war es ihm so erschienen – falls Wayne irgendwelche Zweifel über den Wert seines Lebens und seines Berufs hegte, war es leichter, sie tief unter der Oberfläche einer Liebesbeziehung zu begraben. Wenn schon nichts anderes, so hatte ihn sein Verhältnis mit Marsha von den rauheren Wahrheiten über sich selbst abgeschirmt.
Aber Marsha hatte ihren Lebensunterhalt mit dem Verkauf von Versicherungen bestritten. Es gab niemanden auf der Welt, der fester mit der Wirklichkeit verwurzelt war als Marsha Framingham. Ihre anfängliche Attraktivität füreinander schien das alte Sprichwort über die Gegensätze, die sich anziehen, zu bestätigen, aber ein Jahr des Zusammenlebens hatte ihnen gezeigt, daß ein Paar zumindest *einige* Gemeinsamkeiten haben mußte, um eine Beziehung aufrechtzuerhalten. Marsha hatte wenig Verständnis oder Sympathie für seine künstlerischen Bedürfnisse gezeigt, und seine nächtliche Arbeitszeit hatte ihnen immer weniger Zeit füreinander gegönnt.

Vor sechs Monaten, in einem verzweifelten Versuch, ihre Beziehung zu festigen, hatte Wayne etwas Unverzeihliches getan: Er hatte Marsha gebeten, seine Frau zu werden.
Sie sah ihn lange an, bevor sie antwortete. »Nein«, sagte sie, »unter diesen Umständen wird es nie gutgehen – und du wirst dich nie mit den Umständen abfinden, unter denen es gutgehen könnte.«
»Versuch es mit mir.«
»Du müßtest mit dem Träumen aufhören.«
Eine Woche später trennten sie sich. Es war eine gütliche Trennung, so wie die Dinge lagen. Sie versprachen einander, Freunde zu bleiben – aber da sie nur wenige gemeinsame Interessen besaßen, kreuzten sich nur selten ihre Wege. Das letzte, was Wayne gehört hatte, war, daß Marsha mit einem Börsenmakler zusammenlebte und nie glücklicher gewesen war.
Wayne fragte sich, ob das eines der Dinge war, die ihn so stark zu Janet Meyers hinzogen. Äußerlich waren sie und Marsha einander sehr ähnlich – keine war überwältigend schön, aber von beiden ging ein Gefühl der Wärme und der Klugheit aus, wie er es bei einer Frau bewunderte. Der Unterschied zwischen ihnen war, daß Janet im Gegensatz zu Marsha selbst zu den Träumern gehörte. Sie mußte mit den besonderen Bedürfnissen, den Launen, den Zweifeln vertraut sein, weil sie Spiegelbilder ihrer eigenen Gefühle waren. Sie und Wayne konnten sich die einzigartige Welt des Träumens und die damit einhergehenden Probleme teilen. Sie beide konnten einander in schweren Zeiten Trost spenden – zusammen bildeten sie ein Team, das die emotionalen Stürme beruhigen konnte. Wenn er ihr doch nur begreiflich machen könnte, daß ...
Im Apartment war es plötzlich kalt und sehr einsam. Die Welt um ihn war still, und er fühlte sich abgeschnitten, isoliert von der Menschheit. Die meisten normalen Menschen schliefen jetzt, und viele von ihnen trugen Traumkappen und durchlebten die von einem Fremden vorgegebenen Phantasien. Wayne wurde von dem Drang überwältigt, in die Mas-

se einzutauchen und mit ihr zu schwimmen, seine Identität in der Masse aufzugeben und seine Probleme bis morgen zu vergessen.

Ohne nachzudenken ging er zum Fernseher, schaltete ihn ein und wählte den Informationskanal. Buchstaben flimmerten über den Bildschirm, und einige Minuten lang starrten seine Augen sie an, ohne irgend etwas wahrzunehmen. Als ihm schließlich bewußt wurde, was er tat, programmierte er das Gerät, ihm die Traum-Programmvorschau der heutigen Nacht zu zeigen. Wenn das Träumen sein Problem war, dann konnte er es ebensogut zur Lösung einsetzen.

Sorgfältig studierte er die Angebote der großen Stationen. Es gab ein paar Ankündigungen, die vielversprechend klangen, Werke von Träumern, die er bewunderte, aber sie hatten bereits begonnen. Sich mitten in einen Traum einzuschalten, war in mancher Hinsicht schlimmer, als zu spät in einen Film zu gehen: Es ließ den Zuschauer sich schrecklich desorientiert und unsicher fühlen. Das war das letzte, was Wayne in dieser Nacht gebrauchen konnte.

Er verfolgte die Vorschau weiter, bis sie zu den kleineren, spezialisierten Stationen kam. Es gab eine Reihe von Studios in Los Angeles, die inspirierende religiöse Erfahrungen anboten und auch gezielt damit warben, so daß sich niemand bei der BKK beschweren konnte, gegen seinen Willen mit Propaganda überschüttet zu werden. Allerdings hatte Wayne nach Mrs. Rondels fanatischer Predigt nicht das geringste Interesse an einer weiteren Dosis Religion.

Damit blieben nur die Porno-Stationen übrig. Als er zu ihren Vorschauen gelangte, erkannte Wayne, daß er die ganze Zeit genau danach gesucht hatte. Seine unerfüllte Liebe zu Janet, die Einsamkeit, die Leere in seiner Seele – diese Gefühle hatten die Grenze des Erträglichen überschritten. Er mußte sie auf irgendeine Weise lindern. Auch wenn er viel zu gut über die Porno-Traumindustrie Bescheid wußte, auch wenn er wußte, daß sie nicht viel mehr zu bieten hatte als übersteigerte Reize, so brauchte er dennoch ein Mittel, um die Spannung in seinem Körper abzubauen. Warum dann nicht dieses?

Rasch überflog er das Angebot. Es gab Erotika für jedermanns Geschmack, war er nun Hetero, Homo oder Fetischist. Wayne hatte an der Station immer als »spießig« gegolten, weil er nie mit den abseitigeren Phantasien zurechtgekommen war. Mit der normalen Erotik hatte er gute Arbeit geleistet, aber das esoterische Zeug den anderen überlassen. So war nun einmal sein eigener Geschmack, und dennoch hatte er sich gelegentlich ertappt, wie er sich dafür entschuldigte. Das war außer seiner Unzufriedenheit einer der Gründe gewesen, warum er dort gekündigt und das Angebot von Dramatische Träume angenommen hatte, obwohl es bedeutete, das er etwas weniger verdiente. Zumindest brauchte er sich dessen, was er tat, nicht mehr zu schämen – und es gab noch immer die Möglichkeit, sich hochzuarbeiten.
B&D boten in dieser Nacht starken Tobak an. »Sklavenherrin«, »Lederlady«, »Peitschenhiebe in der Nacht« – er brauchte nicht einmal die Untertitel zu lesen, die Titel allein genügten ihm, um zu wissen, worum es ging. Nie hatte er sein Erstaunen über die Tatsache überwinden können, wie viele Sklavencharaktere es doch unter den Zuschauern gab. Man hätte annehmen können, daß die Zahl der Sadisten – jener, die Schmerzen zufügen wollten – die der Masochisten mit ihrem Wunsch, sie zugefügt zu bekommen, bei weitem überstieg. Statt dessen war genau das Gegenteil der Fall. Masochistische Phantasien erzielten immer hohe Einschaltquoten, während sadistische dem Publikum nachlaufen mußten. Es lag an der Erziehung, vermutete er. Die Menschen waren konditioniert, sich für die Dinge, die sie taten, schuldig zu fühlen, und darüber hinaus davon überzeugt, daß sie Strafe verdienten. Wenn sie sich in einen Traum einschalteten, wo sie bestraft *wurden*, wich das Gefühl der Schuld, und sie waren wieder in der Lage, in der wirklichen Welt zurechtzukommen. Er kannte Träumer, die davon überzeugt waren, daß sie ihren Zuschauern dabei halfen, geistig gesund zu bleiben, indem sie ihnen dieses Sicherheitsventil zur Verfügung stellten – und vielleicht hatten sie recht. Aber es war trotzdem nicht das, was Wayne heute nacht brauchte.

Die nächsten beiden Einträge, die offensichtlich auf homosexuelle Männer abzielten – »Muskeljunge« und »Hintertür-Blues« –, überging er ebenfalls. Die Auswahl an Träumen für heterosexuelle Männer war an diesem Abend überraschend gering – und zu dieser Stunde stand, wie sich herausstellte, nur einer auf dem Programm: »Harems-Häschen«, präsentiert von Panegyric Productions, seinem früheren Studio.
Er sah nach, wer der Träumer war, und runzelte die Stirn. Als Verfasser war ein »Richard Long« angegeben, ein hauseigenes Pseudonym. Er hatte gehofft, es sei einer seiner Freunde, von denen er wußte, daß sie Talent besaßen, aber so mußte er das Risiko eingehen. »Richard Long« konnte jeder sein, der heute nacht im Studio arbeitete, ob er nun gut oder schlecht war. Wayne würde es erst erfahren, wenn der Traum begann – und dann würde es zu spät für einen Rückzieher sein.
Das war einer der Punkte, auf die sich die Traumkritiker eingeschossen hatten, die Tatsache, daß ein schlafender Mensch hilflos dem Träumer ausgeliefert war. Die Sicherheitsvorschriften verlangten, daß alle Empfängerkappen einen Rauchdetektor besaßen, der den Betreffenden im Fall eines Brandes weckte. Aber außer bei derartigen Notfällen gab es für die Person am Empfängerteil keine Möglichkeit, sich auszuschalten, wenn ihr der Traum nicht gefiel – sie war buchstäblich ein Gefangener, bis der Traum endete. Das war der Grund, warum die BKK so empfindlich reagierte und warum die Spiegelman-Affäre so wichtig war: Die Öffentlichkeit mußte davon überzeugt sein, daß ihre Gedanken vor unerwünschten Beeinflussungsversuchen geschützt blieben. Wenn dieses zerbrechliche Vertrauen jemals zerstört wurde, konnte die Traumindustrie über Nacht zusammenbrechen. Die Angehörigen der Branche wußten das ebenfalls, und normalerweise sorgten sie selbst für eine weit strengere Überwachung ihrer Aktivitäten als die Regierung.
Die einzige andere Möglichkeit, sich vorzeitig aus einem Traum auszuschalten, war eine mit der Traumkappe verbundene Zeituhr, die zu einem bestimmten Zeitpunkt die Verbindung unterbrach, aber nur wenige Menschen griffen auf die-

ses Mittel zurück, sofern sie nicht aus wichtigen Gründen vorzeitig geweckt zu werden wünschten. Was hatte es denn für einen Sinn, sich in einen Traum einzuschalten, möglicherweise sogar in einen, der sehr unterhaltsam war, wenn man ihn nicht bis zu seinem Ende durchlebte? Das führte nur zur Frustration. Da war wieder dieses alte Schreckgespenst, daß Träume nicht für einen späteren Sendetermin aufgezeichnet werden konnten – alles war live, und man mußte eben das Risiko eingehen. Ein guter Träumer baute sich eine Anhängerschaft auf, die sich regelmäßig bei ihm einschaltete. Ein schlechter Träumer mußte sich mit dem Rest zufriedengeben.
Wayne starrte minutenlang den Bildschirm an und versuchte sich klar darüber zu werden, ob es den Versuch wert war. Fraglos brauchte er einen intensiven erotischen Traum, um seine innere Spannung zu lindern – aber es gab keine Möglichkeit, im voraus zu sagen, wer der Träumer war. Ein schlechter Träumer wäre fast noch schlimmer als überhaupt keiner und würde Wayne am Schluß frustrierter zurücklassen, als er es jetzt schon war. Wollte er dieses Risiko auf sich nehmen?
Er schaltete den Fernseher aus, ging zum Bett und entkleidete sich. Als er unter die Decke schlüpfte, nahm er die Traumkappe von dem Haken an der Wand über dem Bett. Nach dem, was er bei seinem Kursus für die Träumer-Lizenz gelernt hatte, bestand nicht der geringste Unterschied zwischen einer Empfängerkappe und der Kappe, die er bei seiner Arbeit benutzte. Beide waren in der Lage, Signale zu empfangen oder abzustrahlen. Es gab nur zwei Faktoren, die ausschlaggebend waren. Ein Träumer in einem Studio wußte, was er tat, und war sich bewußt, daß er seine Phantasien erschuf und sie für das Publikum nach draußen projizierte. Und ein Träumer verfügte außerdem über die Sendeleistung der Station, die seine Gedanken verstärkte, so daß sie intensiv genug waren, um das Bewußtsein der Zuschauer zu erreichen und alles andere, was in ihnen vorging, zu verdrängen. Theoretisch konnte der Zuschauer zu Hause seine eigenen Träume zurück in den

Sender übertragen – aber die Signale wären so schwach, wenn sie dort eintrafen, daß sie keine Wirkung haben würden.
Wayne schaltete das Licht aus, zog die Kappe über den Kopf und machte es sich in seinem Bett bequem. Er versuchte, die Geschehnisse des Tages aus seinen Gedanken zu verbannen und so rasch wie möglich einzuschlafen: Die Traumkappe konnte im Wachzustand nicht funktionieren. Theoretisch war es möglich, eine Traumkappe herzustellen, die stark genug war, um die Gedanken eines wachen Bewußtseins zu überlagern – aber auch das war nach den amerikanischen Gesetzen verboten. Die kommerziell vertriebenen Traumkappen konnten ihre Wirkung nur entfalten, wenn der Betrachter schlief. Wenn Wayne noch immer wach war, sobald der Traum begann, konnte er die ganze Sache vergessen.
Aber als Träumer mußte er in der Lage sein, sich willentlich in einen Trancezustand zu versetzen, und er war in Autohypnose ausgebildet worden, um dies zu erreichen. Er setzte diese Fähigkeit jetzt ein, zog sich vollständig in sich selbst zurück, und allmählich – ohne daß es ihm bewußt wurde – löste sich die reale Welt in nichts auf.

Er befand sich in einem großen, lichten Raum mit einem offenen Dach, das den Blick auf den blauen Nachmittagshimmel gestattete. Der Raum war rechteckig, und vom Innenhof aus führten schattige Laubengänge in alle Richtungen davon. Angedeutete arabische Muster – er konnte sie nicht klar erkennen – schmückten die Wände. In der Mitte befand sich ein rechteckiges Schwimmbecken. Die Luft roch süß nach Datteln und Granatäpfeln.
Sein Freund an seiner Seite stieß ihn an. »Gehen wir«, flüsterte er drängend. »Wir sind schon zu lange hier. Es bedeutet für jeden Mann, der kein Eunuch ist, den sofortigen Tod, wenn er hier erwischt wird.«
»Wenn ich schon mein Leben riskiert habe, um das hier zu sehen, kann ich mich auch noch ein wenig mehr umschauen«, entgegnete Wayne ruhig. »Ich habe mir vorgenommen,

die königlichen Haremsgemächer zu besichtigen, und ich habe noch nicht genug gesehen.«
»Dann hast du heute zum letzten Mal gesehen, wie die Sonne aufging«, warnte ihn sein Freund. »Ich verschwinde jetzt. Dein Schicksal liegt von nun an in deinen eigenen Händen.«
Er schlich davon und verschwand in den Schatten, und Wayne verschwendete keinen weiteren Gedanken mehr an ihn.
Lautlos huschte Wayne zum Becken, tauchte seine Hand hinein und stellte fest, daß das Wasser warm und schlüpfrig war von duftenden Badeölen. Er sah hinüber zu den bequemen Diwanen, auf denen sich die Frauen des Sultans entspannen konnten, und er bedauerte, nicht hier sein zu können, wenn sie anwesend waren – aber das würde bedeuten, sein Glück gar zu sehr in Versuchung zu führen. Zumindest konnte er jetzt mit dem Wissen heimkehren, in welchem Überfluß die Haremsdamen lebten.
Zu seiner Linken erklang ein Geräusch, und erschrocken sah er sich um. Jemand kam, und es würde ihn das Leben kosten, wenn man ihn hier fand. Er entdeckte eine kleine Nische hinter einer Trennwand aus Elfenbein, und kaum war er darin verschwunden, öffneten sich die Türen am anderen Ende des Raums. Einige der schönsten Frauen, die Wayne jemals gesehen hatte, traten ein, begleitet von nur einem einzigen Eunuchen – einem muskulösen Mann, der an der Seite ein funkelndes Krummschwert trug.
Die Frauen waren überwiegend brünett – unter ihnen gab es nur einige Blondinen und einen einzigen Rotschopf. Es waren mindestens zwanzig – Wayne kam niemals auf ihre richtige Zahl –, und alle waren jung und schlank, mit samtener Haut und anmutig geformten Körpern. Sie trugen hauchzarte, in milden Regenbogenfarben gehaltene Gewänder, die mehr enthüllten als verbargen: Keine von ihnen trug hier in der Abgeschiedenheit ihrer Privaträume Schleier.
Eine der Frauen erregte besonders seine Aufmerksamkeit, eine braunhäutige Wildkatze, die sich auf dem Diwan an der Stirnseite des Beckens ausstreckte. Dies, so wußte Wayne, mußte die Hauptfrau des Sultans sein. Offensichtlich fürchte-

te sie sich vor nichts und niemandem, wie sie sich da träge auf dem Diwan rekelte, und die anderen Frauen beugten sich ihr.
Die Lieblingsfrau gähnte und sagte dann in gelangweiltem Tonfall: »Wir müssen uns hier ausruhen und amüsieren, während unser edler und großzügiger Herr die Woche damit verbringt, in den Bergen zu jagen. Ich bewundere immer wieder aufs neue seine subtilen Folterungen, daß er uns hier einsperrt und uns als einzige Gesellschaft einen einsamen Eunuchen zur Verfügung stellt, während er doch genau weiß, daß jede von uns eine leidenschaftliche Frau ist, die die Wünsche eines jeden sterblichen Mannes erfüllen kann. Die Grausamkeit seiner Scherze ist manchmal schwer zu ertragen.«
Sie sah zu dem Eunuchen hinüber. »Komm her«, befahl sie.
Der Mann gehorchte und stellte sich neben ihre Couch, daß sein massiger Körper vor ihr aufragte. Sie nahm seine fleischigen Hände und legte sie auf ihre Brüste, veranlaßte ihn dazu, sie in einer grotesken Parodie der Leidenschaft zu liebkosen. »Sag«, bat sie mit heiserer Stimme, »bereust du nie, kein richtiger Mann mehr zu sein? Würdest du mich denn jetzt nicht gern nehmen und mich leidenschaftlich lieben wollen?«
»Wenn ich das jemals bedauern würde, dann würde ich mehr verlieren, als ich jetzt schon verloren habe«, entgegnete der Eunuch. Er löste seine Hände von ihr und verschränkte die Arme vor der Brust. »Ich bin auf meine Weise so glücklich wie jeder andere Mann.«
Die Frau stieß ihn fort und stand auf. »Pah. Im gesamten Königreich gibt es keinen richtigen Mann. Mein Herr regiert ein *Volk* von Eunuchen. Wenn doch nur ein richtiger Mann kommen und das Feuer löschen würde, das in meinem Schoß brennt.«
Sie streckte sich, und als sie das tat, fiel ihr durchscheinendes Gewand von ihr ab und ließ sie nackt am Rand des Beckens stehen. Waynes Blickfeld verengte sich, bis er nur noch sie wahrnahm. Sein Blick wanderte über ihren herrlichen Körper,

bewunderte ihre Schönheit bis in die intimsten Details. Die Zeit stand für eine Weile still, während er seine Musterung beendete, und lief dann langsam weiter. Die Frau stieg kurz in das Becken und tauchte ihren Körper bis zu den Schultern in das duftende Wasser. Sie richtete sich wieder auf und kletterte aus dem Becken. Das Wasser perlte in köstlichen Tropfen von ihrer Haut. Eine der anderen Frauen trat mit einem Handtuch auf sie zu und begann sie abzutrocknen.

»Du hast noch Glück«, beschwerte sich eine der anderen Frauen. »Dich besucht unser Herr wenigstens noch mehrmals im Monat. Die meisten von uns können froh sein, wenn wir ihn fünfmal im Jahr sehen. Stell dir nur die Leidenschaft vor, die sich für ihn in uns gesammelt hat.«

»Und was ist mit mir?« fragte ein Mädchen am anderen Ende des Raums. Sie besaß das süßeste, unschuldigste Gesicht, das Wayne jemals gesehen hatte, und er bezweifelte, daß sie älter als sechzehn war. »Ich bin jetzt seit zwei Monaten mit ihm verheiratet, und er hat mich noch nicht ein einziges Mal in sein Bett gerufen. Langsam fürchte ich, noch als Jungfrau zu sterben. Vielleicht glaubt unser Herr, daß ich nicht weiß, wie man einen Mann glücklich macht und von ihm glücklich gemacht wird. Aber das stimmt nicht. Ich habe es gelernt, ich *weiß* es.«

»*Was* kannst du denn schon wissen, meine kleine Maus?« spottete die Hauptfrau. »Komm her und zeig mir, was du gelernt hast.« Sie legte sich wieder auf ihren Diwan, als das Mädchen näher trat und neben ihr niederkniete. »Beweise es an mir«, befahl sie.

Das Mädchen neigte gehorsam den Kopf und begann zärtlich den Körper der älteren Frau zu streicheln. Ihre Fingerspitzen strichen nur ganz leicht über die Haut, wanderten von den Schultern bis hinunter zu den Knien und widmeten sich mit besonderer Aufmerksamkeit den Brüsten und Lenden. Die Hauptfrau stöhnte leise und bog katzenhaft ihren Leib, um die Liebkosungen bis zum äußersten auszukosten.

Während das junge Mädchen fortfuhr, gewann sie immer mehr Selbstvertrauen, und ihre Bewegungen wurden leiden-

schaftlicher. Ihre geschickten Finger erkundeten ausgiebig die dichten schwarzen Locken ihres Schamdreiecks. Die Hauptfrau spreizte die Beine und hob die Hinterbacken, ermutigte die Finger des jungen Mädchens, in sie einzudringen. Die Atemzüge der Frau wurden schneller und schneller, bis sie mit einem leidenschaftlichen Ächzen nach der Jungfrau griff und sie auf sich zog.
Die beiden Leiber wanden sich auf dem Diwan, die Frauen streichelte einander mit leidenschaftlicher Zärtlichkeit. Sie küßten sich mit der ganzen Inbrunst ihrer lodernden Gefühle, und sie rieben ihre Leiber aneinander, und die vollen Brüste der älteren Frau preßten sich gegen den kleinen, mädchenhaften Busen der jüngeren.
Dann rollte sich die Hauptfrau auf sie und küßte den Körper des Mädchens, begann an den Lippen und arbeitete sich tiefer. Ihre Zunge spielte einige Zeit mit den Brustwarzen, bis sie weiter zum Nabel und noch tiefer wanderte. Schließlich vergrub die ältere Frau ihr Gesicht zwischen den Oberschenkeln der Jungfrau und liebkoste sie weiter, bis das Mädchen aufschrie und ihr ganzer Leib in unerträglicher Lust erbebte.
Danach lagen die beiden Frauen erschöpft auf der Couch. Die Hauptfrau hob den Kopf und sah das junge Mädchen an. »Du hast deine Lektionen gut gelernt«, keuchte sie. »Ich werde dafür sorgen, daß unser Gemahl erfährt, wieviel Freude du ihm bereiten kannst.« Ihr Mund verzog sich zu einem breiten Lächeln. »Sorge du nur dafür, daß du mir auch in Zukunft Freude bereitest.«
»Gewiß, meine Herrin«, lächelte das junge Mädchen.
Die anderen Frauen im Harem hatten ihre spärliche Kleidung abgelegt und stiegen in das Becken in der Mitte des Raums. Sie planschten spielerisch und begannen einander mit liebevoller Sorgfalt einzuölen. Waynes Blick glitt durch den Raum und weidete sich an der Schönheit jeder einzelnen Frau, bis der Traum verblaßte. Die Pause begann.
Als der Traum weiterging, beugte sich Wayne nach vorn, um einen besseren Blick auf die badenden Schönheiten zu

gewinnen, und unabsichtlich stieß er gegen die Trennwand, die sein Versteck verbarg.
»Was war das?« rief eine der Frauen.
»Was war was?«
»Dort drüben«, erwiderte die erste und deutete in Waynes Richtung. »Die Trennwand hat sich bewegt. Ich glaube, dort ist jemand.«
Einige der schreckhaften Frauen stießen leise Schreie aus, und jemand rief: »Schickt nach dem Eunuchen!«
Die Hauptfrau setzte sich auf und schnitt ein nachdenkliches Gesicht. »Laßt uns nichts überstürzen. Schauen wir zuerst nach, was es ist.« Sie schlenderte mit wogenden Hüften zu Waynes Nische und schob die Wand zur Seite, enthüllte Wayne den Blicken der anderen. Eine der Frauen fiel in Ohnmacht, und die meisten übrigen Damen drehten sich verlegen zur Seite, um ihre Nacktheit zu verhüllen. Nur die Hauptfrau bot sich ihm unverhohlen dar und blickte Wayne offen ins Gesicht. »Wer bist du, daß du es wagst, in den Harem des Sultans einzudringen?« fragte sie hochmütig.
»Mein Name ist Ali«, sagte Wayne gelassen.
»Kennst du die Strafe, Ali, die einem Mann droht, der den Harem des Sultans sieht?«
»Tod.«
»Und trotzdem bist du hier. Nennt man dich vielleicht Ali den Narren?«
Wayne wußte, daß er ohnehin ein toter Mann war, und so konnte er ebensogut mit Kühnheit reagieren. »Man nennt mich Ali den Glücklichen«, erklärte er ihr, »denn noch nie haben menschliche Augen soviel Schönheit an einem Ort zur gleichen Zeit erblickt. Gibt es denn für einen Mann ein größeres Glück?«
»Wenn die Eunuchen dich hier finden, werden sie dich mit ihren Krummschwertern glücklich machen.«
»Dann liegt es an dir, dafür zu sorgen, daß sie mich nicht finden.«
»An mir?« Die Hauptfrau wölbte eine Braue. Offensichtlich erzürnte Waynes Unverschämtheit sie.

»Erkennst du denn nicht, Geliebte meines Herzens, daß mich das Kismet hierhergeführt hat? Ein wohltätiger *Dschinn*, der des Weges kam, muß deine sehnsuchtsvollen Seufzer nach einem Mann, der deine Wünsche erfüllt, gehört haben, und er hat mich aus meinem Zelt in der Wüste hierher versetzt, um bei dir zu sein. Aber selbst ich, der größte Liebhaber, den die Wüste je hervorgebracht hat, kann wenig tun, um dich zu befriedigen, wenn die Eunuchen mich mit ihren Schwertern aufspießen.«

»Zweifellos sind Allahs Wege geheimnisvoll«, sagte die Hauptfrau mit einem verschmitzten Lächeln auf dem Gesicht.

Die anderen Frauen im Raum hatten inzwischen ihr anfängliches Entsetzen über Waynes Anwesenheit überwunden und drängten sich um ihn. Neugier vermischte sich mit nackter Lust auf ihren schön geschnittenen Gesichtern. »Er ist in der Tat eine stattliche Erscheinung«, bemerkte eine von ihnen, nachdem sie Wayne wohlgefällig von Kopf bis Fuß gemustert hatte.

»Wir wollen auf keinen Fall den *Dschinn* beleidigen, der ihn uns geschickt hat«, sagte eine andere.

»Nur ein Narr lehnt ein Geschenk Allahs ab«, erklärte eine dritte.

Eine der Frauen trat schamlos vor und baute sich direkt vor Wayne auf. Sie war soeben aus dem Becken gekommen, und von ihrem Körper perlte das Wasser in köstlichen Tropfen und lud ihn ein, diese von ihrer warmen, glatten Haut abzulecken. Sie legte ihm die Hände auf die Schultern und strich zärtlich über seine Arme. »Die Weisen raten uns, sich glücklich dem Schicksal hinzugeben«, sagte sie. »Ich habe diesen Rat immer befolgt.«

Sie trat einen Schritt näher, so daß sich ihr Körper jetzt an Wayne preßte. Ihre Hüften schmiegten sich eng an ihn, und die Spitzen ihrer Brüste strichen leicht über seine Haut. Wayne legte einen Arm um sie, zog sie an sich und beugte sich zu ihr hinunter, um ihre sehnsüchtigen Lippen zu küssen. Plötzlich wurde sie von einer anderen Frau von ihm wegge-

zerrt. »Das wirst du nicht tun«, schrie die Neue. »Er gehört mir! Ich habe ihn zuerst gesehen!«
»Du hast doch nur aufgeschrien und dich abgewandt«, sagte die Frau, die aus Waynes Umarmung gezerrt worden war. »Wenn du nicht anders auf einen Mann reagieren kannst, dann verdienst du keinen.«
»Ich kann ihn zehnmal glücklicher machen als du. Ich kenne dreiundvierzig verschiedene Stellungen.«
»Aber *Männer* machen es anders als die Kamele, mit denen du geübt hast.«
Die beiden Frauen gingen aufeinander los, während der Rest des Harems zuschaute und Partei für die eine oder die andere Kämpferin ergriff. Die beiden Widersacherinnen rangen einander nieder und zerrten sich gegenseitig an den Haaren, während sich ihre nackten Körper auf dem Boden wanden. Sie waren etwa gleich stark, und keine konnte die andere längere Zeit über niederhalten, ehe sie selbst herumgewirbelt und zu Boden gedrückt wurde. Die anderen Damen fanden das sehr vergnüglich und feuerten ihre Freundinnen an, und gelegentlich traten sie derjenigen, die oben war, in das Hinterteil und schubsten sie zur Seite.
»Was geht hier vor?« donnerte eine laute Stimme. Wayne drehte sich und entdeckte die eindrucksvolle, halbnackte Gestalt des Eunuchen im Türrahmen, die mächtigen Arme herrisch vor der Brust verschränkt. Der Sklave starrte die Damen an, brachte sie zum Schweigen, bis sein Blick abrupt auf Wayne ruhen blieb, der zwischen ihnen stand.
»Wer bist du, Schwein, und wie bist du hier hereingekommen?« brüllte der Eunuch, und seine Hand ruhte bereits auf dem Knauf seines Krummschwertes.
»Abu glaubt nicht an *Dschinns*«, flüsterte die Hauptfrau Wayne zu. »Hast du für ihn ein anderes Märchen parat?«
Wayne fuhr herum und rannte davon, als der große Eunuch mit dem Krummschwert in der Hand auf ihn losstürmte. Die Zeit dehnte sich für Wayne, und er schien kaum voranzukommen, während sich der riesige Sklave ihm immer weiter näherte. Die polierte Stahlklinge glitzerte im Sonnenlicht, das

durch die Öffnung im Dach fiel, und der Kampfschrei des anderen Mannes hallte wie ein Donnerschlag durch den Raum. Waynes Füße waren bleiern, und die Luft war wie Sirup, als er floh. Der Eunuch kam näher und näher, wuchs wie der leibhaftige Tod hinter ihm auf, und es gab keine Möglichkeit, dem Schlag der rasiermesserscharfen Klinge zu entgehen.

Dann, genau in dem Moment, in dem das Krummschwert auf Waynes Kehle zustieß, rutschte der Eunuch auf dem feuchten Boden aus. Er verlor das Gleichgewicht und stürzte, schlug mit dem Kopf auf den Rand des Beckens und fiel in das Wasser, wo er bewußtlos liegenblieb und ertrank.

Wayne und die Frauen sammelten sich an dem Rand des Beckens und betrachteten den ertrinkenden Mann. »Was sollen wir nur dem Sultan sagen?« jammerte eine der Damen mit vor Schreck geweiteten Augen.

Die Hauptfrau lächelte. »Nun, natürlich die Wahrheit.«

Wayne begegnete ihrem Blick und sah ihr tief in die Augen. »Und was hast du als Wahrheit bestimmt, geliebte Dame meines Herzens?« fragte er.

»Daß Abu für mich ein Kissen holen wollte und dabei ausgerutscht, mit dem Kopf aufgeschlagen und ertrunken ist«, antwortete sie kühl. »Und da außer uns Frauen niemand hier war, gab es niemanden, der genug Kraft besaß, ihn rechtzeitig aus dem Wasser zu ziehen.«

»Mir gefällt diese Wahrheit«, lächelte Wayne. »Ihr Licht verdeckt einige düstere Stellen. Aber dadurch bin ich in deiner Schuld. Siehst du irgendeinen Weg, auf dem ich mich für deine Freundlichkeit erkenntlich zeigen kann?«

»Es gibt einen.« Die heißblütige Frau trat auf ihn zu und legte ihre Arme um ihn, drückte ihn so fest an sich, daß er die warme Weichheit ihres nackten Körpers spüren konnte. »Aber du mußt der Tatsache ins Auge sehen, daß du diesen Harem nie wieder verlassen kannst, denn das würde deinen sofortigen Tod bedeuten. Die anderen Frauen und ich werden dich verstecken, dir Speisen und Kleidung und was du sonst noch benötigst bringen – aber im Tausch für diese Dinge

mußt du uns die Dienste leisten, die uns unser Herr so oft verwehrt.«
Ihre Hände machten sich langsam an den Verschlüssen seiner Kleidung zu schaffen, und ihre langen Fingernägel glitten über seine Haut. »Ich warne dich«, fuhr sie fort, »du wirst in unserer Gesellschaft rasch altern. Wir sind sehr anspruchsvoll, und wir werden dafür sorgen, daß du immer dein Bestes geben wirst. Wir kennen alle Mittel, mit denen sich Leidenschaft in einem Mann erwecken läßt.«
Ihr Körper drängte sich enger an ihn, ihre Hüften rieben sich sinnlich an seinem Unterleib. Wayne sah tief in ihre Augen und zuckte die Schultern. »Nun«, sagte er, »wenn das also mein Schicksal sein soll, so bleibt mir nichts anderes übrig, als – wie hier schon gesagt wurde – mich ihm hinzugeben.«
Er legte seine Arme enger um die Frau, die ihn festhielt, und die anderen Haremsdamen drängten sich um die beiden. Zärtliche Frauenfinger streichelten ihn am ganzen Körper, entkleideten ihn geschwind und liebkosten seine intimsten Stellen. Er und die Hauptfrau sanken zu Boden, umgeben von der bewundernden Menge der Frauen, die alle begierig darauf waren, den »Gefangenen« für sich zu bekommen. Wayne erkannte, daß ein Mann unter derart anstrengenden Bedingungen tatsächlich vorzeitig altern konnte, aber er fürchtete sich nicht länger vor einem derartigen Tod. Schließlich – war er nicht bereits im Paradies?
Bei diesem Gedanken verblaßte der Traum, und alles wurde wieder schwarz.

Wayne erwachte kurz nachdem der Traum geendet hatte. Er blieb für einen Moment auf dem Rücken liegen und atmete schwer, während er hinauf zur dunklen Decke starrte. Er hatte schon vorher gewußt, daß ihn der Traum unbefriedigt lassen würde, aber trotzdem hatte er es versucht. Und jetzt lag er allein im Bett und schwitzte unter der sinnlichen Hitze, mit der ihn der Traum erfüllt hatte, ohne daß er sie löschen konnte.
Einem Laien dürfte der Traum vermutlich gefallen haben,

aber als jemand, der vier Jahre in der Porno-Branche gearbeitet hatte, waren Wayne eine ganze Reihe Fehler aufgefallen. Der »Freund«, der ihn in den Harem begleitet hatte und dann verschwunden war, hatte nur dazu gedient, auf ungeschickte Art den Hintergrund der Handlung zu erklären. Der Träumer hatte nie die genaue Anzahl der Frauen im Harem spezifiziert – sie hatte je nach seiner Fähigkeit, sie in dem jeweiligen Moment zu visualisieren, geschwankt. Seine Kenntnis dieser Epoche war nur dürftig gewesen, was bedeutete, daß der Raum und die Kostüme unbestimmbar geblieben waren und eher aufgesetzt denn als integraler Bestandteil des Traums gewirkt hatten. Der Eunuch im ersten Akt war bei Beginn des zweiten abrupt verschwunden, nur um dann bei Bedarf wieder aufzutauchen. Der ganze Zwischenfall mit dem Krummschwert war viel zu blutrünstig gewesen und hatte im scharfen Kontrast zu der erregenden Atmosphäre des übrigen Traums gestanden. Und am schlimmsten von allem: Der *deus ex machina*, als der Eunuch ausgerutscht und ertrunken war, verriet den Amateur. Wayne hätte eine Möglichkeit für den Zuschauer gefunden, aus eigener Kraft den Eunuchen zu besiegen, um so sein Selbstvertrauen und sein positives Verhältnis zum Traum zu stärken.

Natürlich, derartige Dinge geschahen in normalen Träumen dauernd – der Hintergrund war unvollkommen, Charaktere tauchten auf und verschwanden wieder, Dinge geschahen, ohne daß die Gründe dafür klar wurden. Es gab eine wachsende Gruppe von Träumern, die diesen mehr »naturalistischen« Stil propagierten und behaupteten, daß sie dem Leben so näher waren – aber Wayne erschien dies lediglich wie eine Entschuldigung für mangelndes künstlerisches Talent. Wenn das Träumen eine Kunst war – und daran glaubte er fest –, dann verhielt es sich damit wie mit jeder anderen Kunstform. Die Kunst prägte der Realität ihre eigenen Gesetze auf, und das Träumen sollte in dieser Hinsicht keine Ausnahme bilden. Wayne hielt es für seine Pflicht als Künstler, seine Träume strenger unter Kontrolle zu halten als jener Träumer, dessen Werk er soeben kennengelernt hatte.

Er lag eine Stunde lang im Bett, während seine Gedanken wie ein Bienenschwarm summten. Seine wachsende Zuneigung zu Janet, seine Gefühle der Enttäuschung, daß er nicht zeigen konnte, welche Fähigkeiten wirklich in ihm steckten, seine Abscheu vor Rondels Zuhause, seine Einsamkeit und vor allem sein Drang, das Träumen zu jener großen Kunstform zu machen, die es seiner Überzeugung nach werden konnte – all diese Dinge waren Strudel im Meer seines Bewußtseins. Erst als die Sonne aufging und den Himmel vor seinem Fenster erhellte, sank er erleichtert – wenngleich verspätet – in tiefen Schlaf.

6

Die Terminierung der Redaktionskonferenz stellte in einem Traumstudio immer einen delikaten Kompromiß dar. Die »Talente«, die Träumer, waren notwendigerweise Nachtmenschen. Selbst wenn sie in einer Nacht frei hatten, bemühten sie sich, ihren gewohnten Lebensrhythmus beizubehalten. Abwechselnd am Tag und in der Nacht zu arbeiten, konnte für Körper und Geist unangenehme Konsequenzen haben. Die Träumer mußten in guter Verfassung bleiben, denn von ihnen hing das Wohlergehen des gesamten Unternehmens ab.
Der Verwaltungsstab andererseits zog die normalen Bürostunden von acht bis siebzehn Uhr vor. Die Geschäftszeiten eines Unternehmens mußten mit denen aller anderen Unternehmen in der Stadt übereinstimmen, oder ein normaler Betrieb war nicht aufrechtzuerhalten. Verkompliziert wurde die Angelegenheit noch durch die Autoren, die irgendwo dazwischen in einer Grauzone operierten. Das Management sah es lieber, wenn die Autoren während der normalen Geschäftszeit in ihren Büros arbeiteten – doch gegen dieses System wurde mehr verstoßen, als daß es befolgt wurde. Die Autoren waren immer im Terminverzug, und sie arbeiteten bis spät in die Nacht oder kamen vor Bürobeginn, oder sie nahmen ihre

Drehbücher mit nach Hause, um sie dort fertigzustellen. Das Resultat war, daß sie nur unregelmäßig arbeiteten und dann zu Zeiten, wenn alle anderen ruhten.
Die Redaktionskonferenzen von Dramatische Träume fanden gewöhnlich um vier Uhr nachmittags statt. Den Träumern gefiel dieser Termin nicht, weil es bedeutete, daß sie »früh« zur Arbeit kommen mußten. Dem Verwaltungsstab mißfiel er, galt doch der Großteil des Tages als verschwendete Zeit, da alle darauf warteten, was bei der Besprechung gesagt und entschieden wurde. Den Autoren war es gleich – jeder Vorwand, unter dem sie sich von ihren Schreibmaschinen zurückziehen konnten, war ihnen willkommen. Aber vier Uhr war der einzige Zeitpunkt, bei dem Bill DeLong garantieren konnte, daß sich alle Beteiligten einfinden würden.
Wayne kam einige Minuten vor vier ins Studio. Er hatte gerade noch Gelegenheit, sein Jackett in seinem winzigen Büro abzulegen, nach Notizbuch und Kugelschreiber zu greifen und dann zu der Besprechung zu eilen. Wie gewöhnlich fand sie in Mort Schulbergs Büro statt, welches das größte auf der Etage war. Das hatte allerdings nicht viel zu sagen: Wenn alle Beteiligten eingetroffen waren, war es in dem Zimmer gedrängt voll, und die meisten mußten auf dem Boden sitzen. Es war eine Möglichkeit, dafür zu sorgen, daß alle Tuchfühlung miteinander hatten, auch wenn die Freundlichkeit untereinander nicht immer echt war.
Allerdings war es an diesem Tag nicht so schlimm. Wayne mußte zwar auf dem Boden sitzen, da er zu spät kam, aber zumindest konnte er sich den Platz aussuchen. Als er sich umsah, bemerkte er, daß Rondel einen Platz auf der langen Couch direkt neben Janet ergattert hatte, die sich auf die Lehne an der anderen Seite stützte und über Rondels Nähe nicht besonders glücklich zu sein schien. Rondel entdeckte Wayne und hielt ein Buch hoch, um ihm zu zeigen, daß er daran gedacht hatte, es mitzubringen. Wayne nickte dankend und drehte sich zur Stirnseite des Zimmers. DeLong streckte ihm bereits eine Kopie seines neuen Drehbuchs entgegen. Wayne hatte kaum Zeit, einen Blick darauf zu werfen und festzustel-

len, daß es tatsächlich ein Western war, als zwei weitere Personen eintraten und DeLong aufstand.
»Ich denke, damit sind alle anwesend«, begann der Programmkoordinator. »Wir sind zwar nicht besonders zahlreich, aber eine Menge Leute haben sich Urlaub genommen. Ich kann nicht behaupten, daß ich es ihnen übelnehme, wenn ich bedenke, was morgen auf dem Programm steht. Ich wünschte, ich könnte mich ebenfalls davonmachen. Wir werden uns später noch ausführlich darüber unterhalten. Machen wir uns jetzt an die Routineangelegenheiten. Die Einschaltquoten. Sie sind nicht besonders gut, aber wann waren sie das jemals? Außerdem hat uns die Spiegelman-Sache zurückgeworfen, schätze ich, und zu allem Überfluß haben wir noch das normale Sommerloch. Im Moment ist kein Arbeitsplatz gefährdet – Sie können also alle aufatmen –, aber wenn keine Änderung eintritt, müssen wir uns etwas überlegen, damit die Quoten steigen. Ich bitte Sie, sich etwas einfallen zu lassen. In der nächsten Woche suche ich Sie einzeln auf, um zu erfahren, ob Sie irgendwelche Verbesserungsvorschläge haben. In der Zwischenzeit denken Sie darüber nach – jede Idee ist hochwillkommen.«
DeLong warf einen Blick auf die Tagesordnung. »Nun, kommen wir jetzt zur Programmplanung. Vince steht heute nacht wieder zur Verfügung, und ich denke, wir schulden ihm alle ein wenig Dank. Dies ist der vierte Traum in einer Woche, womit er mehr als nur seine Pflicht erfüllt. Ich weiß nicht, wie wir es sonst geschafft hätten, jetzt, wo Dory in den Flitterwochen und Fred im Krankenhaus ist. Vince, was bringst du heute nacht?«
Rondel räusperte sich. »Einen Meistertraum, eine spannende kleine Science-fiction-Geschichte, die mir eingefallen ist. Sie spielt in ferner Zukunft, wo die Menschen wieder zurück in die Barbarei gesunken ist und nur noch eine kleine Gruppe von Zauberern weiß, wie man die alten Maschinen bedient. Die eigentliche Handlung bilden die Abenteuer eines Helden aus der Provinz, der die Macht der Zauberer herausfordert und den Massen die Technik zurückbringt.«

DeLong nickte. »Klingt vielversprechend, besonders in der Zusammenfassung.« Er machte mit der Programmplanung weiter. Zu Waynes Mißvergnügen stellte sich heraus, daß er zumindest in der nächsten Woche nicht mit Janet zusammenarbeiten würde. Janet hatte morgen nacht den zweiten Traum – einen Krimi –, und Wayne war in der darauffolgenden Nacht mit dem ersten Traum an der Reihe. Mit ein wenig Glück, erklärte ihnen DeLong, würden die Personalprobleme bald gelöst sein und sie zu einer weniger anstrengenden Arbeitsverteilung zurückkehren können. Wayne hoffte, daß dies mehr Doppelträume mit sich bringen würde. Er wartete auf eine neue Gelegenheit, um mit Janet zusammenzuarbeiten.

DeLong wandte sich dann an die Autoren, machte ihnen einige Vorschläge und bat sie darum, mehr Gewicht auf die Charaktere als auf die Handlung zu legen. Er spielte mit dem Gedanken, Seriencharaktere aufzubauen und sich so ein Stammpublikum heranzuziehen, wollte aber mehr Auswahlmöglichkeiten haben, ehe er sich darauf stürzte.

Dann gab es einige routinemäßige Verwaltungsangelegenheiten zu besprechen. Die Krankenversicherungsbeiträge waren wieder gestiegen und würden ein größeres Stück von den neuen Gehaltsschecks verschlingen. Die nächste karitative Sammlung rückte näher, und einige Pläne wurden zur Diskussion gestellt, um die Spendenprozedur so schmerzlos wie möglich abzuwickeln.

Nachdem all die unwichtigen Einzelheiten erledigt waren, kam Schulberg zu dem Thema, das jedem einzelnen am Herzen lag. »Wie Sie wissen«, begann er, »wird Gerald Forsch von der BKK morgen hier eintreffen, um mit der Untersuchung von Eliotts *angeblicher* Verfehlung zu beginnen. Wahrscheinlich wird er jeden einzeln vernehmen, bis auf Wayne dort drüben, da er noch nicht bei uns war, als es passierte. Diesmal kann sich Wayne noch aus der Schlinge ziehen.«

Leises, nervöses Gelächter klang auf, und Wayne lächelte verlegen.

»Ich weiß nicht genau, was Forsch fragen wird«, fuhr Schulberg fort. »Mit Sicherheit wird er Ihnen Fragen über Eliott stellen – wie gut Sie ihn gekannt haben, was seine politischen Ansichten waren, ob er Ihnen gegenüber schon einmal die Absicht geäußert hat, andere Menschen von seinen Ansichten zu überzeugen, so etwas in dieser Art. Womöglich versucht er auch, Sie über sich selbst auszufragen – aber vergessen Sie nicht, es gibt nicht den leisesten Hinweis, daß irgend jemand anders sich irgendeines Vergehens schuldig gemacht hat. Ich bete zu Gott, daß Sie ihm keinen Grund liefern, tiefer zu bohren. Verbergen Sie nichts – wenn er glaubt, daß Sie ihm etwas vorenthalten, wird er nur tiefer graben. Aber verraten Sie auch nichts freiwillig.«

Schulberg zögerte und strich nervös mit der Hand über seinen gelichteten Haarschopf. »Sehen Sie, jeder weiß, daß ich in der Klemme stecke. Eliott ist mein Schwiegersohn, und ich möchte ihn, soweit ich kann, schützen. Gleichzeitig bin ich dem Sender verpflichtet, und ich muß dafür sorgen, daß er weiterbesteht und Sie Ihre Stellungen behalten. Ich will das nicht aufs Spiel setzen. Die BKK engt uns bereits mit genug Verordnungen ein – ich möchte ihr keinen Vorwand liefern, uns die Lizenz zu entziehen.«

Zustimmendes Gemurmel erklang, und viele nickten beipflichtend. Die BKK war innerhalb der Traumindustrie nicht beliebt. Sie verbot den Sendeanstalten die Übertragung von Werbespots, eine potentiell lukrative Einnahmequelle, weil sie den Mißbrauch zu Propagandazwecken fürchtete. Sie begrenzte die Traumzeiten auf die Nachtstunden, um der Gefahr zu begegnen, daß jemand zu süchtig danach wurde, und schloß damit jene, die des Nachts arbeiteten, als potentielle Tagkunden aus. Sie verbot Minderjährigen die Benutzung der Traumkappen mit dem Argument, daß Kinder zu leicht zu beeinflussen waren. Und sie überwachte laufend den Inhalt der Träume, um selbst die Möglichkeit des Mißbrauchs zu verhindern. Kaum ein Monat verging, in dem keine Beschwerden auftauchten, obwohl die Spiegelman-Affäre der bisher bei weitem ernsteste Zwischenfall war.

Schulberg sah sich im Zimmer um und seufzte. »Ich weiß,

was einem der gesunde Menschenverstand sagt: Werft Eliott den Wölfen vor, und rettet euren eigenen Hals. Nun, ich habe nicht vor, so zu handeln. Ich werde ihn unterstützen, soweit es in meiner Macht steht. Was Sie betrifft, so müssen Sie das mit sich selbst ausmachen. Ich bitte Sie nicht zu lügen – wenn Eliott schuldig ist, hat er Strafe verdient. Aber denken Sie daran, wenn Forsch Sie verhört, daß ebensogut Ihr Kopf in der Schlinge stecken könnte. Denken Sie daran, wie froh Sie wären, wenn Ihre Freunde Sie unterstützen würden, und wie enttäuscht, wenn sie Sie verstießen, um ihre eigene Haut zu retten. Wie der Fall Eliott auch immer ausgehen mag, er liegt hinter uns, und wir müssen an die Zukunft denken – aber lassen Sie uns nicht gefühllos über ihn hinwegtrampeln.«
Er zuckte die Achseln. »Das wäre alles, was ich zu sagen habe. Viel Glück morgen früh mit Forsch.«
Die Besprechung war beendet, und alle verließen das Büro und strömten hinaus in den Korridor. Die Teilnehmer teilten sich in kleine Gruppen zu zweit, dritt oder viert, und das Hauptgesprächsthema blieb die bevorstehende Untersuchung. Wayne unterhielt sich mit Jack Silverstein, dem Autor seines neuen Western, und ließ sich von ihm die Handlung skizzieren. Allerdings redeten sie nur kurz miteinander, denn Jack gingen andere Dinge durch den Kopf. Er hatte den von Spiegelman in der fraglichen Nacht inszenierten Traum geschrieben, und zweifellos würde man ihm morgen einige unangenehme Fragen stellen.
Wayne nahm sein Drehbuch und folgte dem Korridor in Richtung seiner Sardinenbüchse von einem Büro, als er Rondel zusammen mit Janet sah. Der Meisterträumer hatte Janet in eine Ecke gedrängt und sprach eindringlich auf sie ein. Janet schien sich noch unbehaglicher zu fühlen als während der Redaktionskonferenz. Wayne zögerte, sich einzumischen, und dachte an den Rat, den ihm DeLong gestern nacht gegeben hatte, aber dann entschied er, daß es nicht schaden konnte, wenn er sich hinzugesellte und mit ihnen sprach.
»Bitte, Vince«, sagte Janet, als Wayne näher trat. »Rühr die

alten Dinge nicht wieder auf. Es würde uns beiden nur weh tun. Laß sie ruhen.«
»Ich habe nicht vor, irgend etwas aufzurühren«, beharrte Rondel. »Aber dein Wagen ist in der Werkstatt, und jemand *muß* dich nach Hause fahren. Ich wollte dir nur anbieten . . .«
»Und ich habe nein gesagt. Warum belassen wir es nicht dabei?«
»Vince, haben Sie das Buch für mich mitgebracht?« unterbrach Wayne. Er versuchte, seiner Stimme einen neutralen Klang zu geben, so daß sie alle drei so tun konnten, als hätte er nichts von der Auseinandersetzung gehört.
»Wie? Oh, sicher, hier haben Sie's. Geben Sie gut darauf acht – ich habe fünf Wochen lang auf mein Mittagessen verzichtet, um es mir leisten zu können.« Rondel reichte Wayne das Buch, der nur einen flüchtigen Blick darauf warf und keine Anstalten machte, sich zu entfernen.
»Gibt es irgendwelche Probleme?« fragte Wayne ruhig.
Janet wollte etwas sagen, aber Rondel fiel ihr ins Wort. »Janet hat ihren Wagen zur Reparatur gebracht und soeben erfahren, daß er erst morgen fertig ist. Ich habe ihr angeboten, sie nach Hause zu bringen . . .«
»Wie das?« sagte Wayne. »Sie haben doch kein Auto«
»Ich könnte ein Taxi rufen«, erklärte Rondel.
Wayne spürte kalten Zorn in sich hochbranden. Rondel hatte gestern nacht seine Armut vorgeschoben, um Wayne dazu zu bringen, ihn nach Hause zu fahren, und ihn so jener schrecklichen Tortur ausgesetzt – und jetzt war er bereit, die Taxikosten für Janet zu übernehmen. Der kaltblütige Egoismus dieses Mannes spottete jeder Beschreibung. Und was noch schlimmer war, Wayne konnte an Rondels Gesichtsausdruck erkennen, daß er an seinem scheinheiligen Verhalten nichts Falsches fand.
»Seien Sie nicht albern, Vince«, sagte Wayne mit geheuchelter Freundlichkeit. »Gestern nacht erst haben Sie mir erzählt, daß Sie sich Taxis gar nicht leisten können – und außerdem haben Sie heute noch einen Traum vor sich. Sie können Ihre

Zeit nicht für die Fahrt verschwenden. Machen Sie sich keine Sorgen – ich werde sie nach Hause bringen.«
»Aber es liegt nicht auf Ihrem Weg«, protestierte Rondel.
Waynes Stimme klang jetzt energischer. »Und auf Ihrem auch nicht.«
Rondel sah von Wayne zu Janet und entschied sich für einen taktischen Rückzug. »Nun, es war nur ein Vorschlag«, murmelte er. »Aber ich muß bis heute nacht noch einiges an meinem Drehbuch tun. Entschuldige mich.« Er wandte sich ab und ging durch den Korridor davon.
Janet wartete, bis er außer Hörweite war, und sah dann Wayne an. »Danke«, sagte sie. »Es wurde allmählich peinlich.«
»Es war mir ein Vergnügen. Ich bin immer bereit, einer Dame zu helfen, wenn sie sich in Schwierigkeiten befindet.«
»Sie müssen mich nicht nach Hause fahren, wenn Sie nicht wollen«, erklärte sie. »*Ich* habe genug Geld, um mir ein Taxi zu nehmen.«
»Das ist kein Problem.«
»Nun, ich wohne in der Nähe von Pasadena, und ich weiß, daß Sie draußen im Tal . . .«
»Schauen Sie, ich möchte nur ungern die letzte Szene mit Ihnen wiederholen. Wenn Sie Ihr Geld für ein Taxi ausgeben *wollen*, werde ich Sie nicht mit Gewalt daran hindern.«
Wayne schwieg einen Moment. »Aber ich würde Sie wirklich gern nach Hause fahren, Janet.«
Janet öffnete den Mund und schien etwas sagen zu wollen, aber dann schloß sie ihn wieder. Als sie schließlich sprach, klang ihre Stimme weicher. »Tut mir leid. Ich schätze, es war dumm von mir. In den letzten Monaten sind meine Nerven nicht mehr die besten, nicht mehr, seit . . . nun, das tut nichts zur Sache. Ja, in Ordnung, Sie können mich nach Hause fahren, wenn es Ihnen nichts ausmacht, jetzt aufzubrechen.«
Wayne war ein wenig überrascht, aber er zuckte die Schultern. »Warum nicht? Ich habe mein Drehbuch bekommen, und ich kann es ebensogut zu Hause statt hier durchlesen.«
»Danke. Es dauert nur einen Moment, dann bin ich fertig.«
Sie ging davon und verschwand in der Damentoilette.

Als sie herauskam, führte er sie die Treppen hinunter zum Parkplatz. Sie gab ihm die Richtung an, und sie fuhren mit dem Auto los. Zuerst sprachen sie über allgemeine Themen – über den Traum, den sie letzte Nacht inszeniert hatten, über Janets Probleme mit ihrem Wagen – er brauchte einen neuen Anlasser, erklärte sie – und über die für morgen angesetzte Forsch-Untersuchung. Schließlich überwand sich Wayne, sie zu fragen, warum sie das Büro so früh verlassen hatte.
»Ich habe noch ein paar Dinge in meiner Wohnung zu erledigen«, sagte sie. »Und ich wollte sie rechtzeitig hinter mich bringen, um mir heute nacht Vinces Traum ansehen zu können.«
»Sie meinen, Sie wollen sich bei ihm einschalten?« Wayne konnte nicht verhindern, daß seine Stimme überrascht klang.
»Ich weiß, daß es sich komisch anhört«, entgegnete sie, »aber ich nutze jede Gelegenheit, um mir seine Träume anzuschauen. Trotz unserer ... unserer Meinungsverschiedenheiten ist er für mich der beste Träumer, den ich je gesehen habe. Er hat soviel Kraft, soviel Tiefe, so ein scharfes Auge für das Detail. Mir macht es Spaß, ihn zu studieren, so wie junge Stückeschreiber Shakespeare studieren. Ich lerne noch immer, und es gibt so viel, das er mir beibringen kann. Es wird Ihnen nicht schaden, ebenfalls von ihm zu lernen.«
Wayne schnaubte. »Ich verzichte.«
»Sie mögen ihn nicht, oder?«
»Ich halte ihn für einen arroganten, selbstgerechten Schnösel. Einmal hat er versucht, mich zu bekehren ...«
»Nur einmal?« Janet lachte.
»Ich bin erst seit einem Monat hier. Ich war höflich, aber bestimmt. Gott sei Dank kam Bill herein und machte der Sache ein Ende.«
»Bill beherrscht das ausgezeichnet«, nickte Janet. »Aber Sie täuschen sich in Vince. Nun, in gewisser Hinsicht haben Sie recht, oberflächlich betrachtet ist er so, aber im Innern ist er ganz anders.«

»Ich bin überrascht, so etwas von Ihnen zu hören, wenn ich bedenke ...« Wayne brach abrupt ab.
»Wenn Sie was bedenken?« Ihre Augen wurden schmal.
»Wissen Sie, daß wir ... daß er und ich ...«
»Ich habe Gerüchte gehört.«
Janet seufzte. »Ja, das hätte ich mir denken können. Ich habe mich von ihm getrennt. Es ist jetzt vorbei – aber hin und wieder gibt es diese kleinen Echos.«
»Und trotzdem *verteidigen* Sie ihn.«
»Ich habe nicht direkt mit ihm Schluß gemacht – sondern mit seiner gottverdammten Mutter.«
»Ja, ich hatte gestern nacht das ... äh ... Vergnügen, sie kennenzulernen.« Er schauderte unter der Erinnerung.
»Dann können Sie sich vorstellen, womit ich es zu tun hatte. Vince hat einige wundervolle Eigenschaften, wirklich. Er kann freundlich und zärtlich sein, und er ist außergewöhnlich ehrlich. Vielleicht ist er ein wenig langweilig ...«
»Ich schätze, das liegt an der Religion.«
»Er nimmt sie sehr ernst«, nickte Janet. »Ernster, als ich es jemals könnte, wie ich fürchte. Ich bin mit einem Gott groß geworden, der sich um die Dinge im Himmel kümmerte und die Menschen auf der Erde hier in Ruhe ihr Leben führen ließ. Vinces Beziehung ist persönlicher. Ich hatte das Gefühl, daß er Gott sogar mit auf die Toilette nahm. Das gehört zu den Dingen, über die man gewöhnlich nie nachdenkt, wissen Sie, daß Gott dort drinnen ist und einem über die Schulter schaut, während man ... Jedenfalls geht dieses Thema Vince sehr nahe. Das war die einzige Gelegenheit, bei der ich ihn wirklich erregt und begeistert erlebt habe, wenn er über Religion sprach. Selbst im Bett gab es ... Probleme. Teilweise lag es an ihm, teilweise an meinen eigenen verdammten Komplexen. Vielleicht war es zum größten Teil meine Schuld, ich weiß es nicht. Ich kann nicht so tun, als hätte ich keine Fehler. Aber im Bett hat es nie richtig funktioniert.«
Die Vorstellung, daß Janet zusammen mit Vince im Bett lag, ließ Wayne unbehaglich zumute werden, aber er wußte nicht, wie er unauffällig das Thema wechseln sollte. Er versuchte,

die Worte an sich vorbeirauschen zu lassen, ohne über ihren Inhalt nachzudenken.
»Allerdings war seine Mutter für viele seiner Probleme verantwortlich«, fuhr Janet fort. Sie hatte offenbar sein Unbehagen bemerkt. »Sie hatte ihn fünfunddreißig Jahre in der Hand, bevor ich ihn bekam, und gegen diese Konditionierung konnte ich nichts ausrichten. Ich wollte ihm helfen, wollte ihn in jemanden verwandeln, der es wert war, daß man ihn kannte, und manchmal hatte ich das Gefühl, als ob er sich wirklich ändern wollte. Er war wie ein mitleiderregendes, eifriges Hündchen, das lernen wollte, wie man die Zeitung holte, ohne jemals ganz dahinterzukommen. Aber jedesmal, wenn ich glaubte, ihn einen Schritt vorwärts gebracht zu haben, stieß ihn seine gottverdammte Mutter zwei Schritte zurück.
Sie kann so beiläufig grausam sein. Wußten Sie, daß sie einmal ein Kätzchen die Toilette hinuntergespült hat, weil sie von ihm gekratzt worden ist? Und sie hat alle möglichen Tricks zur Verfügung. Sie weiß, wann sie ihn verhätscheln und wann sie ihn herumkommandieren muß. Wenn dieses Mittel nicht hilft, dann schaltet sie auf religiösen Druck um. Wenn das nicht funktioniert, bekommt sie ihre diversen Krankheiten. Sie ist hervorragend, wenn es darum geht, ihm Schuldgefühle mit ihren eingebildeten Krankheiten einzujagen. ›Laß mich nicht in dem Wissen sterben, daß mein Sohn ein Sünder ist.‹ Oder: ›Wenn du damit nicht aufhörst, werde ich einen Herzanfall bekommen.‹ Was konnte ich schon dagegen ausrichten? Selbst wenn wir beide allein waren, konnte ich immer ihre Gegenwart spüren, konnte fühlen, wie sie mich anstarrte. Natürlich war keine Frau auf Erden gut genug für ihren Sohn. Ich hatte das Gefühl, daß sie so wie Gott war, daß er sie überallhin mitnahm, sogar auf die Toilette. Es muß dort schrecklich eng sein zu dritt.«
»Wie konnten Sie dann jemanden wie Vince ... mögen?« Wayne brachte das Wort »lieben« nicht über seine Lippen.
Janet zuckte die Schultern. »Wie ich schon sagte, besaß er auch gute Eigenschaften – und noch bessere potentielle. Es gab Momente, da bin ich mir sicher, in denen er sich befreien,

sich von allem lösen wollte. Ich konnte es fühlen. Ich konnte den Sturm sehen, der sich hinter seinen Augen zusammenbraute, wenn seine Mutter ihn zwang, Dinge zu tun, die er nicht tun wollte. Aber die Rebellion ging nie weiter als bis zu diesem Punkt. Ich wartete darauf, daß er sich losriß von ihr, doch er brachte nie den nötigen Mut auf.«
»Komisch, daß Sie das erwähnen«, sagte Wayne. »Gestern nacht, als ich ihn nach Hause fuhr, hat er mich gefragt, wie es war, Porno-Träume zu inszenieren. Es war wie eine verbotene Frucht, die außerhalb seiner Reichweite hing.«
Janet nickte. »Genau, ja. Immer und immer wieder brachte ich ihn bis zu diesem Punkt, und wenn ich dachte, ich könnte ihn dazu veranlassen, die Mauer niederzureißen, kam irgend etwas dazwischen – meistens seine Mutter –, und er zog sich wieder in sich zurück. Es war so enttäuschend, daß ich manchmal nach einer Verabredung mit ihm nach Hause fuhr und stundenlang heulte. Ich habe alle möglichen Pläne geschmiedet, um diese alte Hexe zu vergiften, aber ich wußte, daß ihm das *endgültig* den Rest geben würde. Schließlich konnte ich es nicht länger ertragen. Ich mußte von all dem wegkommen, wollte ich nicht selbst den Verstand verlieren. Ich glaube, er versteht immer noch nicht, warum es notwendig war. Und seine Mutter nutzt das wahrscheinlich noch aus und redet ihm ein, wie recht sie doch hatte, was mich betraf, daß sie wußte, ich würde ihn verraten. Ich konnte einfach nicht gewinnen.«
»Vielleicht hofft er, daß Sie Ihren Entschluß noch einmal ändern werden. ›Die Hoffnung wohnt ewig in der menschlichen Brust‹ und all das ganze Zeug.«
Sie schüttelte den Kopf. »Keine Chance. Selbst wenn seine Mutter tot und begraben ist – bitte, Gott, laß es bald geschehen –, wird es nicht funktionieren. Sie wird immer bei ihm sein, immer im Hintergrund seiner Gedanken warten, alles mißbilligen, was er macht, und sich weigern, ihn in Ruhe zu lassen, damit er er selbst werden kann. Das hat mich schließlich dazu gebracht, mit ihm Schluß zu machen, als mir klar wurde, daß sie immer bei ihm sein und er nie den Mut auf-

bringen würde, sie hinauszuwerfen. Ich könnte nie so leben.«
Sie kamen zu der Adresse, die Janet ihm genannt hatte, und Waynes Wagen blieb vor einem Apartmenthaus stehen, das ebenso unpersönlich wirkte wie sein eigenes. »Ich schätze, wir sind da«, bemerkte er.
Sie saßen einen Moment lang schweigend da, und jeder fragte sich, was er als nächstes tun sollte. Schließlich legte Janet die Hand auf den Türgriff. »Tja. Vielen Dank, daß Sie mich nach Hause gebracht haben, Wayne.«
»Janet . . .«
»Sagen Sie es nicht, Wayne«, unterbrach sie.
»Woher wissen Sie, was . . . ?«
»Was immer es auch war, bitte, sagen Sie es nicht.« Sie sah ihm offen ins Gesicht und berührte seine Hand. »Ich weiß . . . das heißt, ich kann mir vorstellen, was Ihnen durch den Kopf geht, und ich freue mich darüber. Ich habe Sie wirklich gern, Wayne, ich glaube, Sie sind ein netter Kerl . . .«
»Das ist ja wirklich der Todeskuß«, sagte er und lachte bitter.
»Nicht unbedingt.« Sie drückte seine Hand leicht, um ihn zu trösten. »Die Wahrheit ist, Wayne, daß mein Leben im Moment völlig durcheinander ist. Als ich mit Vince Schluß gemacht habe, war es wie die Kapitulation nach einem jahrelangen Krieg mit seiner Mutter. Ich habe an der Frau in mir gezweifelt und daran, was ich vom Leben erwartete, und . . . einfach an allem. Ich bin nie sehr selbstsicher gewesen, und dies hat alles nur noch viel schlimmer gemacht. Ich brauche Zeit, um wieder einen klaren Kopf zu bekommen. Das ist alles. Es hat mir gestern nacht Freude bereitet, mit Ihnen zu arbeiten, und ich habe Bill darum gebeten, uns öfter miteinander träumen zu lassen. Vielleicht kann sich daraus etwas entwickeln. Ich hoffe es. Aber im Moment muß der Staub sich erst legen. Ich hoffe, Sie sind mir deswegen nicht böse.«
Sie glitt halb aus der Tür und drehte sich dann noch einmal zu ihm um. »Die Fahrt hat mir wirklich Spaß gemacht, ehr-

lich, obwohl ich Ihnen mit meinen persönlichen Problemen wohl die Ohren vollgeschwatzt habe.«

»Es hat mir gefallen«, versicherte Wayne. »Und was die Probleme betrifft, so bleibt Ihnen nichts anderes übrig, als sich eines Tages auch meine anzuhören.«

»Klingt fair«, lächelte ihn Janet an. »Sie sind an der Reihe. Wir sehen uns morgen bei der Arbeit.«

Dann war sie fort, und nur noch eine Spur ihres Parfüms in der Luft bewies, daß sie dagewesen war. Wayne erinnerte sich nicht an viele Einzelheiten seiner eigenen Heimfahrt – seine Gedanken wirbelten in einem Reigen aus Hoffnung und Enttäuschung. Janet schien ihn zu mögen, aber sie hatte dieselbe Botschaft für ihn wie DeLong: Warte. Ihre persönlichen Probleme schienen alle dieser einen Quelle zu entspringen, Vince Rondel, und diese Tatsache diente nicht gerade dazu, in Wayne brüderliche Gefühle für seinen Kollegen zu erwecken.

In seiner Wohnung angekommen, bereitete er sich ein Tiefkühlgericht zu, während er die Fernsehnachrichten sah. Seine Gedanken summten noch immer wie ein Bienenschwarm, und er brauchte Zeit, um sich wieder zu beruhigen. Er betrachtete seine Schreibmaschine und überlegte, ob er ein wenig an dem Roman weiterarbeiten sollte, den er angefangen hatte, verwarf den Gedanken aber wieder. In seiner derzeitigen Stimmung würde wahrscheinlich nichts Gutes dabei herauskommen.

Statt dessen blätterte er in dem Buch, das Rondel ihm geliehen hatte. Genau wie der andere gesagt hatte, war es ein hervorragendes Nachschlagewerk – fast schien es für Träumer geschrieben worden zu sein. Es war vollgestopft mit Illustrationen und alten Fotografien von Gebäuden, Kleidungs- und Möbelstücken, wie sie im Alten Westen in Gebrauch gewesen waren. Einzelheiten waren genau das, was ein Träumer immer benötigte: Je genauer er eine Szene visualisieren konnte, desto realer wirkte sie auf das Publikum. Wayne hatte sich bisher immer auf Szenen aus alten Western-Filmen und -Fernsehserien bezogen, wenn er seine

Träume inszenierte – aber der Rückgriff auf originales Quellenmaterial wie diesem hier konnte seine Werke nur verbessern.
Er vertiefte sich so in das Buch, daß er darüber ganz die Zeit vergaß, bis es fast Mitternacht war. Rondels Traum würde in wenigen Minuten beginnen. Er dachte über Janets Ratschlag nach, daß es seinen eigenen Fähigkeiten als Träumer nur nützlich sein konnte, wenn er Rondels Werk studierte. Er hatte schon eine Reihe seiner Träume gesehen, und er wußte, daß es ein guter Rat war – aber Wayne war an diesem Abend in keiner sehr guten Stimmung. Rondel war so nett gewesen und hatte ihm dieses wunderbare Buch geliehen, aber Wayne war noch immer zornig auf ihn wegen der Dinge, die er Janet angetan hatte, und wegen der Tortur in der vergangenen Nacht. *Ich verzichte heute darauf*, dachte Wayne. *Ich habe sowieso zuviel zu tun.*
Er legte das Buch für eine Weile beiseite und griff nach seinem Drehbuch. Er überflog es kurz, um einen allgemeinen Eindruck zu gewinnen, und war nicht sehr beeindruckt. Es war eine der üblichen Räuberpistolen, und erneut quälte ihn Unzufriedenheit. Warum konnte man ihm nicht etwas geben, das ihn herausforderte, das ihm all seine Fähigkeiten abverlangte? Er war vielleicht kein Star von Rondels Kaliber, aber er war überzeugt, Besseres zustande zu bringen als das hier.
Natürlich wußte er genau, warum man ihm keinen Stoff gab, der ihm etwas abverlangte. Es lag an der Spiegelman-Affäre. Bis diese Angelegenheit nicht auf die eine oder andere Weise geklärt war, ging Dramatische Träume so vorsichtig wie möglich vor und wich bewußt allem aus, das auch nur im entferntesten Anlaß zu Kontroversen geben konnte – selbst zu dem Preis, banal und langweilig zu sein. Wayne fragte sich, ob er DeLong darauf hinweisen sollte, daß *dies* der Hauptgrund für die sinkenden Einschaltquoten sein konnte. Das Publikum verlangte mehr Originalität, als Dramatische Träume sie ihm bot.
Nun, ob es ihm gefiel oder nicht, dies war das Drehbuch, mit dem er arbeiten mußte. Wayne stieß einen Seufzer aus und

machte sich ans Werk, ging die Handlung sorgfältig durch und machte sich am Rand kurze Notizen für das Bühnenbild und die Kostüme und für das Aussehen der einzelnen Charaktere. Natürlich mußte er das Drehbuch vor der Aufführung noch auswendig lernen – im Traum gab es keine Souffleure –, aber die Notizen halfen ihm, sich die Szenen besser vorzustellen. Langsam nahmen die Wildweststadt Little Creek und all ihre Bewohner vor seinen Augen Gestalt an, gewannen eine Realität, die er später auf sein Publikum übertragen mußte.
Dann klingelte das Telefon und riß ihn aus seiner Konzentration. Jeden verfluchend, der es wagte, ihn zu dieser nächtlichen Stunde anzurufen, stand Wayne auf und ging zum Telefon. »Hallo?«
Bill DeLongs Stimme drang aus dem Hörer. »Wayne? Gott sei Dank, daß zumindest einer ans Telefon geht.«
»Bill? Was meinen Sie damit?«
»Hören Sie, können Sie sofort zum Sender kommen?«
Etwas in seiner Stimme ließ Wayne erschrecken. »Warum? Was ist passiert? Stimmt irgend etwas nicht?«
»Ich...wahrscheinlich, aber wir wissen es nicht genau. Deshalb möchten wir, daß Sie hierherkommen und sich die Sache ansehen.«
»Was ist los?«
DeLong schwieg einen Moment. »Nun, allem Anschein nach ist irgend etwas mit Vinces Traum schiefgegangen. Er ist außer Kontrolle, und wenn nicht alles täuscht, dann sind die Zuschauer darin gefangen.«

7

Wayne erreichte den Sender in Rekordzeit. Glücklicherweise war er noch immer angezogen, der Tank seines Wagens war gefüllt, die Schnellstraßen waren zu dieser nächtlichen Stunde wie ausgestorben, und er begegnete keinem Fahrzeug der Verkehrspolizei, so daß er den Geschwindigkeitsbegrenzun-

gen keine Beachtung schenken mußte. Trotzdem brauchte er mehr als fünfundzwanzig Minuten bis zum Studio.
In den Senderäumen herrschte Chaos. Mort Schulberg rannte sich buchstäblich in hilfloser Wut den Schädel an den Wänden ein und verfluchte mit jiddischen Obszönitäten die Schlechtigkeit des Universums. Bill DeLong hielt sich mit Ernie White in der hellerleuchteten Regienische an der Rückseite des Raums auf; DeLong las die Zahlen von den Instrumentenanzeigen, während White mit hochgekrempelten Hemdsärmeln damit beschäftigt war, die Geräte auseinanderzunehmen. Der einzige stille Ort war der Tank, in dem Rondels Körper reglos lag. Die Traumkappe befand sich auf seinem Kopf, und nichts deutete darauf hin, daß irgend etwas Unangenehmes geschehen war.
»Was ist los?« fragte Wayne, als er den Raum betrat.
»Die Welt bricht um uns zusammen«, ächzte Schulberg. »Nicht nur, daß morgen dieser *putz* Forsch aufkreuzt, um Ärger zu machen – zu allem Überfluß passiert auch noch das. Da bekommt mein Magengeschwür doch glatt ein Geschwür. Warum bin ich nicht wie mein Vater in der Fleischwarenbranche geblieben? Als Metzger kann man sich ein angenehmes Leben machen ...«
DeLong entdeckte Wayne und verließ die Regienische. Freundschaftlich legte er dem Stationsmanager einen Arm um die Schulter und sagte: »Beruhigen Sie sich, Mort. Wir wissen noch immer nichts Genaues.« Er sah Wayne an. »Um offen zu sein, das *einzige*, was wir genau wissen, ist, daß wir nichts wissen. Irgend etwas ist mit Sicherheit schiefgelaufen, aber wir wissen nicht, was.«
»Was ist geschehen?« fragte Wayne. Er hoffte, daß ihm DeLong eine etwas zusammenhängendere Erklärung geben konnte als Schulberg.
»Kommen Sie mit in die Nische, und ich zeige es Ihnen.« DeLong ließ Schulberg los, der sofort wieder herumzuzappeln begann. Der Programmkoordinator führte Wayne in die Regienische, wo ihm Ernie White flüchtig zunickte. Das Kontrollpult war ein heilloses Durcheinander: Hier und dort war

ein Teil der Verkleidung entfernt und enthüllte ein kompliziertes Netzwerk aus Verdrahtungen und gedruckten Schaltungen. Die Schweißtropfen auf Whites Gesicht glitzerten im hellen Licht.
»Kennen Sie sich mit der Anlage aus?« wandte sich DeLong an Wayne.
»Nicht besonders. Ich habe während der Ausbildung die üblichen Kurse besucht, aber Elektronik war nicht gerade meine Stärke. Ich habe es einfach nicht über mich gebracht, mich näher mit dieser Seite des Geschäfts zu beschäftigen. Schon damals habe ich nicht viel davon verstanden, und das war vor sechs Jahren. Ich war immer der Meinung, daß sich andere darum kümmern sollten.«
»Das dachte ich bis zum heutigen Abend auch, aber die Not ist ein guter Lehrmeister. Okay, hier rechts diese Instrumente messen Vinces mentale Aktivität und die von ihm ausgehenden Impulse, während er unter der Kappe ist. Bemerken Sie irgend etwas Ungewöhnliches?«
Wayne musterte die Skalen und versuchte sich angestrengt daran zu erinnern, was ihm sein Ausbilder über die Stärke der Ausgangsimpulse beigebracht hatte. Die größte Gefahr, entsann er sich der Worte seines Ausbilders, war eine heftig fluktuierende Ausgangsleistung – dies deutete auf potentiell instabile mentale Prozesse oder auf einen Träumer hin, der über sich die Kontrolle verloren hatte. Rondels Werte waren normal und ausgeglichen. »Nein«, gestand er DeLong.
»Ich gebe Ihnen einen Tip. Die Werte dieses Instruments hier sollten zwischen dreißig und sechzig liegen.«
Wayne betrachtete die bewußte Skala aus der Nähe, und seine Augen wurden groß. Der Zeiger war weit nach rechts ausgeschlagen und stand auf einem Wert von zweihundertfünfzig. »Mann! Das ist ein wenig zu hoch, nicht wahr?«
»Ebensogut könnte man sagen, der Ozean ist feucht. Er ist so hoch, wie ich es noch nie erlebt habe. Dieses Gerät ist nur so hoch geeicht, weil es ein Vielzweckapparat ist und die Skala deshalb einer Vielzahl von Anzeigen Platz bieten muß. Andernfalls könnten diese Werte gar nicht mehr erfaßt werden.

Und das gleiche Phänomen spielt sich auf allen anderen Skalen ab — alle weisen unmögliche Werte auf.«
»Was bedeutet das?«
Ernie White sah von seiner Arbeit auf und übernahm die Erklärung. »Das bedeutet, daß Vince mentale Energie in einer Stärke abgibt, die keiner für möglich gehalten hätte. Er hat größere Kontrolle über seinen Traum als jeder andere vor ihm. Ich kann es nicht mit Sicherheit sagen, da etwas Ähnliches noch nie zuvor geschehen ist, aber ich wette, daß er das nicht lange aushalten kann. Sein Gehirn wird wie eine überlastete Sicherung durchbrennen, wenn er damit noch eine Weile weitermacht.«
Wayne stieß einen leisen Pfiff aus, und DeLong nickte. »Aber das ist nur das halbe Problem — und die einfachere Hälfte, was das betrifft«, sagte der ältere Mann. »Schauen Sie sich die Instrumente dort drüben an.«
Sie drängten sich an dem zurückweichenden White vorbei zur rechten Seite des Kontrollpults. Wayne hätte keine Ausbildung benötigt, um festzustellen, daß hier etwas nicht stimmte. An vier der Anzeigen mit der Aufschrift »Publikum« waren die Nadeln zur linken Seite der Skalen zurückgefallen. »Etwas ist damit passiert«, bemerkte er, »obwohl ich nicht einmal vermuten kann, was.«
»Ich *habe* eine Vermutung«, meldete sich White zu Wort. »Diese Meßgeräte dienen dazu, die Reaktion des Publikums zu überwachen. Wenn die Heimkappen unsere Sendung empfangen, schicken sie über Kabel ein Signal zu uns und unserem Computer zurück. So können wir feststellen, wer zahlen muß. Normalerweise ist das Antwortsignal sehr schwach, gerade stark genug, um uns mitzuteilen, wer sich eingeschaltet hat. Es dürfte niemals ein Tausendstel der Stärke betragen, die diese Meßgeräte anzeigen. Um es genau zu sagen, was Sie dort sehen, ist völlig unmöglich. Soweit ich es beurteilen kann, handelt es sich dabei um eine Rückkopplung.«
»Rückkopplung?« Wayne blinzelte unwillkürlich. »Was ... wie ist das möglich?«
White zuckte die Schultern. »Ich will verdammt sein, wenn

ich das weiß. Die Heimkappen unterscheiden sich im Grunde kaum von denen, die wir hier im Studio verwenden, sieht man einmal davon ab, daß unsere an einen Sender angeschlossen sind, der die Signale millionenfach verstärkt. Wenn eine Heimkappe, die normalerweise das Empfängerteil darstellt, die erforderliche Verstärkerleistung besäße, gäbe es theoretisch nichts, was sie daran hindern könnte, zum Sender zu werden. Der Kunde könnte theoretisch seine eigenen Nervenimpulse über die Verbindung zurückschicken. Falls sie weit genug durchkämen und Vinces Kappe sie aufnähme, dann könnte er die Eindrücke registrieren und sie rückübertragen, die individuellen Impulse wieder in das Sendernetz einspeisen. Wir hätten dann einen sich laufend verstärkenden Rückkopplungseffekt, der vielleicht – nur vielleicht – für das verantwortlich wäre, was wir auf diesen Instrumenten sehen.«
»Aber die Heimkappen haben nicht genug Ausgangsleistung!« protestierte Wayne.
»Sie haben nicht richtig aufgepaßt, als Bill Ihnen die Meßwerte der Ausgangsleistung gezeigt hat. Vince arbeitet mit einer Energie, wie sie niemand für möglich gehalten hätte. Normalerweise kann ein Träumer die eingehenden Signale gar nicht bemerken, weil sie von seinen eigenen Ausgangssignalen überlagert werden – genausogut könnten sie versuchen, eine, äh, Maus zu hören, wie sie über den Teppich läuft, während Sie zur gleichen Zeit aus vollem Halse schreien. Aber wenn Vince auf irgendeine Weise hinausgegriffen und die Signale des Publikums aufgenommen hat, dann könnte er unsere Transformatoren, die mit seiner Kappe verbunden sind, benutzen, um *alles* zu verstärken. Er könnte die Reaktion des Publikums aufnehmen und sie laut genug rückübertragen, um sie in den Traum zu integrieren.«
White schüttelte den Kopf. »Das ist das Verdammteste, was ich in meinem ganzen Leben gesehen habe.«
Wayne war jetzt völlig verwirrt. »Aber was ... wie konnte das geschehen? Wie mag sich das auf den Traum auswirken?«
»Das herauszufinden haben wir selbst schon versucht, wäh-

rend wir auf Sie gewartet haben«, erwiderte DeLong. »Es ist keine einfache Situation. Soweit wir vermuten können, bedeutet dies, daß die Zuschauer irgendwie zu dem Traum beitragen. Statt passive Rezipienten zu sein, die der von Vince erdachten Geschichte folgen und die Rollen übernehmen, die er ihnen zuweist, verfügen sie nun über einen ›freien Willen‹ und können eine aktive Rolle in der Handlung spielen.«
Wayne stand für einen Moment da und überdachte in schokkiertem Schweigen DeLongs Worte. Es war fast unmöglich, eine derartige Entwicklung zu akzeptieren. Ein Träumer *mußte* die Handlung des Traums kontrollieren, oder es würde ein Chaos entstehen. Den Zuschauern konnte nicht erlaubt werden, in den Ablauf einzugreifen – es würde alles verderben. Genausogut könnte man versuchen, ein Theaterstück aufzuführen, während das Publikum auf der Bühne herumlaufen und die Handlung beeinflussen darf.
Rondel würde eine Reihe von Vorteilen besitzen. Er hatte die Kraft des Stationssenders hinter sich, die ihn stärker als jeden anderen Traumteilnehmer machen würde. Zudem hatte er bewußte Kontrolle über sich. Er *wußte*, daß er träumte, und er wußte, daß er den Traum ändern könnte, indem er die Visualisierung des Traums änderte. Wenn einer der Zuschauer aus der Reihe tanzte, konnte Rondel ihn in einen Glaskäfig sperren. Wenn es zu einer Rebellion kam, konnte er eine Mauer um den Mob errichten oder ihn in einem Flammenmeer einschließen oder von einem Erdbeben durchschütteln lassen oder jede andere Technik einsetzen, um die Rebellen zum Gehorsam zu zwingen.
Natürlich, wenn sie ihren freien Willen hatten, konnten sie ebenfalls ihre Umgebung verändern – sofern ihnen bewußt war, daß ihnen diese Macht zur Verfügung stand. Aber sie hatten sich im Schlaf in den Traum eingeschaltet.
Von ihrem Unterbewußtsein war die von Rondel erschaffene Welt als real akzeptiert worden. Wenn sie nicht wußten, daß sie ihre Umgebung verändern konnten, würden sie es auch nicht versuchen. Dennoch würde Rondel alle Hände voll zu tun haben, um sie bei der Stange zu halten.

Wayne schauderte. »Kein Wunder, daß Vince derart viel Energie verbraucht. Wahrscheinlich muß er seine ganze Kraft einsetzen, um nicht die Kontrolle zu verlieren.«
»Er hat weiß Gott genug zu tun«, nickte White. »Nach dem Computer liegt die Einschaltquote bei fast siebzigtausend.«
Siebzigtausend Menschen. Wayne versuchte sich eine Menge von dieser Größe vorzustellen. Die meisten Baseballstadien waren zu klein, um sie aufzunehmen: Mit so vielen Menschen konnte man einen beachtlichen Teil des Kolosseums von Los Angeles füllen. Bei dieser Menge war es unmöglich, sie als Individuen zu sehen – sie büßten nicht nur ihre Namen und ihre individuellen Persönlichkeiten, sondern auch ihre Gesichter ein. Sie wurden zur Masse.
Er schüttelte unter dem Eindruck dieser Größenordnung den Kopf. »Da hat er wirklich genug zu tun. Aber wie hat das eigentlich begonnen?«
»Wir sind ebenso ahnungslos wie Sie«, sagte White und gestikulierte verzweifelt mit den Händen. »Beim ersten Akt schien alles bestens zu laufen. Vince ist so gut, daß ich nie irgendwelche Probleme mit seiner Arbeit hatte. Wir zogen es bis zur ersten Pause durch, und er erwachte ohne Schwierigkeiten. Sobald er sich für den zweiten Akt fertiggemacht hatte, schlüpfte ich hinaus, um auf die Toilette zu gehen und mir eine Tasse Kaffee zu holen. Ich war nicht länger als fünf Minuten fort. Als ich zurückkam, spielten meine Instrumente verrückt. Zuerst habe ich mich um Vince gekümmert, aber er lag friedlich in seinem Tank, und da die Werte so unmöglich waren, habe ich an einen Kurzschluß im Kontrollpult gedacht. Ich meine, es schien mir unwahrscheinlich, daß diese Werte eine *natürliche* Ursache haben sollten. Der Sender selbst schien in Ordnung zu sein, und da, wie ich schon sagte, Vince so gut ist, machte ich mir um ihn keine Sorgen. Ich habe mich statt dessen darauf konzentriert, den Kurzschluß zu finden.
Dann verließ Vince bei der planmäßigen Pause nach dem zweiten Akt nicht seinen Tank. Ich habe ihm mit dem Summer zu verstehen gegeben, daß er überfällig war, aber er hat nicht reagiert. Zu diesem Zeitpunkt begannen sich Bill und

Mort ebenfalls Sorgen zu machen, und so haben wir uns gedacht, wir sollten einen anderen Träumer herbitten und ihn um seine Meinung fragen.«
»Sie sind der einzige gewesen, den wir erreichen konnten«, fügte DeLong hinzu. »Von den anderen ist keiner ans Telefon gegangen.«
»Also scheint diese Pause eine Art Wendepunkt gewesen zu sein«, sinnierte Wayne. »Ist zwischen dem ersten und dem zweiten Akt etwas passiert, das Vince irgendwie hätte beeinflussen können?«
»Daran haben wir selbst schon gedacht«, antwortete DeLong. »Er hat einen Anruf bekommen. Wir sprachen über den Verlauf des ersten Aktes und über die Entwicklung im zweiten Akt. Dann kam Mort herein und sagte, daß jemand Vince sprechen wollte. Vince nahm den Anruf in Morts Büro entgegen. Es dauerte nur ein oder zwei Minuten, und dann kam er bleich und völlig durcheinander zurück. Da war ein Ausdruck auf seinem Gesicht ... nun, ich bin Schriftsteller, und ich sollte an sich gut mit Worten umgehen können, aber ich will verdammt sein, wenn ich diesen Ausdruck beschreiben kann. Er ging direkt an mir vorbei und in seinen Tank, ohne ein einziges Wort zu sagen. Sobald ihm Ernie das Signal gegeben hatte, mit dem zweiten Akt zu beginnen, setzte er die Kappe auf und fing an.«
»Und von da an war die Hölle los«, sinnierte Wayne. »Ich glaube, wir können mit Sicherheit davon ausgehen, daß das Telefongespräch diese Entwicklung ausgelöst hat.«
DeLong nickte. »Das ist im Augenblick auch unsere Vermutung. Das Vertrackte ist, daß wir nicht wissen, von wem der Anruf kam und um was es ging. Mort sagt, daß er diese Stimme nie zuvor gehört hat. Irgendein Fremder rief an und bat, Vince in einer sehr dringenden, persönlichen Angelegenheit sprechen zu können. Mehr wissen wir nicht.«
»Wir wissen nicht einmal, was in diesem Traum vor sich geht«, sagte White. Der Techniker schüttelte den Kopf. »Ich weiß nur, daß so etwas eigentlich gar nicht passieren dürfte.«

Mort Schulberg, der draußen vor der Regienische auf und ab gegangen war, kam in diesem Moment herein. »Deshalb haben wir Sie gerufen. Wir brauchen einen anderen Träumer, der sich mit einer Zweitkappe einschaltet und uns berichtet, was vor sich geht, damit wir uns eine Methode ausdenken können, die das Problem vielleicht löst.«
»Warum schalten Sie nicht einfach ab?« schlug Wayne vor. »Wenn wir die Sendung einstellen, können wir Vince wecken und ihn fragen.«
»Das war das erste, an das wir gedacht haben«, erklärte White. »Wir hätten es auch getan, gäbe es da nicht diese verdammte Rückkopplung. Sie verkompliziert die Sache auf eine üble Weise. Sie ist eine unbekannte Größe, und wir wissen nicht, was geschieht, wenn wir es versuchen.«
»Vergessen Sie nicht«, pflichtete DeLong bei, »daß diesen siebzigtausend Zuschauern der Traum die Wirklichkeit zu sein scheint. Sie sind ein Teil von ihm, und durch die Rückkopplung tragen sie vermutlich sogar zu seiner Entwicklung bei. Wie würden Sie reagieren, wenn Ihre Wirklichkeit plötzlich verschwindet oder auch nur langsam verblaßt, ohne daß Sie den Grund dafür kennen? Wir haben immer dafür gesorgt, daß die Geschichten an einer Stelle enden, die die Zuschauer befriedigt – aber, um es noch einmal zu sagen, normalerweise nehmen sie nur passiv daran teil.«
»Normale Träume enden, ohne den Leuten zu schaden«, wandte Wayne ein.
»Sicher – aber kennen Sie die alte Redensart, wie gefährlich es ist, einen Schlafwandler zu wecken? Ich habe niemals begriffen, *warum* es gefährlich sein soll – vielleicht könnte die Verwirrung einen psychologischen Schock auslösen. Ich weiß es nicht. Aber multiplizieren Sie all das mit siebzigtausend, und Sie verstehen, warum wir so besorgt sind.
Vielleicht wird nicht das geringste passieren, wenn wir diesen Traum abschalten – aber können wir das Risiko eingehen? Zumindest sehe ich die Möglichkeit, daß eine Reihe von Leuten ernste Traumata erleiden; vielleicht werden einige von den psychisch weniger Stabilen verrückt. Der Schock könnte

sogar stark genug sein, daß ein paar Leute einen Herzanfall bekommen.«
»Wahrscheinlich würden sich die negativen Auswirkungen in erträglichen Grenzen halten«, sagte Wayne.
»Oh?« unterbrach Schulberg. »Was halten Sie denn für erträglich? Es hat nur sechs Beschwerden bedurft, um die BKK zur Spiegelman-Untersuchung zu veranlassen. Könnten Sie garantieren, daß nicht sechs von den siebzigtausend verrückt werden?«
»Nein«, gab Wayne zu. »Aber schauen Sie, ich habe erst letzte Nacht geträumt. Sie wissen, daß es gefährlich ist, in zu kurzer Zeit zuviel zu träumen.«
»Wenn es eine andere Möglichkeit geben würde, hätten wir darauf zurückgegriffen«, sagte DeLong. »Wir haben es zuerst bei allen anderen vom Stab probiert. Und aus offensichtlichen Gründen wollen wir niemanden nehmen, der nicht zu unserem Personal gehört.«
Aus offensichtlichen Gründen – in der Tat. Da war wieder die Spiegelman-Affäre. Der Untersuchungsbeamte, Forsch, würde in wenigen Stunden eintreffen, um eine Sache zu überprüfen, die man mit Fug und Recht als kleine Unregelmäßigkeit bezeichnen konnte. Wenn er von einer umfassenden Katastrophe wie dieser Wind bekam, waren die Folgen völlig unvorhersehbar. Das mindeste, was sich Wayne vorstellen konnte, war die Schließung der ganzen Station. Wenn sich die Dinge schlecht entwickelten, konnte die gesamte Traumindustrie einpacken. DeLong und Schulberg hofften offensichtlich, daß Wayne dieses Problem im Hause löste. Es sollte verhindert werden, daß die Außenwelt etwas davon erfuhr. Nach einem erneuten Blick auf die Meßgeräte war Wayne sich nicht sicher, ob das möglich war.
»In Ordnung«, sagte Wayne resigniert. Er war müde, und ihm war heute nacht ganz und gar nicht zum Träumen zumute, aber ihm blieb so gut wie keine andere Wahl. »Ich werde mich in den Traum einschalten. Das wird nicht schwer sein – wir verfügen über Zweitkappen, und ich bin es gewohnt, mit einem anderen Träumer zusammenzuarbeiten. Obwohl es ge-

70.000 träumende Menschen als Gefangene eines Vorträumers, der sich nicht mehr an die Spielregeln hält – kein Wunder, daß die Verantwortlichen ins Schwitzen kommen. Hätten die Träumenden doch besser jenes Reich der Fantasie aufgesucht, das ein jeder auch ohne Traumkappe mühelos erreichen und wieder verlassen kann, eine Welt spannender Abenteuer, die man so intensiv erlebt wie ein Akteur in Vince Rondels Meistertraum ...

Bitte umblättern

Droemer Knaur

Das Schwarze Auge©

Erleben Sie Magische Abenteuer mit dem fantastischen Rollenspiel »Das Schwarze Auge«

»Das Schwarze Auge« ist das erste Fantasie-Rollenspiel, das von einem deutschen Autorenteam erdacht und verfaßt wurde. Es ist ein Spiel, das Aktivität, intellektuelle Vorstellungskraft und Liebe zu den abendländischen Märchen und Mythen voraussetzt.
Alle Freunde des Fantastischen werden daran ihre wahre Freude haben.
Fragen Sie in Ihrer Buchhandlung nach dem »Schwarzen Auge«.

Das Schwarze Auge©
wird Sie fesseln, Ihre Fantasie beflügeln und Ihnen ungeahnten Spaß vermitteln.

wöhnlich so ist, daß der andere Träumer *mit* mir arbeitet – ich weiß nicht, was für einen Empfang mir Vince bereiten wird. Und in dem Moment, wo ich mich einschalte, werde ich völlig desorientiert sein. Ich muß die Lage zunächst sondieren.«
»Sie haben an der Redaktionskonferenz teilgenommen, bei der Vince seine Geschichte vorgetragen hat«, erinnerte Schulberg.
»Sicher – irgendeine in ferner Zukunft spielende Sciencefiction-Story, wo ein paar Zauberer, die mit der Technik umzugehen verstehen, die barbarischen Massen beherrschen, die es nicht können. Allerdings wäre das in keinem Fall eine große Hilfe – vor allem jetzt nicht. Ich bezweifle, daß Vince sich an sein Drehbuch gehalten hat, nachdem das alles passiert ist.«
Was Wayne nicht sagte war, daß es sich dabei laut Rondel um einen Meistertraum handelte, wo der Träumer ein Universum erschuf und es mit einer Reihe von Charakteren bevölkerte, mit denen sich die Zuschauer identifizieren konnten. Ein Geist von außerordentlicher Schärfe und Imaginationskraft war erforderlich, um einen derartigen Traum überzeugend zu gestalten, und Wayne war darin nie sehr gut gewesen.
»Wir wissen, daß der erste Akt wie geplant ablief«, sagte DeLong. »Oder zumindest hat Vince mir das versichert, bevor er den Telefonanruf bekam, so daß er wahrscheinlich die Wahrheit gesagt hat. Wir können davon ausgehen, daß *dieses* Universum zumindest noch die Basis ist – bei den Schwierigkeiten, die er haben müßte, um mit der Rückkopplung fertig zu werden, glaube ich nicht, daß er den Hintergrund sehr viel verändert hat.«
»Wahrscheinlich nicht«, stimmte Wayne zu. »Er wird zu viele andere Probleme am Hals haben.«
»Gehen wir in Vinces Büro«, schlug DeLong vor. »Er hat dort sein Szenario und seine Pläne entworfen.«
Die beiden Männer verließen den Senderaum und gingen rasch den Korridor hinunter zu Rondels Büro. Wie Waynes war es ein kleiner, fensterloser Würfel mit einer Deckenlam-

pe, einem Schreibtisch, einer Schreibmaschine und ein paar Regalen voller Nachschlagewerke. Wayne war noch nie zuvor in diesem Raum gewesen, und nach dem Besuch in Rondels Haus hatte er mit Schrecken an das Durcheinander gedacht, das ihn hier erwarten mochte. Aber das Büro war, wie Vinces eigenes Schlafzimmer, in tadellosem Zustand, und alle Papiere, Bücher und Aktenordner waren sorgfältig und logisch geordnet. Auf dem Schreibtisch stand ein Foto von Mrs. Rondel, als diese noch eine junge, attraktive Frau gewesen war. Wayne erinnerte sich an DeLongs Bemerkung, daß Rondels Mutter für eine Vielzahl unglückseliger Dinge verantwortlich war, und er fragte sich, ob sie auch für den Zustand ihrer Wohnung verantwortlich war.
»Vince wollte der Anführer eines primitiven Stammes sein, und die Rollen, die er für die Zuschauer erschuf, waren die von anderen Stammesmitgliedern«, erklärte DeLong. »Die Jagd ist schlecht gewesen, was Vince das Wagnis eingehen läßt, die Stadt der Zauberer zu betreten, die Urba genannt wird. Die Wilden fürchten sich normalerweise vor den Zauberern, die regelmäßig Überfälle begehen, bei denen sie Frauen oder Nahrungsmittel rauben. Technik ist in ihren Augen Magie, so daß es einen mutigen Häuptling braucht, um das Risiko auf sich zu nehmen und in das Reich der Zauberer einzudringen. Im ersten Akt führt Vince seine Leute in die Stadt, wo sie mit Dingen wie Aufzügen und Autos konfrontiert werden. Am Ende des ersten Aktes werden sie von einem Trupp Robotwächter der Zauberer umzingelt und gefangengenommen. Im zweiten Akt sollten sie entkommen und in die unterirdischen Gewölbe der Stadt hinuntersteigen, wo sie auf einen hilfsbereiten alten Bibliotheksroboter treffen, der den Hauptcomputer der Stadt anzapfen und sie mit allerlei nützlichen Informationen versorgen kann. Mit fortschreitender Handlung nutzen Vince und seine Leute diese Informationen dazu, die Zauberer auf ihrem eigenen Gebiet herauszufordern und sie schließlich zu besiegen.«
Er streckte die Hand aus und reichte Wayne eine Skizze. »Hier ist eine grobe Zeichnung Urbas, die Vince entworfen hat. Diese Türme dort sind die Zitadellen der Macht, dieses

große Gebäude ist der Komplex des Zentralcomputers mit dem Eingang zur unterirdischen Bibliothek im Keller. Sie ist nicht sehr detailliert, ich weiß – Vince hat sie im Grunde nur angefertigt, um sich zu merken, was sich ungefähr wo befindet. Wahrscheinlich hatte er ein wesentlich besseres Bild davon im Kopf, und das werden Sie sehen können, wenn Sie sich in den Traum eingeschaltet haben.«
Wayne betrachtete die Skizze. Die Stadt war als Rechteck entworfen, und die Zeichnung war präzise und phantasielos ausgeführt – aber selbst ein Genie wie Rondel mußte irgendwo Abstriche machen. Er las außerdem einmal das Drehbuch durch. Er hatte wenig Hoffnung, daß Rondel sich daran gehalten hatte, aber zumindest würde es ihm einen Eindruck von der Psychologie des Traums vermitteln.
Nach ungefähr fünf Minuten erklärte Wayne, daß er so bereit war, wie man es unter den Umständen erwarten konnte. Die beiden Männer kehrten in das Hauptstudio zurück, wo Schulberg und White nervös auf sie warteten.
»Irgendeine Veränderung?« fragte DeLong.
White schüttelte den Kopf. »Die Lage ist so schlimm wie zuvor. Vinces Ausgangsleistung hat sich ein wenig verringert, aber sie ist nach wie vor wahnsinnig hoch. Vielleicht ist er ein bißchen erschöpft, aber er gibt noch immer eine unglaubliche Menge Energie ab.«
Wayne sah zu dem Tank hinüber, in dem Rondels Körper noch immer lag, die Traumkappe fest an ihrem Platz. Der Meisterträumer schwitzte stark, aber sonst wirkte das Bild so friedlich, daß man kaum glauben mochte, daß die Dinge im Traum so chaotisch waren. »Ist alles für mich vorbereitet?« fragte er.
White nickte. »Tank Drei ist angeschlossen und kann kaum erwarten, daß es losgeht.«
»Wie wäre es mit einem Plan, *mich* herauszuholen, falls irgend etwas schiefgeht?«
»Ich werde nach zehn Minuten den Summer betätigen«, sagte White. »Wenn Sie nicht freiwillig herauskommen, unterbreche ich die Stromzufuhr.«

Wayne runzelte die Stirn. Der Plan war nicht besonders gut, aber er war besser als nichts. Das ganze Problem reduzierte sich auf die Tatsache, daß sie nicht wußten, *was* ihn dort drinnen erwartete.

»Wird Vince bemerken, daß Sie in den Traum eindringen?« erkundigte sich Schulberg. »Wird er plötzlich wissen, daß Sie dort sind, und versuchen, Sie auszusperren?«

Wayne zögerte. Dies war seine insgeheime Furcht gewesen, die er nicht hatte aussprechen wollen. »Unter normalen Umständen, ja. Der Träumer in einem Meistertraum ist wie ein Puppenspieler mit einer Million Marionettenfäden. Jemand, der sich unabhängig in diesem Traum bewegt, kann nicht verhindern, daß er einen dieser Fäden berührt und den Träumer informiert, daß er dort ist.

Aber in diesem Fall«, fügte er schulterzuckend hinzu, »bin ich mir da nicht so sicher. Wenn es dort einen freien Willen gibt, wie Ernie sagt, dann sind die Fäden bereits durchschnitten. Es werden sich dort so viele Leute frei bewegen – und überall anstoßen, um es einmal so auszudrücken –, daß einer mehr kaum auffallen dürfte. Ich werde mehr Macht besitzen als jeder andere dort, weil ich genau wie Vince unseren Sender im Rücken habe. Es wird wahrscheinlich einige Fäden geben, an denen Vince noch immer zieht – Kontrolle über den Zeitverlauf und so weiter. Ich werde darauf achten müssen, ihm nicht ins Gehege zu kommen, bevor ich nicht weiß, was ich unternehmen muß. Aber wenn ich die Gebäude nicht versetze, wird er mich wahrscheinlich nur für einen von den anderen Leuten im Traum halten.«

»Gut«, seufzte Schulberg. »Seien Sie zunächst vorsichtig. Spielen Sie nicht den Helden. Wir wollen nur erfahren, was dort geschieht. Betrachten Sie sich als eine Art Indianerscout oder etwas Ähnliches, der sich das Land anschaut. Wenn Sie herausgefunden haben, was vor sich geht, kommen Sie zurück und erstatten uns Bericht. Wenn wir alle unsere Köpfe zusammenstecken, können wir vielleicht einen Weg finden, das Problem zu beseitigen. Vielleicht – nur vielleicht – gibt es ein Mittel, um zu verhindern, daß es uns das Genick bricht. Aber

tun sie nichts anderes. Ich möchte nicht, daß wir noch tiefer in Schwierigkeiten geraten, als wir es so schon sind.«
Wayne nickte. Er hatte gewiß nicht vor, irgend etwas anzustellen. Er hatte gestern nacht geträumt, als Schöpfer und als Zuschauer, und er fühlte sich seelisch wie ausgelaugt. Er war geistig erschöpft. Dennoch, man verließ sich auf ihn – wenn er sich in dieser Notlage bewährte, konnte er sie vielleicht von seiner Begabung überzeugen und brauchte sich in Zukunft nicht mehr so minderwertig fühlen.
Dieser Gedanke munterte ihn erheblich auf. Trotz seiner Müdigkeit kletterte er flink in den vorbereiteten Tank und legte sich auf die Couch. Die Kappe brannte auf seiner Kopfhaut, als er sie aufsetzte. Dann, mit einem Wink zu White, erklärte er: »Ich bin bereit.«
Er begann mit der Selbsthypnose, und langsam erfüllte ihn das vertraute Gefühl. Die halbdunkle Realität des Tanks verblaßte, und er stieg hinab in eine unbekannte Welt der Phantasie.

8

Als sich Rondels Traum um ihn herausformte, materialisierte Wayne nicht sofort. Das plötzliche Erscheinen einer neuen Person im Traum konnte vielleicht einige Leute im ersten Moment erschrecken, obwohl sie rasch darüber hinwegkommen würden; derartige Dinge geschahen zuweilen in einem Traum. Seine größere Sorge war, daß ein derart unvermitteltes Auftauchen Rondel auf Waynes Anwesenheit aufmerksam machen würde – und das war etwas, das er zunächst vermeiden wollte.
Statt dessen wurde er zu einer unsichtbaren, ätherischen Gestalt, die am Traumhimmel als unvoreingenommener Beobachter schwebte. Als solcher war er unbelastet genug, die Größe der mentalen Leinwand zu bewundern, auf der Rondel malte. Die Welt breitete sich unter ihm als riesige, ins Unendliche reichende Ebene aus. Es gab Wälder und Flüsse und

sogar rechteckige Flecken Ackerland, um das Bild abwechslungsreicher zu gestalten. In der Ferne, am Rand der sichtbaren Welt, waren die Umrisse eines Gebirges erkennbar.
Aber es war die Stadt, die seine Aufmerksamkeit erregte und gefangenhielt. Sie überragte das nahezu flache Umland und reckte sich majestätisch in die Luft. Der Anblick war Wayne sofort vertraut – es war die Smaragdstadt aus dem klassischen Film *Der Zauberer von Oz*. Die hohen, zigarrenförmigen Türme bestanden aus Chrom und Glas statt aus grünem Stein, aber der Gesamteindruck war derselbe. Es war ein magischer Ort, der im Sonnenlicht glitzerte und eine kristalline Perfektion versprach, die er unmöglich erfüllen konnte. Rondel hatte ein Bild erschaffen, das auf sein Publikum geheimnisvoll wirken und es mit Ehrfurcht erfüllen würde, und Wayne mußte zugeben, daß es ein hervorragendes Werk war.
Er tauchte in den Zeitstrom des Traums ein und wurde fast davongewirbelt. Der Zeitablauf hier war ungeheuer beschleunigt, was bedeutet, daß sich die Ereignisse mit unvorstellbarer Geschwindigkeit abspielten. Natürlich hatte der Träumer die absolute Kontrolle darüber, wie rasch sich die Dinge in seinem Traum entwickelten – er konnte sie beschleunigen, wenn die Handlung komplex war, oder sie verlangsamen, um eine Szene in die Länge zu ziehen. Dennoch hatte Wayne noch nie einen Traum erlebt, der sich so schnell abspielte. Kein Wunder, daß Rondel seine Energie verschleuderte. Und wenn er bedachte, wie lange der Traum schon andauerte, dann konnten hier bereits schrecklich viele Dinge geschehen sein.
Nachdem er sich schließlich einen befriedigenden Überblick verschafft hatte, glitt Wayne tiefer, um sich genauer umzuschauen. Die Stadt war von einer hohen Mauer umgeben, und die Tore waren allesamt bewacht – eine Abweichung vom Drehbuch, nach dem die Stadt bis auf eine Handvoll Zauberer und eine Reihe von Robotern unbewohnt gewesen war. Wayne fragte sich nach dem Grund für diese Änderung – was war so wichtig an der Stadt, daß Rondel eine Bewachung für erforderlich hielt? Und wichtiger noch, was war die beste Möglichkeit für Wayne, sie auszukundschaften?

Die Antwort auf diese Frage wurde ihm von einer Gruppe Reisender geliefert, die auf einer Straße auf die Stadt zuwanderten. In Kürze würden sie auf Rondels Torwächter stoßen, und dieses Zusammentreffen würde ihm einige Informationen liefern. Wenn er sich den Reisenden anschloß, konnte er alles aus unmittelbarer Nähe miterleben.

Er materialisierte ein Stück Weges vor der Gruppe am Straßenrand, dicht hinter der Biegung, so daß sie nicht sehen konnten, wie er aus dünner Luft entstand. Als zusätzliche Vorsichtsmaßnahme entschloß er sich, sein Aussehen zu verändern. Ausgestattet mit der fast omnipotenten Macht, die er in diesem Traum hatte, konnte er jede Gestalt annehmen, die er sich wünschte – und er war mit seiner normalen Erscheinung so unzufrieden, daß er die Natur verbessern wollte. Er ließ sich ein wenig größer werden, entfernte einige überflüssige Fettpolster, verschönte seine Gesichtszüge und wurde alles in allem zu seinem Ideal männlichen guten Aussehens. Es verschaffte ihm Selbstvertrauen, und, was noch wichtiger war, es verhinderte, daß er als Wayne Corrigan erkannt wurde, sollte er Vince Rondel zufällig begegnen.

Er erschuf neben der Straße einen Felsbrocken, ließ sich darauf nieder und täuschte vor, einen Kieselstein aus seinem Schuh zu entfernen, während er auf die näher kommende Gruppe wartete. Er hatte seine Kleidung ihren Gewändern – einfache Baumwollhemden und Hosen – angeglichen, so daß er keinen allzu fremdländischen Eindruck machte.

Wayne winkte den Leuten zu, als sie in Sicht kamen. »Was ist euer Ziel?« fragte er.

»Die Heilige Stadt«, antwortete ein älterer Mann, der der Anführer zu sein schien. »Wir haben uns entschlossen, vor dem Jüngsten Tag um Erlösung zu bitten.«

Heilige Stadt? Erlösung? Jüngster Tag? Wayne gefiel der Klang dieser Worte ganz und gar nicht. Da sich einige Traumsender auf religiöse Erfahrungen spezialisiert hatten, verlangten die Vorschriften der Bundesbehörde, daß sie in ihrer Werbung deutlich darauf hinweisen mußten – was bei Dramatische Träume nicht der Fall war. Dies konnte als unverhohlene

Propaganda von jener Art gewertet werden, die Eliott Spiegelman soviel Schwierigkeiten eingebracht hatte.
»Das ist auch mein Ziel«, sagte Wayne mit einem freundlichen Lächeln. »Habt ihr etwas dagegen, wenn ich euch auf eurem Weg begleite?«
»Die Straße gehört allen«, erwiderte der Mann mit einem Schulterzucken. »Ich heiße John. Wer bist du?«
Wayne hatte gehofft, wenn möglich, seine Identität verheimlichen zu können. Wenn er jemandem seinen wahren Namen verriet, war es möglich, daß Rondel auf irgendeine Weise davon erfuhr, und dann würde der Meisterträumer erkennen, daß seine Schöpfung inspiziert wurde. Aber wenn sich Wayne weigerte, sich vorzustellen, konnte es diese Leute befremden, von denen er hoffte, Informationen zu erhalten. Nach einem kaum merklichen Zögern entschied er sich, den Namen seines Bruders zu benutzen. »Ihr könnt mich Tim nennen.«
John nickte und schloß wieder zu der Gruppe auf. Wayne zog seinen Schuh an und folgte ihnen. Eine der anderen Männer sah ihn an und fragte: »Möchtest du auch erlöst werden?«
»Ich weiß nicht. Was ist dafür erforderlich?«
Die Augen des Mannes verengten sich. »Du mußt deinen Geist und deine Seele vollkommen dem Willen Gottes und unseres gesegneten Herrn Jesus Christus unterwerfen.«
Wayne spürte, wie ihn kaltes Frösteln überlief, obwohl er äußerlich gelassen blieb. »Ich verstehe. Und ... äh ... wer bestimmt, was der Wille Gottes ist?«
Es war John, der darauf antwortete. »Nun, der Prophet natürlich.«
»Natürlich«, murmelte Wayne. »Wie dumm von mir.«
Auch John war mißtrauisch. »Woher kommst du, Fremder?«
»Aus dem Mampferland, immer die gelbe Ziegelstraße entlang.«
Die Anspielung entging den anderen völlig, was ihm genauso recht war. Wayne mahnte sich, nicht allzuviel Scherze in dieser Situation zu machen. Die Lage war ernst, und es konnte gefährlich werden, sie zu verspotten.

»Ich habe noch nie vom Mampferland gehört«, erklärte John würdevoll. »Ist dort nichts über den Propheten bekannt?«
»Nur vage Gerüchte«, sagte Wayne. »Deshalb bin ich hierhergekommen, um mich mit eigenen Augen von der Wahrheit zu überzeugen.« Diese Antwort schien ihn zufriedenzustellen, so daß Wayne hinzufügte: »Vielleicht könntet ihr mich unterwegs aufklären?«
»Was möchtest du wissen?«
»Wie kann ich das sagen? Wenn ich wüßte, was ich nicht weiß, müßte ich nicht um eure Hilfe bitten. Fang irgendwo an. Woher ist der Prophet gekommen, und wieso kann er die Erlösung versprechen?«
John nickte und begann seine Geschichte zu erzählen. Er klang fast wie ein Dorfältester, der die alten Mythen erklärte. »In der Vorzeit beherrschten die Zauberer die Heilige Stadt Urba. Nach der Legende waren sie böse Menschen, die das Volk versklavten und ihm die Nahrung stahlen. Dann kam der Prophet. Erfüllt vom Geist Gottes drang er in die Heilige Stadt ein, schleuderte die Zauberer in die feurigen Gruben der Hölle und reinigte die Heilige Stadt von aller Verderbtheit. Jetzt ist die Heilige Stadt ein geweihter Ort, und nur jene, die die Erlösung durch Jesus Christus suchen, dürfen sie betreten und dem nahenden Weltuntergang entkommen.«
»Weltuntergang?« Dieses Wort verband er mit Dingen, die zu schrecklich waren, als daß er an sie zu denken wagte.
»Ja. Am Jüngsten Tag, der bald kommen wird, werden die Meere kochen, und die Erde wird beben. Alle Ungläubigen, die sich nicht innerhalb der schützenden Mauern der Heiligen Stadt befinden, werden in die feurigen Gruben der Hölle geschleudert und hinfort in ewiger Verdammnis schmoren.«
»Wann wird der Jüngste Tag beginnen?« fragte Wayne.
»Niemand weiß es genau«, antwortete John, »aber der Prophet hat gesagt, er wird früh genug kommen, daß alle jetzt lebenden Menschen gerichtet werden. Natürlich gibt es einige, die sich weigern, daran zu glauben, aber viele von uns hoffen, Erlösung zu finden, bevor es zu spät ist.«
»Dagegen läßt sich nichts sagen«, brummte Wayne.

Eine Weile wanderte er schweigend mit der Gruppe weiter. Insgesamt waren es außer ihm sieben – fünf Männer und zwei Frauen. Einer der Männer schien um die Zwanzig zu sein, aber die anderen waren zwischen vierzig und sechzig Jahre alt. Wayne rief sich ins Gedächtnis zurück, daß jeder von ihnen ein richtiger Mensch war, der jetzt friedlich in seinem Bett lag und sich in diesen Traum eingeschaltet hatte, der sich immer schneller in einen Alptraum verwandelte. Die Zahl siebzigtausend, die Ernie White genannt hatte, war unwirklich gewesen – im Gegensatz zu diesen Leuten. In diesem Moment war dies die wirkliche Welt für sie, und was hier geschah, würde ihr Leben für immer prägen. Diese Erkenntnis führte Wayne deutlicher als je zuvor die Schwere seiner Verantwortung vor Augen.

Seine Begleiter fragten ihn über sein mythisches Mampferland aus, und er bemühte sich, ihre Neugier zu befriedigen und seine Antworten gleichzeitig so vage wie möglich zu fassen. Auch wenn es für sie keine Möglichkeit gab, den Wahrheitsgehalt seiner Geschichte zu überprüfen, wollte er sich nicht in Widersprüche verwickeln. Außerdem konnte er niemals sicher sein, daß sich Rondel nicht in der Nähe herumtrieb und sie belauschte.

Nach einer Weile, deren Dauer sich nicht festlegen ließ – es war schwer, in diesem beschleunigten Traum die Zeit einzuschätzen, da die Sonne am Himmel sich nicht bewegte –, erreichten sie die Stadt. Eine hohe, glatte Mauer aus glitzerndem Perlmutt versperrte ihnen den Weg. Die Straße führte zu einem massiven Tor aus funkelnden Diamanten, vor dem zwei Wächter postiert waren. Die Wächter trugen silberne Laméuniformen mit einem großen blauen Kreuz, das auf jeder Schulter eingestickt war. Jeder Wächter war mit einer gehalfterten Handfeuerwaffe und einem futuristischen Gewehr ausgerüstet. Durch die Lektüre des Drehbuchs wußte Wayne, daß diese Waffen einen gelben Energiestrahl emittierten, der das Opfer für kurze Zeit betäubte. Rondel hatte in einem Meistertraum noch nie tödliche Waffen verwendet. Wayne fragte sich, ob die Wächter echte Menschen oder le-

diglich Schöpfungen Rondels waren. Ganz gleich, er durfte bei ihnen kein Risiko eingehen. Er mußte sich unauffällig verhalten.
Einer der Wächter richtete sein Betäubungsgewehr auf die näher kommende Gruppe. »Was wollt ihr in der Heiligen Stadt?« fragte er.
»Wir suchen die Erlösung unserer Seelen durch die Gnade unseres Herrn Jesus Christus«, erwiderte John.
»Und bist du bereit, deinen Geist und deine Seele Gott hinzugeben?«
»Das bin ich«, sagte John.
Der Soldat sah die nächste Person in der Gruppe an, die die gleiche Anwort gab. Der Wächter befragte sie nacheinander, und als die Frage an ihn gerichtet wurde, gab ihm Wayne die gleiche Antwort wie die anderen. Und gleichzeitig grübelte er darüber nach, wie die Hingabe wohl aussehen mochte, die Rondel von den Leuten verlangte.
»Von allen, die die Heilige Stadt betreten, wird verlangt, daß sie sich zunächst einer Prüfung unterziehen, damit sie mit eigenen Augen das Schicksal sehen, das sie erwartet, wenn sie die gütige Gnade unseres Herrn verschmähen«, sagte der Soldat, als er die Befragung der Gruppe abgeschlossen hatte. »Folgt mir, wenn ihr wahrhaft erlöst werden wollt.«
Wayne trat mit den anderen durch das Tor und in den großen, leeren Raum, der dahinter lag. »Wartet hier«, befahl der Wächter. Er verließ den Raum wieder und schloß die Tür hinter sich. Die Reisenden waren allein und verwirrt, und niemand wußte, was als nächstes geschehen würde.
Plötzlich stand die Luft in Flammen. Feuersäulen schossen aus dem Boden und leckten an die Decke. Von einer Sekunde zur anderen verwandelte sich der Raum in ein brennendes Inferno und füllte sich mit dichten Schwaden aus erstickendem, schwefligem Rauch. Die Welt wurde blutrot, und die Luft wurde so unerträglich heiß, daß sie waberte und alles verschwimmen ließ. Das lärmende Geprassel der Feuersbrunst übertönte alle leiseren Laute.
Wayne kappte augenblicklich den Großteil seiner Sinnesemp-

findungen und verhinderte so, daß er von dem Feuer in Mitleidenschaft gezogen wurde. Die Szene war für ihn jetzt nicht wirklicher als ein Bild auf einem Fernsehschirm. Auf abstrakte Weise konnte er die Kraft und die Leidenschaft des hier heraufbeschwörten Spektakels bewundern, aber er wurde davon nicht berührt.

Nicht so seine Begleiter. Für sie war dies die reale Welt, und alles, was in ihr geschah, war gleichermaßen real. Das Feuer, der Rauch und die Hitze waren Wirklichkeit. So wie ihre Schmerzensschreie, die Wayne glücklicherweise über dem Lärm der Flammen hinweg nicht hören konnte. Sie befanden sich buchstäblich auf einem Besuch in der Hölle.

Ohne zuzulassen, daß ihn die peinigenden Einflüsse berührten, ahmte er die Reaktion seiner Begleiter nach. Er malte sich den Schmerz und die Qualen aus, die sie erlitten, und ließ sich von den vorgetäuschten Gefühlen mitreißen. Gemeinsam mit ihnen schrie er in der Pein des Feuers. Einige fielen in ihrer Qual zu Boden, wälzten sich in den flüssigen Flammen, die an ihren Füßen leckten, aber dies verstärkte nur ihr Leiden. Ein ferner Teil von Waynes Bewußtsein, ein Teil, der sich zurückgezogen hatte und das schreckliche Geschehen beobachtete, stellte fest, daß trotz der Heftigkeit der Flammen nichts von ihnen verzehrt wurde, nicht einmal die Kleidung, die die Leute trugen.

So unvermittelt, wie es begonnen hatte, so unvermittelt hörte das Inferno wieder auf. Die Flammensäulen erloschen und ließen den Raum so kahl wie zuvor zurück. Die plötzliche Leere und Stille waren wie ein Klingeln in den Ohren. Die beiden Frauen und drei der Männer schluchzten hysterisch, die anderen beiden Männer fielen zitternd auf die Knie. Nach einem Moment des Überlegens schloß sich Wayne ihnen an. Er wollte sich in keinerlei Hinsicht von den anderen unterscheiden, also mußte er vorgeben, so erschüttert zu sein wie sie.

Innerlich aber kochte er. Rondel mußte vollkommen verrückt geworden sein, etwas Derartiges mit einem ahnungslosen Publikum anzustellen. Eliott Spiegelman hatte nur ein wenig

politische Propaganda einfließen lassen, und die dadurch entstandenen Schockwellen ließen noch immer die ganze Branche erbeben. Und Rondel machte sich nicht allein religiöser Bekehrungsversuche schuldig, denn ein derart schreckliches Erlebnis konnte bei labilen Charakteren durchaus geistige Schäden – sogar Zusammenbrüche – hervorrufen. Dies konnte vielleicht das Ende der Traumindustrie bedeuten, ein Gedanke, der Wayne mehr entsetzte, als er es sich einzugestehen wagte.
Gerade als sich die Menschen im Raum von dem Schock ihres Besuchs in der Hölle erholt hatten, hörten sie eine Stimme. Die Stimme war so laut, daß sie in den Ohren schmerzte. Sie mochte Rondels Stimme sein, aber bei dieser Lautstärke ließ sich das nicht mit letzter Sicherheit feststellen.

»Wisset«, dröhnte die Stimme, »daß alle Menschen als Sünder in die Welt geboren werden. Wisset, daß die meisten Menschen bis zur ihrem Todestag Sünder bleiben und das leichte Leben in Sünde dem schweren Weg zu Gott vorziehen, dem Weg der Tugend und Selbstverleugnung. Die leichte Straße der Sünder führt direkt in die Hölle. Wenn der Jüngste Tag kommt, wird jeder, der nicht dem Weg Gottes und Christus folgt, in ewiger Verdammnis enden.
Ihr seid die Glücklichen. Ihr habt den Geschmack der Hölle noch im Leben kosten können. Euch ist die göttliche Wahl gegönnt worden: Gottes Weg zu folgen und allen Lästerungen abzuschwören oder zu sterben und die Ewigkeit in der Hölle zu verbringen, wie ihr sie gerade erlebt habt. Nur die Reinen in Seele und Geist dürfen die Heilige Stadt Urba betreten. Nur jene, die ihre Seele dem Propheten Christi hingeben, haben Hoffnung auf Rettung und Erlösung. Schwört nun, den Gesetzen des Propheten zu gehorchen, oder verdammt euch selbst zu ewigem Exil in den Außenlanden und zum Tod und zur Verdammnis am Tag des Jüngsten Gerichts.«

Die Leute um Wayne schrien wild durcheinander und schworen, alles zu tun, um einem Schicksal wie dem, das sie hier kennengelernt hatten, zu entgehen. Wayne schrie wie sie, aber innerlich beobachtete er alles mit kalten, analytischen Augen. Auf diese Weise also kontrollierte Rondel seine Zuschauer. Er kam ihnen entgegen und schenkte ihnen freien Willen, und im gleichen Atemzug zog er sein Geschenk wieder zurück. Sie hatten die Möglichkeit, ihre eigene Wahl zu treffen, aber er bot ihnen keine wirkliche Alternative an. Nach einer derart überzeugenden Demonstration konnte sich kein vernünftiger Mensch weigern, Rondels Wort als Gesetz zu betrachten.

Auf eine verrückte Weise war das Ganze äußerst raffiniert, aber Wayne konnte noch immer nicht hinter die Fassade blicken und eine Antwort auf die eigentliche, verborgene Frage finden: Was führte Rondel im Schilde? Warum gab er den Menschen zuerst freien Willen, nur um ihn dann wieder zurückzunehmen? Warum peinigte er siebzigtausend Menschen, denen er nie zuvor begegnet war? Was war der Sinn dieser ganzen Farce?

Der Wächter, der sie anfangs in diesen Raum geführt hatte, kehrte in diesem Moment zurück, begleitet von vier weiteren Soldaten. Zwei von ihnen packten die Frauen grob an den Armen und rissen sie auf die Beine. »Ihr beide müßt mit uns kommen«, sagte einer der Soldaten.

»Wohin bringt ihr uns?«

»Wir bringen euch in den Tempel, wo ihr Gott dienen werdet.«

Der Anführer grinste sie höhnisch an. »Alle Frauen sind sündig. Das sagt uns der Prophet. Ihr werdet gezüchtigt, bis euch das Böse ausgetrieben ist und ihr die Erlösung verdient.«

Beide Frauen sahen wie betäubt drein. »Aber das ist doch gewiß nicht gerecht«, protestierte eine von ihnen.

»Stellst du die Befehle des Propheten in Frage?«

Die Frau war sofort wieder demütig. »Oh, nein, ich ... Das käme mir gar nicht in den Sinn.«

»Der Prophet entscheidet in allen Fragen der Móral«, belehrte

sie der Anführer streng. »Es ist sein Befehl, daß alle Frauen in den Tempel gebracht und dort geläutert werden.«
So also bezeichnet er es? dachte Wayne, ohne die zynische Bemerkung laut auszusprechen.
Als die Frauen fortgeführt wurden, wandte sich John an den Anführer. »Was ist mit uns? Was verlangt der Prophet von uns?«
»Es steht euch frei, die Heilige Stadt zu betreten«, erwiderte der Soldat. »Dort könnt ihr tun, was ihr wollt, vorausgesetzt, ihr verstößt nicht gegen die Gesetze Gottes oder des Propheten. Ihr seid aufgefordert, an den öffentlichen Ermahnungen teilzunehmen und die Frauen im Tempel zu besuchen. Lebt keusch, betet viel und vergeßt nicht – Gottes Strafe ist fürchterlich.«
Mit diesen Worten öffnete der Wächter die Innentür des Raums, und Wayne und seine Begleiter durften die Heilige Stadt Urba betreten.

9

Wayne hatte einen derartigen Anblick nicht erwartet. Nach Rondels Notizen hätte die Stadt Urba völlig technisiert und fleckenlos sauber sein müssen, ein technologisches Meisterstück, das mit der Präzision eines Uhrwerks funktionierte. Sie war von den Zauberern unter dem Einsatz aller ihnen zur Verfügung stehenden technischen Mittel errichtet worden und so glitzernd und künstlich wie eine Ausstellung im Schaufenster eines Spielzeugladens zu Weihnachten. Die Stadt Urba war vom Anfang bis zum Ende ein Meisterstück stiller Effizienz.
Rondel hatte die gesamte Anlage verändert. Der mechanistische Unterbau war beibehalten worden, doch das Schwergewicht hatte er vom Weltlichen auf das Religiöse verlagert. Überall befanden sich Kreuze – über den Türen, in den Fenstern, an den Straßenlaternen und in der Mitte der breiten Straßen, die nicht zufällig mit Gold gepflastert waren. Die

Passanten – es gab Hunderte von ihnen –, die durch die Straßen spazierten, trugen weiße Roben, die Wayne mehr an römische Togen als an alles andere erinnerten. Über ihren Köpfen schwebten Engel gelassen dahin und beobachteten das Treiben der Menschen. Bei diesen Engeln mußte es sich eher um Schöpfungen Rondels denn um Leute aus dem Publikum handeln: Sie waren halb durchsichtig und geschlechtslos und mit Flügeln, Heiligenschein und langen, durchsichtigen Gewändern ausstaffiert. Überall in der Stadt, wie aus unsichtbaren Lautsprechern, erklang himmlische Musik, als ob der Gesang eines Engelchors auf einem Endlostonband festgehalten worden wäre.

Wayne atmete tief ein – und übergab sich fast. Da war ein intensiver Geruch nach ...*etwas* in der Luft. Er hatte diesen erstickenden, süßen Geruch schon irgendwo zuvor kennengelernt, und er erfüllte ihn mit Ekel, aber er konnte ihn nicht sofort einordnen. Seine Begleiter schien er nicht zu stören, blähten sie doch ihre Nüstern, als handelte es sich dabei um den Duft von Orangenblüten. Wayne gab sich alle Mühe, ihn zu ignorieren, obwohl der Gestank die ganze Stadt durchdrang.

»Was machen wir jetzt?« fragte Wayne.

John sank auf die Knie und antwortete: »Wir danken Gott und dem Propheten, daß sie uns von unseren Sünden erlösen.«

Die vier anderen Männer folgten seinem Beispiel und knieten auf dem Bürgersteig nieder, um zu beten. Das war mehr, als Wayne im Augenblick ertragen konnte.

»Was ist mit den Frauen?« fragte er. »Möchtet ihr nicht erfahren, was aus ihnen wird?«

»Sie befinden sich in den Händen des Propheten«, entgegnete John, ohne Wayne anzusehen. »Ihnen kann hier kein Leid widerfahren, solange sie sich den Wünschen des Propheten fügen.«

»Dein Glaube ist wirklich rührend«, sagte Wayne. »Ich bin sicher, daß der Prophet mit dir zufrieden sein wird.« Er wandte sich ab.

»Wohin gehst du?« rief John ihm nach.
»Zum Tempel. Der Wächter hat gesagt, daß wir uns dorthin begeben sollen.«
John unterhielt sich hastig mit seinen Gefährten, die auf dem Boden knien blieben, während er sich erhob und Wayne folgte. »Ich werde dich begleiten, wenn du nichts dagegen hast.«
Wayne hatte tatsächlich etwas dagegen. Auf sich allein gestellt, konnte er seine Kräfte ein wenig freier spielen lassen, um sich ein Bild von der Situation zu machen – in der Begleitung Johns mußte er vorsichtiger sein, um nicht zuviel von sich zu verraten. Aber es gab keine Möglichkeit, den Mann zurückzuweisen, ohne weiteres Mißtrauen zu erregen, also nickte er nur und ging mit raschen Schritten weiter.
»Du wirkst wie ein Mann, der auf Ärger aus ist«, keuchte John nach einer Weile.
»Tatsächlich?«
»Wie kannst du dich nach der Prüfung, die wir durchgemacht haben, nur so benehmen. Ich spüre bei dir einen Mangel an Glauben, der ...«
Wayne blieb stehen und sah dem anderen Mann direkt in die Augen. »John, dir fällt es vielleicht schwer, das zu akzeptieren, aber mein Glaube an den Propheten ist wahrscheinlich stärker als deiner. Ich habe nicht die geringsten Zweifel, daß er mit der Stimme Gottes spricht und daß sein Wille hier in Urba Gesetz ist.« Und das war die reine Wahrheit. Niemand wußte besser als Wayne, daß Rondels Macht hier unbegrenzt war. In diesem verrückten Traum *war* Rondel Gott – eine wahnsinnige, kranke Gottheit mit verschrobenen Zielen, die Wayne nicht einmal erahnen konnte.
John wirkte erschüttert. »Aber warum sprichst du dann so schroff, wo du doch soeben erst angekommen bist?«
Wayne zögerte und wägte seine Worte sorgfältig ab. »Vielleicht brauchen sogar Götter und Propheten jemanden, der ihre Moral von Zeit zu Zeit in Frage stellt. Verzeih mir, ich habe kein Recht, dich da hineinzuziehen. Kehre zu deinen Freunden zurück, und führe ein gottesfürchtiges Leben, wie

es der Prophet verlangt. Laß mich mit meinen inneren Zwistigkeiten allein.«
John schüttelte den Kopf. »Nein. Ich habe dich hierhergebracht, und ich bin verantwortlich für dich.«
»Du bist einzig und allein für dich verantwortlich. Mir wird schon nichts passieren.«
Aber John weigerte sich, dies als Antwort zu akzeptieren, und bestand darauf, Wayne zu begleiten. Widerstrebend nahm der Träumer ihn als Wegegefährten hin und ging dann langsamer weiter durch die Straßen der Heiligen Stadt.
Unterwegs fuhr er fort, die Elemente des Traums zu inspizieren. Dieser seltsame, widerwärtige Geruch hing weiter in der Luft und löste in Wayne vage Erinnerungen aus – aber jedesmal, wenn er versuchte, sich auf sie zu konzentrieren, entglitten sie ihm wieder. Und das war noch etwas anderes an der Stadt, was ihn störte, etwas an den Männern, die durch die Straßen wanderten...
Das war es. Nur Männer hielten sich auf den Straßen auf. Wo er auch hinsah, erblickte er Männer in Roben. Gelegentlich knieten sie zu einem spontanen Gebet nieder, oder sie sammelten sich, um im Chor Hymnen zu singen. Einige zupften sogar kleine Harfen, was Wayne für billig und einfallslos hielt.
Aber nirgendwo sah er eine Frau. Sie spazierten weder durch die Straßen, noch schauten sie aus den Fenster, der Gebäude zu beiden Seiten. Offensichtlich hatten sich unter den Zuschauern Frauen befunden – mit zweien war er eine kurze Zeit zusammengewesen. Hatten sie alle das gleiche Schicksal erlitten? Waren sie alle in den Tempel gebracht worden, um dort an dem teilzunehmen, was Rondels kranker Geist für sie ausgebrütet hatte? Je länger er darüber nachdachte, desto dringlicher erschien es ihm herauszufinden, *was* genau sich in dem sogenannten Tempel abspielte.
Aber zunächst mußte er ihn finden. Er hatte die grobe Skizze der Stadt studiert, die Rondel für seine Unterlagen angefertigt hatte, ohne aber auf einen Hinweis auf einen Tempel gestoßen zu sein. Rondel hatte wahrscheinlich eines der anderen

Gebäude für seine Zwecke requiriert, doch Wayne wußte nicht, welches.

Die einfachste Methode schien ihm die beste zu sein, und so hielt er einen Mann auf der Straße an und fragte ihn nach dem Weg zum Tempel. Der Mann beschrieb ihm kurz die Richtung, die er nehmen mußte, und nach diesen Angaben konnte sich Wayne problemlos orientieren. Das Gebäude, das jetzt den Tempel beherbergte, war in den alten Plänen der Komplex des Zentralcomputers gewesen. In einer Hinsicht ergab dies einen Sinn, denn der Computerkomplex hatte in der alten Version der Stadt als Zentrum der Handlung gedient und konnte in seiner neuen Inkarnation diese Aufgabe ohne Mühe weiter erfüllen.

Wayne dankte dem Mann für seine Auskunft und folgte der angegebenen Richtung. Der Passant schenkte Wayne und John ein Nicken und ein wissendes Zwinkern und setzte seinen Weg fort. Wayne fand das Zwinkern irritierend und beschleunigte seine Schritte.

Die Stadt war überfüllt. Selbst wenn man davon ausging, daß die Hälfte des Publikums aus Frauen bestanden hatte, so blieben noch immer fünfunddreißigtausend Männer übrig, die frei im Traum agieren konnten und von denen die meisten bereits Rondels Brandzeichen der Erlösung akzeptiert hatten. Niemand schien in der Heiligen Stadt mit etwas anderem als ziellosen Spaziergängen, Beten oder dem Absingen von Hymnen beschäftigt zu sein. Erneut fragte sich Wayne, was für einen Sinn das Ganze hatte – sofern es überhaupt einen Sinn gab. Warum zwang Rondel all diese Menschen dazu, seine verschrobenen religiösen Vorstellungen zu übernehmen, ohne in irgendeiner Weise Gebrauch davon zu machen?

Dann kam ihm ein erschreckender Gedanke. Vielleicht *hatte* Rondel bereits Verwendung dafür gefunden. Wayne konnte sich zwar nicht vorstellen, um was es sich dabei handeln mochte, aber allein der Gedanke entsetzte ihn. Der »Jüngste Tag« war schon mehrmals erwähnt worden. Was, wenn er hier nicht nur ein abstraktes Konzept, sondern eine überaus reale Möglichkeit war, die in der nahen Zukunft Wirklichkeit

werden konnte? Welche Schrecken barg dieses Geschehnis für jeden einzelnen Menschen hier?
Seine Überlegungen wurden von einem Aufruhr unterbrochen, der weiter vorn entstand. Vielstimmiges Geschrei ertönte, und eine Menschenmenge bildete sich. Neugierig gesellten sich Wayne und John zu den anderen, um nachzuschauen, was dort vor sich ging.
Einer der Engel, die über der Stadt kreisten, hatten sich auf eine robenbekleidete Gestalt gestürzt, die versuchte, durch eine der Steitenstraßen zu entkommen. Der geflügelte Cherubin gemahnte jetzt mehr an ein Gespenst – er heulte wild, während er auf sein Opfer niederfuhr. Seine Hände krümmten sich und wurden zu Klauen, die er dann ausstreckte, um die fliehende Gestalt zu packen und sie am Entkommen zu hindern.
Plötzlich verlangsamte sich der Zeitablauf, und die Veränderung traf Wayne unvorbereitet. Alle um ihn herum schienen sich wie durch dicken Sirup zu bewegen, als Rondel den Zeitstrom bremste, um das Geschehen spannender zu gestalten. Die Zuschauer, die Rondels Bezugssystem unterlagen, wurden mit dem Rest der Welt langsamer, aber Wayne, der unabhängig von Rondels Kontrolle war, blieb davon unberührt. Er hatte sich schnell bewegt, um zu der Menge aufzuschließen, und er mußte sich anstrengen, um zum Stehen zu kommen. Für die anderen mußte er wie ein Schemen ausgesehen haben.
Glücklicherweise war die Aufmerksamkeit der meisten Menschen auf den Engel und den Flüchtling gerichtet. Die wenigen, die Waynes extreme Geschwindigkeit bemerkt haben mochten, würden wahrscheinlich ihren Augen nicht trauen. Wayne reduzierte seinen eigenen Zeitablauf, bis er mit dem seiner Mitmenschen übereinstimmte. Er prägte sich ein, in Zukunft auf derartige Dinge zu achten, und er hoffte, daß er sich Rondel durch seinen Fehler nicht zu erkennen gegeben hatte.
Der Flüchtling bewegte sich selbst unter Berücksichtigung des reduzierten Zeitablaufs quälend langsam, und der Engel kam

ihm immer näher. Kurz bevor er die Klauen ausstrecken und sein Opfer packen konnte, stolperte der Flüchtling, und die Kapuze rutschte von seinem Kopf und enthüllte eine lange Mähne schimmernd schwarzen Haares. Die Menge keuchte vor Erstaunen auf. Der Flüchtling war eine Frau!
Der Engel schoß an seinem Ziel vorbei, fuhr dann aber schneller als normalerweise möglich herum und griff erneut nach der Frau. Seine klauengleichen Hände packten das Rückenteil ihrer Robe, und er hob die Frau in die Luft, gerade hoch genug, daß die Zuschauer nach oben blicken mußten, um sie deutlich sehen zu können.
Der Zeitablauf beschleunigte sich wieder auf seine vorherige Geschwindigkeit, aber Wayne war diesmal darauf vorbereitet. Er spürte, daß jetzt, wo der Flüchtling gefangen war, keine dramaturgische Notwendigkeit mehr bestand, die Szene auszudehnen. Selbst in seinem Wahnsinn hielt Rondel an den dramaturgischen Prinzipien des Geschichtenerzählens fest.
»Seht, eine Sünderin«, wandte sich der Engel an die anwachsende Menge, und diesmal handelte es sich zweifellos um Rondels Stimme. »Diese Frau hat ihren zugeteilten Platz im Tempel verlassen und gegen die Gesetze Gottes und des Propheten verstoßen. Aber sie wird die harte Lektion ihres Ungehorsams lernen. Die Gesetze Gottes sind streng, und göttliche Vergeltung ist ihr sicher. Kommt allesamt zur nächsten öffentlichen Ermahnung, und ihr werdet das Schicksal sehen, das derartige Sünder erwartet.«
Mit diesen Worten entführte der Engel seine Gefangene hinauf in den Himmel und verschwand außer Sicht. Wayne wäre ihm gern gefolgt, um zu sehen, was mit der Frau geschah, aber John und die anderen Leute in der Nähe hielten ihn davon ab, seine »übernatürlichen« Kräfte zu enthüllen.
Mit Beendigung des Zwischenfalls verstreute sich die Menge. Aufgeregt wandten sich die Männer an ihre Nachbarn und diskutierten das Geschehene. Viele wirkten erregt oder schienen sich unbehaglich zu fühlen, und bei einigen war auch Erleichterung darüber zu erkennen, daß der Engel nicht sie geholt hatte: Jeder wußte tief in seinem Herzen, daß er zu

irgendeinem Zeitpunkt eine Verfehlung begangen hatte, von der er fürchtete, daß sie ans Licht kam und er dafür bestraft wurde. Viele faßten den Entschluß, daß jetzt der richtige Zeitpunkt für ein Gebet gekommen war, um so ihre ungebrochene Verehrung für Gott und den Propheten zu beweisen – und das nicht unbedingt in dieser Reihenfolge.

Wayne aber fühlte sich in seinem Entschluß bestärkt, den Tempel zu betreten und sich davon zu überzeugen, um was für einen »Platz« es sich handelte, den die Sünderin verlassen hatte. Und erneut wurde er durch Johns Gegenwart behindert. Wäre er allein gewesen, hätte er sich in eine Ecke zurückziehen, sich dort in ein unsichtbares Wesen verwandeln und binnen eines Augenblicks den Tempel erreichen können – aber da ihn der andere Mann beobachtete, mußte er seinen Weg auf konventioneller Weise fortsetzen. Er ging so schnell, wie es möglich war, ohne Aufmerksamkeit zu erregen – schließlich mußte er sich keine Sorgen darüber machen, daß er müde wurde oder außer Atem geriet. John an seiner Seite hatte allerdings einige Schwierigkeiten, Schritt mit ihm zu halten. *Geschieht ihm recht, schließlich kostet er mich Zeit*, dachte Wayne.

Sie erreichten den Tempel, der unzweifelhaft als solcher zu erkennen war. Es handelte sich dabei um ein riesiges Marmorgebäude in einer Stadt aus Chrom und Beton. Er war drei Blocks lang und fünf Stockwerke hoch. Wayne konnte aus diesem Blickwinkel nicht erkennen, wie weit er sich in die Tiefe zog. Die Fassade wurde durch eine Kolonnade aus massiven Steinsäulen gebildet, die vier Stockwerke in die Höhe ragten und zu denen eine lange Flucht weißer Marmorstufen hinaufführte. Absurderweise dachte Wayne daran, daß es hier keine Tauben gab, die die Reinheit des Gebäudes beschmutzen konnten.

Ein breiter Streifen offenes Land trennte den Tempel vom Rest der Stadt, ein großer Park mit künstlichem Gras und ohne Bäume. Wayne und John durchquerten ihn und stiegen die vielen Stufen bis zum Haupteingang hinauf. Die ganze Zeit über kamen ihnen Männer entgegen oder eilten an ihnen

vorbei. Der Tempel war ein betriebsamer Ort, offensichtlich einer der wenigen Plätze der Heiligen Stadt, wo reges Treiben im Gange war. Wayne erfüllte dies mit leiser Genugtuung. So mächtig Rondels Geist auch war, mit dem er diese ganze Welt erschaffen hatte, er konnte sich trotzdem nur auf einige Dinge gleichzeitig konzentrieren.
Hinter der Tür wurden die beiden Männer von einem Wächter in der vertrauten silbernen Laméuniform aufgehalten.
»Seid ihr gekommen, um zu beten oder um zu züchtigen?«
»Ah, ich bin mir nicht ganz sicher«, begann Wayne in einem Tonfall, von dem er hoffte, daß er unterwürfig genug klang. »Wir haben erst vor kurzer Zeit die Heilige Stadt betreten. Man hat uns aufgefordert hierherzukommen, aber man hat uns nicht gesagt, was wir hier tun sollen. Könntest du uns mit einigen Ratschlägen behilflich sein?«
Der Wächter strahlte wie ein Pfarrer, der einen Hundertmarkschein im Opferstock gefunden hatte. »Sicher, Brüder, es ist mir eine Freude.« Er drehte sich zu dem anderen Wächter um. »George, halt die Tür im Auge, während ich die beiden Neuen herumführe.«
Er trat hinter seinem kleinen Schreibtisch hervor und führte sie zur Mitte der Eingangshalle. Eine breite Spiralrampe wand sich um einen runden Treppenschacht hinauf zu den einzelnen Stockwerken. Obwohl der Boden der Rampe massiv wirkte, bewegte er sich mit gemächlicher, stetiger Geschwindigkeit, sobald sie ihn betreten hatten. Dies, vermutete Wayne, war noch ein Überbleibsel aus der Vergangenheit, in der die Stadt von den technischen Zauberern beherrscht worden war.
»Im Erdgeschoß des Tempels liegen die Räume für stille Gebete und Meditation«, erklärte der Wächter, während die Rampe sie nach oben trug. »Es gibt dort nicht sehr viel zu sehen. Ich schätze, ihr seid mehr an den Etagen interessiert, auf denen es lebhafter zugeht.«
»Ja, genau«, nickte Wayne.
»Das dachte ich mir. Bei den Neuankömmlingen ist das im-

mer so.« Im zweiten Stock verließ er die Rampe, und Wayne und John folgten ihm.
»Das zweite Stockwerk ist der Läuterung und der Verehrung gewidmet. Die Menschen kommen hierher, um für ihre Sünden zu büßen und ihre Verehrung für Gott zu zeigen. Möchtet ihr einen Blick hineinwerfen?«
Er führte sie zu einer Tür, öffnete und winkte sie hinein. Sie befanden sich in einem großen, offenen Raum, der an eine Turnhalle erinnerte und voller kniender, betender Männer war. Während sie zusahen, griff hier und da einer der Männer nach einer Geißel, die auf dem Boden bereit lagen, und begann sich auszupeitschen und dabei lauthals seine Sünden zu gestehen und Gott oder den Propheten zu preisen. Einige der Männer hielten sich offenbar schon lange Zeit in diesem Raum auf. Ihre Haut war zerfetzt und blutig von den wiederholten Geißelungen. Sie schienen sich bis zur Bewußtlosigkeit zu peitschen, unbeachtet von ihren Gefährten, und beim Erwachen das Ritual des Betens und der Selbstgeißelung zu wiederholen.
»Wer zwingt diese Männer dazu, sich einer solchen Strafe zu unterziehen?« fragte John. »Ist es der Wille des Propheten?«
»O nein, sie sind alle freiwillig hier«, versicherte ihm der Wächter. »Sie wollen sichergehen, daß sie am Jüngsten Tag auch erlöst werden, indem sie sich noch im Leben ihre Sünden aus ihrem Fleisch schlagen. Wie der Prophet sagt: ›Gesegnet ist, wer aus Liebe zu Gott leidet, denn ihm gehört das Königreich des Himmels.‹ Indem sie sich selbst für ihre lasterhaften Missetaten strafen, zeigten sie Gott, daß sie es wert sind, zu Ihm ins Paradies zu gelangen.«
Wayne betrachtete das Bild der zahllosen Männer, die sich selbst wund und blutig geschlagen hatten, und er mußte den Drang niederringen, die Fäuste vor Zorn zu ballen. Jeder Mensch, so wußte er, litt unter Schuldgefühlen für die kleinen Dinge, die Teil des normalen, täglichen Lebens waren. Unter den richtigen Umständen – für die Rondel in diesem Traum zweifellos gesorgt hatte – konnten diese Schuldgefühle

leicht zum Selbsthaß führen. Aus seinen Vorlesungen in Psychologie war ihm bekannt, daß die meisten Menschen sich härter bestraften, als es andere Menschen tun würden. Im Pornotraum-Geschäft ging man gelegentlich auf die Bedürfnisse derartiger Masochisten ein, obwohl jene Träume mehr sexueller Natur waren. Allerdings war das Endergebnis dasselbe.
»Ich glaube nicht, daß dies hier das ist, was ich mir vorgestellt habe«, sagte er leise zu dem Wächter.
»Nun gut.« Der Wächter führte sie wieder hinaus. »Weiter unten am Korridor gibt es andere Räume, wo ein Mann Gott opfern kann, wenn er möchte.«
»Was für Opfer sind das?« fragte Wayne.
»Hauptsächlich Verstümmelungen. Manche Männer kastrieren sich selbst, andere schneiden sich einen Arm oder ein Bein, manchmal auch ein Auge oder ein Ohr ab, um ihre Hingabe zu Gott zu beweisen. Wenn ihr euch das ansehen wollt...«
»Lassen wir das fürs erste«, unterbrach Wayne hastig. Die Vorstellung, was Rondel diesen Menschen antat – oder besser, daß er sie dazu brachte, es sich selbst anzutun –, war widerwärtig. Auch wenn dies nur ein Traum war und die Menschen sich nicht wirklich selbst verstümmelten, so war dies doch für sie im Moment die Realität. Sie würden dieselben psychologischen Traumata erleiden, als ob sie sich wirklich verstümmelt hätten, und sie würden den Rest ihres Lebens mit der Erinnerung an dieses Erlebnis verbringen. Obwohl in der Geschichte Selbstverstümmelung eine Prüfung für die Stärke der eigenen religiösen Überzeugung gewesen war, so doch nicht in der modernen amerikanischen Gesellschaft, und die meisten dieser Menschen hätten ohne Rondels Manipulation niemals etwas Derartiges getan.
»Ich habe gehört, daß sich hier auch Frauen befinden sollen«, fügte Wayne nach einem Moment hinzu.
»Ja, tatsächlich«, nickte der Wächter mit einem Lächeln. »Ich habe mir schon gedacht, daß ihr daran interessiert seid, aber meine Pflicht verlangt von mir, euch zunächst diese Mög-

lichkeiten zu zeigen. Ja, die Frauen sind unser bei weitem begehrtestes Angebot. Kommt mit.«
Er führte sie zurück zur spiralförmigen Lauframpe, die sie hinauf ins nächste Stockwerk trug. Dort stieg der Wächter aus, und sie folgten ihm gehorsam. »Möchtet ihr zuschauen oder euch beteiligen?« fragte er sie.
»Das hängt davon ab, um was es geht«, entgegnete Wayne. John, stellte er fest, war seit ihrem Besuch im unteren Stockwerk sehr still geworden. Offensichtlich war er nicht so fromm, wie er bislang von sich geglaubt hatte. Rondels Vorstellungen religiösen Eifers erfüllten ihn mit Widerwillen.
»Nun, ihr könnt euch selbst davon überzeugen.« Der Wächter geleitete sie auf eine Galerie, von der aus man einen trüb beleuchteten Raum überblicken konnte. Wayne sah nach unten und geradewegs in die Hölle.
Der Raum erinnerte an ein mittelalterliches Verließ. Die rußigen Steinwände wurden von flackerndem Fackelschein erhellt, und der Boden war feucht von verschiedenen Körperflüssigkeiten. Die Luft roch faulig – nach Exkrementen und Urin und Erbrochenem, Schweiß und versengtem Fleisch. Und über allem lastete ohrenbetäubender Lärm – qualvolles Stöhnen, Entsetzensschreie und Betteln um Gnade, das völlig unbeachtet blieb.
Überall waren Frauen, Tausende von Frauen, auf dem Boden der ungeheuren Folterkammer verteilt. Einige waren nackt an Pfosten gefesselt, während sie automatisch von Maschinen ausgepeitscht wurden. Die meisten dieser Frauen dämmerten nur noch vor sich hin, hingen schlaff an ihren Handgelenken oder klammerten sich verzweifelt an die Pfosten, als ob sie hofften, aus ihnen Stärke zu ziehen. Andere Frauen waren an Stühle gebunden, während ihre Füße, Hände oder Haare in Brand gesetzt wurden. Es gab eine Reihe von Folterbänken, auf denen ein Dutzend Frauen lagen, die offenbar schwanger waren. Hinter ihnen waren weitere Frauen an Stühle gefesselt, wo sie laufend Elektroschocks erhielten oder dazu gezwungen wurden, giftige Flüssigkeiten zu trinken. Am Rand des großen Raums konnte Wayne eine Anzahl Frauen erken-

nen, die auf Tischen festgebunden waren und von mechanischen Godemichés vergewaltigt wurden, die wild in ihre Intimteile hineinstießen. Bei näherem Hinsehen bemerkte er, daß hauptsächlich die älteren und weniger attraktiven Frauen gefoltert wurden. Die Vergewaltigung blieb den jüngeren, hübscheren Frauen vorbehalten.
Als sich seine Augen an die Dunkelheit gewöhnt hatten, konnte er andere Männer auf der Galerie erkennen, die zu Dutzenden hintereinander saßen, als ob sie ein Theaterstück verfolgten. Gebannt starrten sie die gefolterten Frauen an und kümmerten sich nicht um die Neuankömmlinge, die die Galerie betreten hatten. Viele von ihnen, stellte Wayne fest, hatten ihre Hände diskret im Schoß ruhen – er fragte sich, wie Rondel reagieren würde, wenn er wüßte, daß sein Tempel dazu benutzt wurde, die Masturbationsphantasien dieser Männer zu fördern.
John, der Waynes Mangel an Glauben noch vor einer kleinen Weile kritisiert hatte, wirkte selbst in dem trüben Licht totenbleich. »Mein Gott«, flüsterte er. »Was für Verbrechen haben diese Frauen begangen, daß sie eine derartige Strafe verdienen?«
Der Wächter sah ihn streng an. »Achte darauf, daß du den Namen des Herrn nicht ohne Grund aussprichst, Bruder.«
»Oh, tut mir leid, aber ...«
»Um deine Frage zu beantworten – sie sind Frauen, was als Verbrechen genügt.«
»Ich verstehe nicht«, sagte John.
»Alle Frauen sind Werkzeuge Satans«, erklärte der Wächter, als rezitiere er eine vorbereitete Rede. »Seit Evas Zeiten haben sie dazu gedient, des Mannes Hingabe an Gott zu schwächen. Sie verführten die Männer zur Lasterhaftigkeit und brachten sie vom Weg der Tugend ab. Von allen Frauen ist nur die Heilige Mutter der Erlösung wert gewesen – alle anderen sind Metzen und Dirnen, die die Männer vom Weg Gottes abbringen und sie in die Hölle locken.«
»Selbst dann ...« begann Wayne.
Der Wächter, der seinen Monolog noch nicht beendet hatte,

schnitt ihm das Wort ab. »Aber Gottes Gnade ist unermeßlich, und er ist bereit, sogar den schwersten Sündern zu vergeben. Je sündiger eine Person ist, desto mehr Buße muß sie leisten, um sich Gottes Barmherzigkeit zu verdienen. Der Prophet hat den Frauen diese Buße für ihre Sünden auferlegt, damit sie am Jüngsten Tag für rein genug befunden werden, um in den Himmel eingehen und sich den glücklichen Heerscharen Gottes anschließen zu können.«
»Aber diese Strafe ist viel zu grausam, gleichgültig, wie viele Sünden sie auch begangen haben«, protestierte John.
Der Wächter schüttelte den Kopf. Offenbar war er an eine derartige Reaktion der Neuankömmlinge gewöhnt, denn seine Stimme klang sanft, als er erwiderte: »Nein, Bruder, zweifle nicht an der Weisheit des Propheten. Wer das tut, wird aus der Heiligen Stadt verstoßen und am Jüngsten Tag zur Ewigen Verdammnis verurteilt. Diese Frauen leiden jetzt nur, damit sie dann errettet werden. Es ist zu ihrem eigenen Besten, versichere ich euch. Als ihr die Heilige Stadt betreten habt, wurde euch ein kurzer Blick in die Hölle gewährt. Wollt ihr, daß diese Frauen für alle Ewigkeit dazu verdammt werden?«
»Nein, aber...«
»Dann denkt an *sie*, denkt daran, ihre verdorbenen Seelen zu retten. Dies geschieht nicht um der Grausamkeit willen, sondern aus Barmherzigkeit. Wenn wir sie jetzt strafen, werden sie uns später auf ewig dafür dankbar sein – aber wenn wir es ihnen aus mißverstandener Barmherzigkeit ersparen, werden sie unsere Namen auf ewig in der Hölle verfluchen. Die Wege Gottes sind steinig, ich weiß, aber wenn ihr hier sitzen bleibt und eine Weile zuschaut, wird sich euer Gewissen mit Sicherheit beruhigen.«
»Ich weiß nicht, ob ich zum Zuschauen die nötige moralische Stärke besitze«, sagte Wayne. Persönlich war er abgestoßen von den Dingen, die er hier sah, und er hätte es vorgezogen, nicht tiefer einzudringen, aber er hatte eine Aufgabe zu erledigen: Er mußte soviel wie möglich über das Geschehen in diesem Traum erfahren und es DeLong und Schulberg berich-

ten. Er glaubte nicht, daß sie mehr Freude daran haben würden als er. »Du hast erwähnt, daß man auch teilnehmen kann«, wandte er sich wieder an den Wächter. »Was bedeutet das?«

»Ja, das ist der edelste aller Wege, sich persönlich um die Rettung der Seele eines anderen Menschen zu kümmern. Es gibt viele Männer, die das sehr befriedigend finden. Wenn ihr mir hinauf in das nächste Stockwerk folgen wollt, werde ich euch zeigen, was dort geschieht.«

Sie kehrten zur Spiralrampe zurück und begaben sich in die nächste Etage. »Statt nur passiv zuzusehen, wie die Frauen geläutert werden«, belehrte sie der Wächter, »ziehen es viele Männer vor, bei dieser Aufgabe zu helfen. Ich werde euch zunächst die öffentlichen Räume zeigen.«

Sie traten durch eine Tür in ein weiteres Verlies, das dem ein Stockwerk tiefer gelegenen sehr ähnlich war. Auch hier wurden Frauen gefoltert – nur daß es sich bei ihren Folterern um Männer statt um Maschinen handelte. Das Fackellicht, der Gestank, die Schreie – alles war identisch, und nur die Männer schienen ein rachsüchtigeres Verhalten an den Tag zu legen. Während die Maschinen im unteren Geschoß ihre Grausamkeit auf eine unpersönliche Weise verteilten, hatten diese Männer zweifellos Vergnügen daran, die Frauen zu quälen, gleichgültig, wie laut sie um Gnade flehten.

Während Wayne zusah, zerrte ein Mann eine Frau in den Raum, riß ihr ohne Umschweife die Kleider vom Leib und begann mit seinen Fäusten auf sie einzuschlagen. Als sie schluchzend zu Boden stürzte, nahm er einen großen, blutbefleckten Godemiché von einem Wandregal und stieß ihn in sie hinein, so daß sie aufschrie. An einer anderen Stelle des Raums drückte ein Mann die großen Brüste einer Frau zusammen und verdrehte sie, bis sie vor Schmerzen schrie. Peitschenhiebe und Schläge waren allgemein üblich, während eine abgelegene Ecke für Männer reserviert zu sein schien, die es vorzogen, auf ihre Opfer zu urinieren.

Es war eine traurige Tatsache, aber Wayne hatte in seiner Zeit als Pornoträumer nur zu gut gelernt, daß die meisten Männer im Unterbewußtsein einen starken Haß auf Frauen empfanden. Er kannte nicht die genaue Ursache – vielleicht lag es daran, daß in normalen sexuellen Beziehungen die Frau bestimmte, wie weit der Mann gehen konnte, und so dem Mann das Gefühl vermittelte, daß seine sexuellen Wünsche von Frauen kontrolliert und manipuliert wurden. Pornowunschträume stellten den Mann gewöhnlich als den bestimmenden Teil dar und machten aus Frauen austauschbare Objekte. Es war reiner, blinder Haß, der Männer dazu bringen konnte, Frauen auf diese Weise zu behandeln.

Rondel hatte einen Weg gefunden, diesen Haß mit der Möglichkeit zur Rache zu verknüpfen. Dieses Ventil für aus sexueller Frustration geborener Wut übte eine kathartische Wirkung auf die Männer aus. Rondel hatte einen schrecklichen Dämon aus der männlichen Psyche freigelassen, alles im Namen des Guten und der Religion, und der Preis dafür würde furchtbar sein.

Während Wayne zusah, zerrte einer der Männer die Frau, auf die er einschlug, in eine leere Ecke und legte seine eigene Robe ab. Nicht damit zufrieden, sie mit einem Godemiché zu vergewaltigen, wollte er dem Ganzen offensichtlich eine persönliche Note hinzufügen.

Der Wächter bemerkte es ebenfalls und handelte sofort. Er drückte einen Alarmknopf an der Wand, der augenblicklich eine Sirene aufwimmern ließ. Alle Tätigkeiten im Raum kamen zum Erliegen, und selbst der Mann, der soeben zu der Vergewaltigung ansetzen wollte, hielt erschrocken inne. Erwartungsvolle Spannung baute sich auf. *Etwas* würde geschehen.

Am gegenüberliegenden Ende des Raums öffnete sich eine Tür, und Vince Rondel betrat das Verließ. Er war größer als im wirklichen Leben, und sein Haar war weniger dünn, aber Wayne erkannte ihn trotzdem sofort. Rondel bewegte sich auf die bestimmte Art eines Mannes, der wußte, daß sich niemand mit ihm messen konnte. Seine Gesichtszüge waren so gütig – und so hart – wie die eines Gipsjesu, und seine Roben waren von einem derart strahlenden Weiß, daß es selbst in

diesem Verlies die Augen blendete. Dies war in der Tat ein Prophet, an den man glauben konnte.
Rondel schritt ohne Zögern auf den Mann zu, der soeben noch zu einer Vergewaltigung bereit gewesen war. Als der Mann den Propheten mit erzürntem Blick in den Augen auf sich zukommen sah, kniete er augenblicklich nieder und begann zu beten. Aber seine Gebete sollten nicht erhört werden.
Rondel blieb neben ihm stehen und sah verächtlich auf die kauernde Gestalt hinunter. »Dies ist kein Freudenhaus«, sagte er mit wohltönender Stimme, die den gesamten Raum erfüllte. »Diese Frauen sind nicht hier, um deine sündigen, tierischen Gelüste zu befriedigen. Sex ist böse, eine Erfindung Satans. Niemand, der hofft, in das Königreich des Himmels zu gelangen, darf sich damit abgeben.«
Der Mann duckte sich noch mehr und stieß eine Reihe gemurmelter Entschuldigungen hervor, die Wayne kaum verstehen konnte. Rondel stand streng über dem Mann, unberührt von seinem Flehen.
»Du solltest diese Frau bestrafen und sie reinigen, damit sie am Jüngsten Tag bereit ist, Gott entgegenzutreten. Statt dessen hast du deinen niedrigen Gelüsten nachgegeben. Wenn du der ewigen Verdammnis entrinnen willst, solltest du nun besser deine eigene Seele strafen.«
Der Mann murmelte etwas und schlich sich davon. Wayne vermutete, daß er hinuntergehen und sich eine Weile geißeln oder sich vielleicht sogar kastrieren würde, um seine sexuellen Gedanken zu bannen. Trotzdem fiel es Wayne schwer, Mitleid für ihn zu empfinden – nicht nach dem, was er dieser Frau hatte antun wollen.
Rondel sah sich im Raum um, und seine Augen funkelten alle Anwesenden nacheinander an. Wayne schrak zurück und versuchte, sich zu verbergen, obwohl sein Gesicht nicht erkannt werden konnte. Glücklicherweise wichen auch andere Rondels Blick aus, und Wayne fiel dadurch nicht auf.
Schließlich, als sich der Prophet überzeugt hatte, daß die Lektion verstanden worden war, schritt er würdevoll durch den Raum und verschwand wieder durch die Tür, durch die er

gekommen war. Dennoch dauerte es einige Zeit, bis im Raum wieder normales Treiben herrschte.

»Die Dinge scheinen immer ... interessanter zu werden, je höher wir kommen«, bemerkte Wayne. »Ich wage gar nicht daran zu denken, was uns im nächsten Stockwerk erwartet.«

»Das Dachgeschoß ist privat«, erklärte ihm der Wächter. »Die Hohepriesterin hütet den Schrein der Heiligen Mutter, aber nur sie und der Prophet haben dort Zutritt. Kümmert euch nicht darum. Hier unten gibt es genug, mit dem ihr euch beschäftigen könnt.«

»Das war dann alles?« fragte Wayne.

»Nun, für jene, die die Abgeschiedenheit bevorzugen«, antwortete der Wächter, »gibt es Privatzimmer, wo ein Mann allein mit der Frau sein kann, die er zur Errettung erwählt hat. Wenn ihr mir folgen wollt, werde ich euch das Wartezimmer zeigen, wo die Frauen, die noch nicht gänzlich geläutert worden sind, darauf warten, gerufen zu werden. Vielleicht findet ihr dort jemanden, den ihr erretten wollt.«

Wayne und John folgten ihm. Insgeheim fragte sich Wayne, wieviel davon er noch ertragen konnte und wieviel weitere Abgründe der Verderbtheit es in Rondels Seele noch geben mochte. Nur ein verdrehter, pervertierter Geist konnte eine derartige Hölle für diese armen Frauen ersinnen.

Statt sie zurück auf den Hauptkorridor zu führen, brachte der Wächter sie zu einer Seitentür. Der Raum, den sie betraten, war nur von unheimlich flackerndem, rötlichem Licht erhellt, das allem einen schauderhaften blutigen Ton verlieh. Der Raum war kreisförmig und groß. Ein Ring massiver hölzerner Stühle säumte die Wand, und im Innern des Kreises befand sich ein kleinerer konzentrischer Ring von Stühlen. Einige der Stühle waren leer, aber es gab genug, auf denen Frauen saßen und offenbar darauf warteten, zur Erlösung abgeholt zu werden.

Trotz der entsetzlichen Situation mußte Wayne fast über die groteske Kleidung lachen, die Rondel den Frauen aufgezwungen hatte. Alle trugen Korsetts in verschiedenen Farben, spitzenbesetzt oder rüschenverziert – die meisten waren darüber hinaus mit Netzstrümpfen, Hüftgürteln und sporenbesetzten Schuhen ausstaffiert worden. Ihre Frisuren waren kraus und in bizarren Farben gehalten und wirkten in dem roten Licht noch unheimlicher. Ihr Make-up schien das Werk eines kurzsichtigen Sonntagsmalers zu sein: Berge von Rouge lasteten auf den Wangen der Frauen, Meere aus Lippenstift bedeckten ihre Lippen, und ihre künstlichen Wimpern waren so lang, daß Wayne sich fragte, wie die Frauen überhaupt etwas sehen konnten.

Zumindest sind der Phantasie des Mannes Grenzen gesetzt, dachte Wayne. *Nur ein grüner Junge wird sich ein Freudenhaus so vorstellen.*

Aber die Situation war ganz und gar nicht komisch. Jede dieser Frauen war eine Folterkandidatin. Noch während er dastand und sich umsah, kamen mehrere Männer herein und musterten die sitzenden Frauen. Nach und nach trafen sie ihre Wahl und führten die ausgesuchten Frauen durch eine Tür am anderen Ende des Raums, wo, wie der Wächter erklärte, Privatzimmer zur Verfügung standen. Wayne bemühte sich, nicht darüber nachzudenken, welche Arten von Erniedrigung hinter diesen Mauern auf sie warten mochten.

»Schaut euch in Ruhe um und trefft eure Wahl« forderte der Wächter sie großzügig auf. »Jede Seele, die ihr hier seht, bittet um Erlösung, jede hat sich dem göttlichen Gesetz des Propheten unterworfen. Vergeßt niemals: Je strenger ihr jetzt zu ihr seid, desto größer ist ihre Chance, ins Paradies einzugehen, und sie wird euch dann in Ewigkeit dafür danken.«

Wayne blickte sich erneut um. Bei genauerem Hinsehen konnte er im grellen Licht erkennen, daß viele der Frauen schon zuvor mißhandelt worden waren – das dick aufgetragene Make-up verdeckte häßliche Schrammen und Kratzer. Still und verzagt saßen sie da und hatten sich offenbar mit ihrem grausigen Schicksal abgefunden.

In diesem Augenblick flog die Tür mit einem lauten Knall auf. Wayne fuhr herum und blickte genau in die Mündung eines Gewehrs.

10

Etwa zehn Frauen, alle mit Betäubungsgewehren bewaffnet, stürmten durch eine Tür im Hintergrund des Raums. Sie trugen die weiten weißen Roben, die die normale Kleidung in der Heiligen Stadt darstellten, aber sie hatten sie gerafft und am Rücken festgesteckt, damit sie sie bei schnellen Bewegungen nicht behinderten. Jede Frau besaß einen entschlossenen, finsteren Gesichtsausdruck, der verriet, daß sie keine Gegenwehr dulden würden.

Der Wächter, der Wayne und John herumgeführt hatte, griff nach seiner Waffe, sobald er die Eindringlinge erblickte, aber er war viel zu langsam. Die Frauen mit ihren entsicherten Gewehren schossen, bevor er seine Waffe ziehen konnte. Strahlen aus gelber Energie zuckten aus mehreren Gewehrläufen und trafen den Wächter frontal an der Brust. Vorübergehend gelähmt, stürzte er zu Boden.

Wayne, John und die anderen Männer im Raum, die die Frauen zur »Läuterung« abholen wollten, waren unbewaffnet und unsicher, wie sie auf den Überfall reagieren sollten. Eine Gruppe versuchte einen Ausbruch zur Tür, aber die Flüchtlinge wurden so gezielt wie der Wächter niedergeschossen. Die anderen blieben stehen und hofften, verschont zu werden.

Aber die angreifenden Frauen waren nicht geneigt, Gnade zu üben. Die Anführerin, eine eindrucksvolle schwarze Frau Mitte Dreißig, rief: »Schießt auf die Männer!«

Ihr Trupp gehorchte, und Blitze zuckten aus den Gewehren der Frauen und lähmten alle Männer im Raum. Einer der Strahlen traf Wayne. Er war immun gegen die Wirkung, weil er nicht dem Irrtum unterlag, dies für die reale Welt zu halten. Trotzdem ließ er sich wie die anderen Männer zu Boden fallen und gab vor, gelähmt zu sein. Er wollte seine Immunität noch nicht enthüllen – und außerdem erschien ihm diese Entwicklung sehr interessant. Er fragte sich, welche Rolle diese Frauen in Rondels Plänen spielten – oder ob es sich bei ihnen um einen unkontrollierten Faktor handelte, mit dem Rondel nicht gerechnet hatte.

Nachdem alle Männer ausgeschaltet worden waren, postierte die Anführerin der Eindringlinge mehrere ihrer Frauen neben den Türen, um sicherzugehen, daß sie nicht gestört wurden. Dann wandte sie sich an die Frauen des Tempels, von denen viele durch den plötzlichen Überfall zu Tode erschrocken waren. »Ich bin Laura«, rief die Anführerin, »und ich bin hier, um euch von der Tyrannei und der Unterdrückung durch den Propheten zu befreien. Wenn ihr es leid seid, gepeinigt und erniedrigt zu werden, wenn ihr genug von der Folter und der Verderbtheit der Männer habt, dann kommt mit uns. Die Häretiker heißen alle willkommen, die ihr eigener Herr sein wollen.«

Die sitzenden Frauen blieben eine Zeitlang still, unsicher, was sie davon halten sollten. Schließlich brachte eine der Frauen den Mut auf und fragte: »Was ist mit unseren Seelen? Wir sind hier, um für unsere Sünden bestraft zu werden, damit wir am Jüngsten Tag in den Himmel fahren können. Wenn wir fortlaufen, werden wir für alle Ewigkeit in die Hölle verdammt.«

»Ihr seid bereits in der Hölle, erkennt ihr das denn nicht?« konterte Laura. »Diese Männer werden euch niemals freilassen. Eure einzige Hoffnung auf Erlösung liegt bei uns.«

»Wer seid ihr, und was könnt ihr für uns tun?« fragte eine andere. »Wie könnt ihr uns vor dem strengen Gesetz des Propheten schützen?«

»Wir alle sind Frauen wie ihr. Jede von uns hat hier gedient, ist geschlagen und erniedrigt worden, bis von ihrer Selbstachtung nichts mehr übriggeblieben ist. Wir sind alle gequält worden, bis wir es nicht mehr ertragen konnten. Eine nach der anderen sind wir aus dem Tempel geflohen und haben uns in den abgelegenen Straßen und Gassen der Stadt versteckt. Im Lauf der Zeit haben wir uns zusammengeschlossen und die Häretiker gebildet – und jetzt sind wir gekommen, um euch zu retten, euch, unsere Schwestern im Leid. Wir werden nicht ruhen, bis wir jede befreit haben, die gegen ihren Willen dem Propheten dient.«

»Aber der Jüngste Tag steht bevor«, sagte eine der Frauen.

»Hast du keine Angst davor, verdammt zu werden und in ... und in ...«
»Wenn Gott so barmherzig ist, wie der Prophet behauptet«, antwortete Laura, »dann würde Er derartige Grausamkeiten niemals zulassen. Dieser Gott ist nur ein Gott der Männer, nicht der Frauen, Er dient nur dazu, uns versklavt zu halten. Wenn Er existiert und wenn Er mich verdammt, dann nehme ich dieses Schicksal mit Freuden auf mich. *Seinen* Segen will ich nicht.«
»Aber ...«
»Wir haben keine Zeit zum Diskutieren, Schwestern«, unterbrach die schwarze Frau ungeduldig. »Die Tempelwächter werden bald hier sein, und wir müssen verschwinden. Jene von euch, die sich ihre Freiheit und das Ende ihrer Schmerzen wünschen, müssen sich jetzt entscheiden, ob sie mit uns kommen wollen. Wir wissen nicht, wann wir wieder Gelegenheit für einen derartigen Überfall haben werden. Wer hierbleibt, hat sich sein Schicksal selbst zuzuschreiben.«
Laura nickte einigen ihrer Frauen zu, die jene Tür öffneten, durch die sie eingedrungen waren, und einen Blick hinaus auf den Korridor warfen, um festzustellen, ob alles in Ordnung war. Einige der Tempelfrauen standen zögernd auf und sahen sich in der Hoffnung um, Ermutigung von ihren Gefährtinnen zu erhalten. Unentschlossenheit prägte die Atmosphäre im Raum. Einige andere Frauen standen auf, als sie feststellten, daß es unter ihnen genug gab, die den Mut dazu aufbrachten, aber am Ende begleiteten nur etwa zwanzig Frauen die Häretikerinnen aus dem Raum. Der Rest blieb nervös sitzen, zu verängstigt, um fortzulaufen und sich zu retten.
Als die Angreifer verschwanden, wollte Wayne ihnen folgen, aber da sah er sich einem Problem gegenüber. Wenn er sich erhob und aus dem Zimmer lief, würden ihn die zurückgebliebenen Frauen sehen, die glaubten, daß er wie die anderen Männer betäubt war. Er entschied sich zu einem geringfügigen Eingriff in den Traum und ließ die Lichter im Raum verlöschen. Der Überfall würde schon für genug Aufregung sorgen, so daß es unwahrscheinlich war, daß Rondel viel dar-

über nachdachte – und wenn die Lichter wieder angingen, würden die Frauen nicht bemerken, daß einer der betäubt auf dem Boden liegenden Männer fehlte.

Er verwandelte sich in ein unsichtbares Wesen, glitt hinaus auf den Korridor und folgte den fliehenden Frauen. Sie wandten sich nicht in Richtung Hauptausgang, sondern stießen tiefer in das Gebäude vor. Wayne bemerkte, daß sie diesen Weg schon bei ihrem Eindringen benutzt haben mußten – hier und da lagen die gelähmten Körper anderer Männer, die von den Gewehren der Angreifer niedergestreckt worden waren. Es war keine sehr vernünftige Strategie, daß sie bei ihrer Flucht dieselbe Route wählten, dachte Wayne. Er wußte aufgrund seines kurzen Studiums von Rondels Aufzeichnungen, daß es noch andere selten benutzte Korridore geben mußte, die die Frauen nehmen konnten – aber möglicherweise kannten sie sie nicht.

Laura befand sich mit sechs ihrer Häretikerinnen an der Spitze. Die etwa zwanzig Frauen, die sie soeben befreit hatten, bildeten die Mitte der Gruppe, und drei weitere Häretikerinnen stellten die Nachhut dar. Das zumindest war vernünftig – selbst wenn sich eine der frisch befreiten Frauen die Sache noch einmal überlegte und umkehren wollte, konnte sie die Gruppe nicht verlassen, ohne von einer der Häretikerinnen niedergeschossen zu werden, damit sie nicht alle in Gefahr brachte.

Sie hatten fast das Erdgeschoß erreicht, als sie in einen Hinterhalt gerieten. Rondels Truppen hatten erkannt, daß etwas nicht stimmte, sich gesammelt und den Ausgang gesperrt. Als Laura und ihre Leute um eine Ecke bogen, schlug ihnen schweres Feuer entgegen. Zwei der Häretikerinnen stürzten, und Laura befahl ihrer Gruppe, sich wieder zurückzuziehen, während sie das Feuer erwiderte und den Rückzug deckte.

Wayne sah sich einem moralischen Dilemma gegenüber. Als er sich in diesen Traum eingeschaltet hatte, war ihm aufgetragen worden, sich nicht einzumischen oder etwas zu unternehmen, was die Aufmerksamkeit auf ihn lenken konnte. Aber nachdem er die höllische Szenerie erlebt hatte, mit der Rondel

jeden einzelnen peinigte, und nachdem er Zeuge der Erniedrigung und der Qualen geworden war, die die Frauen erdulden mußten, konnte Wayne nicht mehr neutral bleiben. Diese Häretikerinnen hatten sich entschlossen, gegen die wahrhaft gottgleiche Herrschaft zu rebellieren, die Rondel errichtet hatte, und dieser Mut gewann ihn für ihre Seite. Er konnte nicht abseits stehen und zusehen, wie ihr wagemutiger Aufstand von Rondels Truppen niedergeschlagen wurde.
Aber er hatte wenig Zeit, um sich einen Plan zurechtzulegen. Wäre dieser Traum seine eigene Schöpfung gewesen, hätte er den Zeitablauf verlangsamen können, damit sich alles auf geruhsamere Weise entwickelte und ihm Gelegenheit gab, über sein weiteres Vorgehen nachzudenken. Aber er wagte es nicht – ein derart schwerwiegender Eingriff in Rondels Traum würde ihn fraglos auf Waynes Gegenwart aufmerksam machen. Was immer er auch unternahm, er würde sich sorgfältig tarnen müssen, damit Rondel nicht argwöhnte, daß ein anderer Träumer zugegen war.
Er nahm wieder materielle Gestalt an und wählte diesmal als Kleidung eine lange graue Robe mit einer Kapuze, die den Großteil seines Gesichts verbarg. Er erschien in einem Seitengang, den die zurückweichenden Frauen in Kürze passieren mußten. Als sie an ihm vorbeiliefen, trat er nach vorn.
»Schnell, Laura, hier entlang!«
Eine der Häretikerinnen, erschreckt von seinem plötzlichen Auftauchen, hob ihr Gewehr und feuerte auf ihn. Ein gelber Energiestrahl traf ihn frontal an der Brust, und Wayne fluchte lautlos. Er hatte keine Zeit, erneut dieses Spiel zu spielen und Bewußtlosigkeit vorzutäuschen, also mußte er gegen die Regeln des Traums verstoßen und sich von dem Lähmeffekt des Treffers unbeeindruckt zeigen. Das würde zu einigen Fragen führen, aber im Moment waren alle so verwirrt und verängstigt, daß sie dem vielleicht nicht soviel Gewicht beimaßen.
»Nicht schießen«, sagte er. »Ich bin ein Freund. Ich möchte euch helfen. Ich kenne einen Weg nach draußen.«
Lauras Gesichtsausdruck war unergründlich. Die Anführerin der Häretikerinnen hatte gesehen, wie Wayne voll von dem

Betäubungsstrahl getroffen worden war, ohne daß es ihn beeinträchtigt hatte, was an sich schon eine bemerkenswerte Tatsache darstellte. Er war im Moment höchster Not aus dem Nichts aufgetaucht und bot ihr Hilfe an. Er sah seltsam aus, und er hatte keinen Grund, ihr zu helfen, und so hatte sie auch keinen Grund, ihm zu trauen. Aber die Soldaten des Propheten versperrten den Ausgang, und wahrscheinlich setzte der Gegner ihnen bereits nach. Schlußendlich lautete die Frage, die sie sich stellen mußte, nicht, ob sie ihm trauen konnte, sondern ob sie es wagen durfte, ihm nicht zu trauen.
Doch sie war eine Führernatur, und sie wußte, wie wichtig es war, eine schnelle Entscheidung zu treffen. »Geh voran«, befahl sie Wayne. »Wir werden dicht hinter dir bleiben.«
Wayne lächelte. Er kannte die Bedeutung, die am Ende ihres Satzes stand: *Wenn das ein Trick ist, wirst du als erster dran glauben müssen.*
Während sich sein künstlicher Körper in Bewegung setzte und die Führung übernahm, schickte Wayne sein Bewußtsein voraus, um den Weg zu erkunden. Er erinnerte sich undeutlich daran, daß im hinteren Teil des Computergebäudes, das jetzt als Tempel diente, eine Reihe Korridore geplant gewesen waren. Durch sie sollte Rondel – nach dem inzwischen verworfenen Drehbuch – das Kellergeschoß erreichen und dort auf den Computer treffen, um mit dessen Hilfe die Zauberer zu besiegen. Sein Aufklärungseinsatz ließ ihn einen komplizierten Weg finden, der über mehrere Stockwerke hinauf – und dann wieder hinunterführte und den Wachen auswich, die Rondel überall im Gebäude verteilt hatte.
Die Frauen hinter ihm waren verwirrt und erregt. Die Häretikerinnen waren wütend, daß ihre Pläne fehlgeschlagen waren und, schlimmer noch, daß sie jetzt auf Gedeih und Verderb von dem guten Willen eines völlig Fremden abhingen.
Einige andere hatten gesehen, daß er von dem Strahlschuß unbeeinflußt geblieben war, und das ließ sie sich doppelt unbehaglich fühlen. Was für eine Art Hilfe wurde ihnen da

überhaupt zuteil, und welchen Preis würden sie dafür bezahlen müssen?
Aber Laura war die Anführerin, und wenn sie befahl, dem kapuzenverhüllten Fremden zu folgen, dann gehorchten sie auch. Die schwarze Frau selbst war in unheilvolles Schweigen versunken, und ihre Blicke wanderten ständig hin und her, achteten auf das leiseste Zeichen von Verrat. Ein Teil des Weges, den Wayne gewählt hatte, führte sie durch unbekanntes Gebiet, aber als sie die Außenmauer erreichten, fand sie sich in vertrauter Umgebung wieder.
»Ich kenne den Weg von hier aus«, sagte sie.
Wayne sah sich um und entdeckte nichts, was sie im Moment an der Fortsetzung ihrer Flucht hindern konnte. »Dann übernimm du jetzt die Führung«, entgegnete er. »Darf ich mich euch anschließen?«
Laura zögerte. Dieser Fremde hatte ihnen bis zu diesem Zeitpunkt geholfen, aber sie war immer noch nicht sicher, ob sie ihm trauen konnte. »Wer bist du?« fragte sie.
»Ein Freund«, antwortete Wayne. »Mein Name ist Tim. Das ist alles, was ich dir im Moment sagen kann.«
»Du bist ein Mann.« Laura sprach diesen einfachen Satz wie eine Verdammung aus. Sie hatte auch allen Grund dazu, dachte Wayne, angesichts der Behandlung, die den Frauen in diesem Traum von den Männern zuteil geworden war.
»Dagegen kann ich nichts machen«, sagte er, obwohl dies nicht stimmte. Er konnte seine äußere Erscheinung verändern und die Gestalt einer Frau annehmen, aber dies würde in diesem Stadium nur noch mehr Verwirrung auslösen. Aus einem Reflex heraus hatte er sich für eine männliche Gestalt entschieden, und dabei mußte er jetzt bleiben.
»Aber ich gehöre nicht zu den Anhängern dieses falschen Propheten«, fuhr er fort. »Ich bin genauso gegen sein Regime wie ihr. Ich würde euch gern helfen, wenn ich kann.«
Es war keine Zeit für eine lange Debatte – Laura wußte, daß sie eine bindende Entscheidung treffen mußte. »Ich bin bereit, dir fürs erste zu trauen«, sagte sie. »Aber beim leisesten Anzeichen von Verrat endet unsere Zusammenarbeit.«

»Einverstanden«, nickte Wayne.
»Behalte ihn im Auge«, wies Laura eine ihrer Frauen an. Dann übernahm sie wieder ihren Platz an der Spitze der Marschkolonne und führte sie aus dem Tempel. Die Häretikerin, die den Befehl erhalten hatte, auf Wayne aufzupassen, war nervös, denn sie mußte nicht nur diesen Fremden bewachen, sondern auch auf Rondels Soldaten achten. Wayne versuchte, es ihr so leicht wie möglich zu machen, und ging gehorsam hinter Laura her, während sein Bewußtsein hinausgriff und nach Gefahr Ausschau hielt.
Vor dem Tempel sammelten sich die Flüchtlinge in einer Seitenstraße. Laura kannte den Weg von hier aus und führte ihre Gruppe durch die winkligen Gassen zwischen den Gebäuden. Sie wählte ihre Route sorgfältig, so daß sie zu keinem Zeitpunkt eine Hauptstraße kreuzten, wo sie von den normalen Bürgern gesehen werden konnten.
Wayne entdeckte die Gefahr mit seinen hinausgreifenden Sinnen, als sie sich noch in einiger Entfernung befand. »Laura!« flüsterte er. »Einer der Engel nähert sich.«
Laura blieb stehen und sah hinauf zum Himmel. Als sie keine der drohenden geflügelten Gestalten erblickte, musterte sie Wayne mit neu erwachtem Mißtrauen. »Woher weißt du das?«
»Ich kann derartige Dinge spüren. Vertraue mir. Sorg dafür, daß sich alle verstecken.«
Erneut zögerte die Frau. Sie sah, wie ihr die Befehlsgewalt an diesen Fremden entglitt, und es gefiel ihr ganz und gar nicht, Anweisungen oder auch nur Ratschläge von ihm entgegenzunehmen. Aber wiederum erkannte sie, daß es nicht schaden konnte, auf seine Ratschläge zu hören, und daß sie sie vielleicht retteten, wenn er recht hatte. Sie mußte ihre persönlichen Gefühle dem Erfolg ihrer Mission unterordnen.
Sie befahl allen, sich am Eingang eines leeren Gebäudes zu verstecken, und sie warteten. Wie Wayne geschätzt hatte, tauchte nach dreißig Sekunden ein Engel am Himmel auf. Von ihrem Versteck aus konnten sie ihn nicht sehen – genau wie sie hofften, auch von ihm nicht gesehen zu werden –, aber

deutlich war der Schatten zu erkennen, den er auf den Boden warf. Der Engel kreiste unschlüssig über der Gasse, wie ein Adler, der wußte, daß sich irgendwo unter ihm ein Kaninchen verbarg, und deshalb nicht davonfliegen wollte. Als er sich schließlich entfernte und das Ende der Gasse ansteuerte, atmeten die Flüchtlinge vor Erleichterung auf. Dann, ohne Vorankündigung, fuhr der Engel herum und landete direkt vor dem Eingang.

Laura und zwei weitere Häretikerinnen feuerten mit ihren Betäubungsgewehren auf das Geschöpf, aber der Engel blieb unversehrt. Mit einem glückseligen Lächeln, das unter diesen Umständen ausgesprochen makaber wirkte, ging er auf sie zu. Wayne wußte, daß es für die Frauen in diesem Traum keine Waffen gab, mit der sie sich vor der Gefangennahme durch dieses übernatürliche Gespenst retten konnten.

Erneut mußte er die Dinge selbst in die Hand nehmen. Ihm war klar, daß ihm Schulberg und DeLong strikte Anweisung gegeben hatten, sich nicht in das Geschehen einzumischen, aber sie hatten nichts von den grausigen Bedingungen geahnt, unter denen diese Menschen hier leben mußten. Obwohl nichts in dieser Welt real war, *glaubten* die Menschen an die Realität ihrer Umgebung, und das war schlimm genug. Unter diesen Umständen nicht zu handeln, wäre ein Verbrechen gewesen.

Da er bereits zum Teil aus der Anonymität herausgetreten war, konnte er ebensogut ein Spektakel daraus machen. Er streckte den rechten Arm aus und zeigte direkt auf den näher kommenden Engel. Ein Lichtblitz zuckte aus seinem Finger und schlug in die Brust des Engels. Der Engel explodierte in einem lautlosen Funkenregen, der wie Feuerwerk auf den Gassenboden niederrieselte.

Die Frauen starrten Wayne mit neu erwachter Ehrfurcht an. Er versuchte, sie zur Fortsetzung der Flucht zu bewegen, damit sie nicht zuviel Zeit fanden, sich über ihn den Kopf zu zerbrechen. »Verschwinden wir. Möglicherweise treiben sich noch mehr Engel in der Nähe herum, und wir können uns ihrer nicht ewig erwehren.«

Wenn Laura ihm schon zuvor mißtraut hatte, so war sie jetzt mit Sicherheit argwöhnisch, trotz der Tatsache, daß er sich bis jetzt als der ideale Verbündete erwiesen hatte. Wayne konnte erkennen, daß hinter ihren Augen tausend Fragen aufblitzten, und sie hatte keine Zeit, auch nur eine davon zu stellen. Mit einem Schulterzucken schüttelte sie ihre schlimmsten Zweifel ab und setzte sich wieder an die Spitze der Flüchtlinge.

Sie trafen auf keinen weiteren Widerstand, während sie sich durch die Seitenstraßen der Heiligen Stadt bewegten, und schließlich erreichten sie ein Gebäude in unmittelbarer Nähe der westlichen Mauer. Laura blieb vor der Tür stehen und klopfte einmal, dann zweimal und dann wieder einmal. Die Tür öffnete sich, und Laura scheuchte ihre Häretikerinnen und die befreiten Tempelfrauen hinein. Wayne hielt sich zurück, und Laura zögerte. Wayne konnte erkennen, daß sie große Vorbehalte hatte, ihm Zutritt zu ihrem Schlupfwinkel zu gewähren.

»Ich weiß noch immer nicht, wer du bist und warum du uns hilfst«, sagte sie offen zu ihm.

»Wir haben dieselben Feinde«, erwiderte Wayne. »Genügt das nicht fürs erste?«

Laura verzog das Gesicht. »Fürs erste.« Sie bedeutete ihm einzutreten und folgte ihm, schloß die Tür hinter sich.

Dieses Gebäude war bis auf die Häretikerinnen leer, aber dennoch befand es sich in einem tadellosen Zustand. Rondels Ordnungssinn – der nur im Haus seiner Mutter nicht galt – erlaubte nirgendwo in seiner »Heiligen Stadt« Staub oder Zeichen von Verfall. Die Tatsache, daß in diesem Traum überhaupt ein leeres Gebäude existieren konnte, ohne daß Rondel durch ständige Konzentration seine Existenz sicherte, war erstaunlich genug – aber Wayne wurde klar, daß es durch den Glauben der Zuschauer stabilisiert wurde, die inzwischen wieder über freien Willen verfügten. Sobald Rondel sie einmal davon überzeugt hatte, daß sich hier ein Gebäude befand, würde ihr Glaube für seine weitere Existenz sorgen, auch wenn sich Rondel selbst nicht mehr darum

kümmerte. Wenn aber dieser gemeinsame Glaube ins Wanken geriet, mußte sich dieses Gebäude wie Morgennebel auflösen.
Im Innern befanden sich noch weitere Häretikerinnen, die zurückgeblieben waren und die Tür bewacht hatten. Sie nickten Laura zu und starrten dann argwöhnisch Waynes geheimnisvolle maskierte Gestalt an. Aber Laura ignorierte die Blicke, und die Wächterinnen erhoben keine Einwände, als sich der Trupp auf den Weg ins Innere des Gebäudes machte.
Wieder in ihrer vertrauten Umgebung, bewegte sich Laura mit noch größerer Autorität, während sie sie durch mehrere Korridore in eine große, zentral gelegene Versammlungshalle führte. Hier warteten noch mehr Frauen; Wayne schätzte ihre Zahl auf einige hundert. Alle schienen sich dieser Untergrundbewegung gegen den verrückten Propheten und sein grausames Regime angeschlossen zu haben.
Wayne war erschüttert von dem Mut dieser Frauen. Sie wußten nicht, daß sie sich in einer Traumwelt befanden: Für sie war dies hier die Wirklichkeit. Sie lebten in einer Welt, die von einem wahnsinnigen Genie mit magischen Kräften beherrscht wurde, einem Mann, der allein durch die Kraft seiner Gedanken alles wahr werden lassen konnte. Doch trotz der Aussichtslosigkeit ihrer Lage betrachteten sie ihr Leben als so unerträglich, daß sie sich wehrten. Sie hatten alle Rondels Version der Hölle kennengelernt, sie wußten, welche Folgen Ungehorsam für sie haben würde, und dennoch wehrten sie sich. Als Wayne sich umschaute, stellte er fest, daß viele von ihnen erschöpft und noch mehr verletzt waren. Aber *alle* machten einen entschlossenen Eindruck. Sie waren nicht mehr bereit, sich aufgrund des Versprechens auf Erlösung den Schrecken des Tempels auszuliefern. In Waynes Augen übertraf dieser Mut alles andere, was er bisher gesehen hatte.
Verblüfftes Raunen wurde laut, als die anwesenden Frauen Wayne zum erstenmal erblickten. Sie begannen miteinander zu tuscheln, und eine von ihnen war kühn genug, um auszurufen: »Er ist ein Mann. Was macht er hier?«
»Ich habe ihn mitgebracht«, sagte Laura. Sie mochte insge-

heim ihre Zweifel haben, aber sie war die Anführerin dieser Gruppe und nicht bereit, ihre Entscheidung in Frage stellen zu lassen. »Er sagt, daß er Tim heißt und uns helfen will.«
»Du traust ihm doch nicht etwa, oder?« fragte eine andere Frau.
»Das wird davon abhängen, wie er sich weiter verhält. Bislang hat er uns geholfen.«
»Wir haben es nicht nötig, uns von irgendeinem Mann helfen zu lassen«, rief eine Frau verächtlich.
»Er ist nicht *irgendein* Mann«, konterte Laura. »Er ist immun gegen Betäubungsgewehre, und er kann einen Engel in Stücke reißen. Wenn er auf unserer Seite *ist*, bin ich mit dieser Art von Hilfe sehr zufrieden.«
Sie wandte sich an Wayne und sagte leise: »Du mußt sie erst noch überzeugen.«
Wayne nickte und trat einen Schritt vor, und er fragte sich, was er ihnen sagen konnte, ohne zuviel von sich zu verraten und gleichzeitig diese Frauen dazu zu bringen, ihm zu vertrauen. »Ich kann euch im Moment über mich nicht viel erzählen«, begann er, »denn ein Eid verpflichtet mich zum Schweigen. Aber ich kann euch versichern, daß ich die Herrschaft des Propheten ebensosehr ablehne wie ihr. Und wie Laura meine Hilfe möchte, so möchte ich auch eure haben.«
»Und wofür?«
»Um den Propheten von seinem Thron zu stürzen und die Tyrannei zu beenden, die euch unterdrückt.«
»Ich frage mich: zu welchem Zweck?« sagte Laura. »Vielleicht geht es dir nur darum, den Propheten loszuwerden, um an seiner Stelle zu herrschen. Möglicherweise ersetzen wir nur den einen Herrn durch den anderen.«
»Ich glaube, daß jeder die Freiheit haben sollte, über sein oder ihr Schicksal selbst zu bestimmen«, entgegnete Wayne. »Ich habe bereits mehr Macht, als ihr euch vorstellen könnt – ich brauche nicht mehr.«
»Du bist voller schöner Worte und edler Absichten«, erklärte eine der Frauen. »Aber wie können wir dir nach all dem, was wir durchgemacht haben, glauben?«

Genau das, wußte Wayne, war das Problem. Diese Frauen waren von Männern gequält worden, die behauptet hatten, daß all dies nur zu ihrem eigenen Besten geschah. Es gab nichts, was er sagen konnte, um diese bittere Erfahrung auszulöschen – und solange er die Angelegenheit nicht ausführlich mit DeLong und Schulberg besprochen hatte, war er nicht bereit, irgend etwas zu unternehmen, das seine wahre Macht enthüllte und Rondel auf ihn aufmerksam werden ließ.
»Ihr müßt mir glauben«, sagte er leise.
»Glauben!« schnaubte Laura. »Der Prophet benutzt dieses Wort oft.«
»Am Glauben ist nichts Schlechtes«, entgegnete Wayne. »Der Prophet hat lediglich etwas Gutes genommen und es nach seinen eigenen perversen Vorstellungen verdreht. Wenn ihr alle Äpfel verabscheut, nur weil der erste, den ihr probiert habt, mehlig war, werdet ihr eine Menge im Leben versäumen.«
»Eine Menge mehliger Äpfel eingeschlossen«, konterte eine Frau.
Laura wartete, bis das allgemeine Gelächter erstarb, und sprach dann zu Waynes Verteidigung. »Es ist eine Tatsache, daß Tim uns geholfen hat, aus dem Tempel zu entkommen, als wir in eine Falle der Wächter gerieten. Es ist außerdem eine Tatsache, daß er einen Engel vernichtet hat, als wir entdeckt zu werden drohten.«
»Wie ist es ihm denn gelungen, einen Engel zu töten?« fragte jemand ehrfürchtig.
Eine der Häretikerinnen, die an dem Überfall beteiligt gewesen war, antwortete: »Er hat mit seinem Finger auf ihn gedeutet, und ein Lichtblitz schoß heraus.«
Für einen Moment trat Stille ein. Dann hörte Wayne jemanden im Hintergrund flüstern: »Er ist einer von den Zauberern.«
»Unsinn«, sagte jemand anders. »Der Prophet hat alle vernichtet, als er Urba einnahm.«
»Wer außer einem Zauberer könnte denn derartige Dinge tun?« erwiderte die erste Frau.

Alle Augen richteten sich auf Wayne. Der Träumer wußte nicht, was er sagen sollte.
»Also, was ist?« drängte Laura. »Bist du ein Zauberer, Tim?«
»Würde es für euch einen Unterschied machen, wenn ich einer wäre?«
»Die Zauberer waren ebenfalls böse«, bemerkte jemand. »Der Prophet hat sie vernichtet, aber dann ist er noch schlimmer als sie geworden.«
»Aber vielleicht hat es gute Zauberer und böse Zauberer gegeben«, sagte Wayne. »Vielleicht haben sich die guten vor den schlechten versteckt und auf den richtigen Moment zum Zuschlagen gewartet.«
»Du verlangst von uns, dir eine Menge Dinge zu glauben«, stellte Laura fest.
»Ich verlange von euch überhaupt nichts. Ich bitte nur darum, nicht von euch verurteilt zu werden, ohne eine Gelegenheit zu haben, meine Absichten unter Beweis zu stellen.«
»Unsere Lage ist verzweifelt«, wandte sich Laura an ihn. »In den meisten Fällen erfordert das Überleben, daß wir jemanden als schuldig betrachten, bis er seine Unschuld beweisen kann. Die Tatsache, daß du uns bislang geholfen hast, spricht für dich. Das ist der einzige Grund, daß wir dir erlaubt haben, so lange hier zu bleiben. Aber du stehst noch immer unter Anklage.«
»Ich werde mir das merken. Danke.«
Eine der Frauen in der ersten Sitzreihe, die ebensoviel Autorität wie Laura zu haben schien, stand auf und sah ihn abschätzend von oben bis unten an. »Und wie willst du uns helfen?« fragte sie.
»Das weiß ich noch nicht«, gab Wayne offen zu. »Es hängt von eurer Situation hier ab. Dürfte ich bitte einige Fragen stellen? Ich habe ... seit einiger Zeit den Kontakt zu den Ereignissen in Urba verloren und bin erst vor kurzem zurückgekehrt. Was genau ist in der Stadt seit der Vernichtung der Zauberer geschehen?«
Laura übernahm es, die Geschichte zu erzählen, und gelegent-

liche Auslassungen wurden von anderen Frauen ergänzt. Der Traum hatte sich zunächst wie geplant entwickelt, bis die erste Unterbrechung kam. Dann hatten sich die Dinge abrupt verändert. Dem Stammeshäuptling, von Rondel gespielt, war eine göttliche Offenbarung zuteil geworden, und seine Kräfte waren entsprechend gewachsen. Die Zauberer waren aus der Stadt vertrieben worden, als hätten sie niemals existiert, und die Engel stiegen herab, um die neue Herde zu hüten. Alle hatten ihre Existenz außerhalb der Stadt begonnen und waren gewarnt worden, daß sie der ewigen Verdammnis anheimfielen, wenn sie sich nicht zur Errettung nach Urba begaben. Die Menschen strömten zu den Toren, und ihnen wurde die übliche Demonstration der Hölle zuteil, die sie in Gläubige verwandelte. Die Männer konnten, wenn sie wollten, in die Wache des Propheten eintreten und Christsoldaten werden. Die Frauen wurden von ihnen getrennt und in den Tempel geschickt, wo sie so behandelt wurden, wie Wayne es bereits gesehen hatte. Von Zeit zu Zeit ließ sich der Prophet blicken und zelebrierte die öffentlichen Ermahnungen, aber zumeist überließ er diese Dinge seinen Wächtern und den Engeln. Bei den Ermahnungen erschuf er Abbilder des Himmels und der Hölle in jedermanns Bewußtsein und züchtigte öffentlich jene Sünder, die gegen seine zahlreichen Verbote verstoßen hatten.

Die Häretikerinnen waren alle aus dem Tempel geflohen, Frauen, die so gequält worden waren, daß sie es nicht mehr ertragen konnten, und die bereit waren, sich zu wehren, selbst wenn dies die ewige Verdammnis bedeutete. Zunächst waren sie einzeln geflohen und hatten im Lauf der Zeit andere Flüchtlinge getroffen, die sich in der Stadt versteckt hielten. Dann hatten sie sich zu ihrem eigenen Schutz und zum wirkungsvolleren Widerstand gegen die Herrschaft des Propheten zusammengeschlossen und begonnen, andere Frauen, die noch im Tempel gefangengehalten wurden, zu befreien. Hin und wieder wurden einige von ihnen ergriffen, und bei der nächsten Ermahnung wurde ein Exempel statuiert. Dennoch hatte ihre Zahl stetig zugenommen – dank Überfällen wie

dem soeben abgeschlossenen. Derartige Unternehmen waren allerdings risikoreich – nicht nur, weil sich im Tempel eine Menge Wächter befanden, sondern weil dort auch der Prophet lebte.
»Bist du sicher?« fragte Wayne interessiert.
»Ganz sicher«, nickte Laura. »Er lebt in den Räumen unter dem Erdgeschoß, wo keinem anderen Menschen der Zutritt erlaubt ist. Ich habe einmal versucht hinunterzugehen, aber ich konnte es nicht. Es gab da eine unsichtbare Kraft, die mich aufgehalten hat – und dann wurde Alarm gegeben, und ich mußte verschwinden, um nicht in Gefangenschaft zu geraten.«
Wayne dachte über das Gehörte nach. Im alten Szenario war der Tempel der Komplex des Zentralcomputers gewesen, der die ganze Stadt steuerte und dessen Datenspeicher im Kellergeschoß untergebracht waren. Es war nur logisch, daß Rondel seine Funktion beibehielt und den Komplex in sein eigenes Hauptquartier verwandelte, von dem aus er die Stadt beherrschte. Auch wenn er diese Welt mit der Kraft seines Geistes formte, so mußte er diese Kraft irgendwo konzentrieren – der Tempel, als Kern des städtischen Lebens, war dafür der ideale Ort.
Wayne erschien es ebenfalls überzeugend, daß Rondels öffentliche Auftritte nur gelegentlich stattfanden. Er brachte ungeheure Mengen mentaler Energie auf, um diese Welt aufrechtzuerhalten. Auch wenn die anderen Bewohner ihn dabei unterstützten, indem sie glaubten, was ihnen erzählt worden war, mußte Rondel die Szenerie von Zeit zu Zeit stabilisieren. Selbst ein Genie wie er war nicht in der Lage, sich nebenbei noch mit der Manifestation seiner selbst abzugeben. Wenn er sich konzentrierte und körperliche Gestalt annahm, mußten andere Teile dieser Welt, insbesondere die peripheren Regionen, darunter leiden. Hinzu kam noch die Tatsache, daß Rondel nach Ernie Whites Worten ausbrannte. Er mußte mit seinen Kräften haushalten.
Irgendwie ließ dieser Gedanke Wayne sich ein wenig besser fühlen. Rondel war stark, aber er war nicht unbesiegbar.

»Da du jetzt über die Situation im Bilde bist – was gedenkst du zu unternehmen?« fragte Laura und riß Wayne aus seinen Überlegungen.
»Die Entscheidung darüber liegt nicht allein in meiner Hand«, antwortete er bedächtig. »Ich muß mich mit anderen beraten und meine Pläne mit ihnen abstimmen. Ich glaube, ich weiß jetzt genug, um ihnen ein klares Bild von der Situation zu vermitteln.«
»Wie willst du dich mit diesen anderen beraten?« fragte jemand.
»Ich werde euch für eine Weile verlassen müssen. Aber ich verspreche, daß ich zurückkehren werde.«
Laura schüttelte den Kopf. »Das können wir nicht zulassen. Du weißt zuviel über uns, und du weißt, wo unser Versteck liegt. Wir können dich nicht gehen lassen, damit du irgend jemanden von uns erzählst.« Auf ihr wortloses Kommando hin versperrten mehrere ihrer Frauen den Ausgang, so daß Wayne nicht entkommen konnte.
Wayne mußte über die Vergeblichkeit ihres Unterfangens lächeln. »Ich fürchte, ihr habt in diesem Punkt keine große Wahl«, sagte er. »Aber ich verspreche euch, daß ich euch auf jede mir mögliche Weise helfen werde.«
Mit diesen Worten hüllte er sich majestätisch in seinen langen Mantel und begann zu rotieren. Der Raum drehte sich rasend schnell um ihn, als er seinen Körper in einer Wolke aus schwarzem Rauch auflöste, die schließlich verflog und keine Spur von ihm zurückließ.
Ein dramatischer Abgang, dachte er, *auch wenn ich das selbst sage.*
Er war fast soweit, den Traum zu verlassen und in die Außenwelt zurückzukehren. Aber bevor er sich wieder bei DeLong und Schulberg meldete, mußte er noch eine Sache überprüfen. Laura hatte behauptet, daß Rondel im Kellergeschoß des Tempels lebte. Wayne mußte sich mit eigenen Augen überzeugen, ob dies zutraf und was Rondel im Schilde führte.
Er war ein unsichtbarer Geist, als er das Gebäude verließ, in dem sich die Häretikerinnen vor den Soldaten des Propheten

verbargen. Sein plötzliches Verschwinden würde sie in ihrer Feindseligkeit und ihrem Argwohn bestärken, aber im Augenblick konnte er nichts dagegen tun. Er hatte einfach nicht die Zeit, sich an ihre Spielregeln zu halten. Er mußte eine ganze Welt retten.
In seiner körperlosen Form konnte er geschwind zum Tempel zurückkehren und sich dabei durch Gebäude und Mauern bewegen, als ob sie nicht existierten, statt den umständlichen Fluchtweg zu benutzen, den Laura hatte nehmen müssen. Er begab sich direkt zu der Tür, die – nach Rondels ursprünglichen Skizzen – den Eingang zum unterirdischen Computerkomplex darstellte.
Es war eine einfache Tür aus glattem Holz mit einem gewöhnlichen Knauf. Es gab keine besonderen Verzierungen, kein Hinweis auf ihre Bedeutung, und weder Engel noch Soldaten bewachten sie, um zu verhindern, daß ein Unbefugter in das Allerheiligste eindrang. Trotzdem *wußte* Wayne, daß dies die richtige Stelle war – und in gewisser Hinsicht wirkte das Fehlen von Schutzmaßnahmen ausgesprochen bedrohlich.
Er spürte bereits, daß etwas nicht stimmte, als er die Tür erreichte. Die Luft schien irgendwie dicker zu sein, als ob der Traum um ihn zu einem festen Klumpen gerann. Wayne verharrte. Er war unsichtbar und körperlos, aber es gab andere Wege, auf denen ein Träumer einen anderen in einem Traum aufspüren konnte, die nichts mit den normalen Sinnen zu tun hatten. Wayne hatte bislang sein Möglichstes getan, um Rondel aus dem Weg zu gehen – und abgesehen von einigen kleineren Wundern, mit denen er den Häretikerinnen zu Hilfe geeilt war, hatte er sich bemüht, keine Aufmerksamkeit zu erregen. Nun würde er Rondels eigentlichen Lebensbereich betreten und dabei doppelt vorsichtig sein müssen: Der geringste Fehler konnte den anderen Mann informieren, daß sich ein Eindringling in diesem Traum befand.
Langsam näherte er sich der Tür und stieß dagegen. Das Hindernis war nicht die Tür selbst – bei ihr handelte es sich lediglich um ein von Rondel erschaffenes visuelles Bild, und als solches konnte es aufgelöst oder ignoriert werden. Nein,

etwas Fundamentaleres verwehrte Wayne den Zutritt, eine harte, unsichtbare Wand, die den Weg versperrte. Wayne zog sich rasch zurück und versuchte dann erneut – und diesmal langsamer – durch diese Barriere zu schlüpfen.
Und wieder kam er nicht weiter. Gleichgültig, wie klein sich Wayne machte, gleichgültig, wie fein er sein Bewußtsein verteilte, es gab keine Ritzen in diesem Hindernis, durch die er sickern konnte. In seiner ganzen Laufbahn als Träumer hatte er noch nie etwas Ähnliches erlebt.
Er hatte nicht einmal die Chance, darüber nachzudenken. Ohne Vorankündigung brach um ihn ein Tumult los. Alarmsirenen heulten, und Lichter blitzten auf, informierten Rondels Wächter, daß jemand versuchte, in das Allerheiligste des Propheten einzudringen. Wayne machte sich wegen den Wächtern keine Sorgen – gleichgültig, wie genau sie hinschauen mochten, sie würden ihn dennoch nicht entdecken können. Aber gleichzeitig geschah etwas anderes, was ihm einen furchtbaren Schrecken einjagte.
Der Traum selbst griff nach ihm. Die gesamte Struktur dieser Realität konzentrierte sich um sein Bewußtsein und quetschte ihn wie eine riesige Faust zusammen. Er geriet in Panik und kämpfte für einen Moment dagegen an, aber seine Anstrengungen führten nur dazu, daß sich der Traum noch fester um ihn schnürte. Die gesamte Welt drehte sich. Die Stadt verschwamm, Gebäude zerliefen wie erhitztes Wachs, Straßen schmolzen und flossen wie Ströme dahin, Stimmen heulten wie Sirenen. Umrisse, die einst scharf und klar gewesen waren, wirkten nun wie ein impressionistisches Gemälde – schmierig und verwischt und unidentifizierbar. Wayne hatte das Gefühl, daß sein Bewußtsein unter dem Druck zu explodieren drohte.
Es gab nur einen einzigen Ausweg. So schnell, wie er es nie zuvor gewagt hatte, zog er sich aus dem Traum und in die kalte, solide Welt der Realität zurück.

11

Wayne fuhr mit einem Ruck hoch und stieß mit dem Kopf gegen die niedrige Decke des dämmrigen Tanks. Die Traumkappe saß wie ein Ring aus Feuer auf seinem Schädel, und hastig griff er danach, um sie sich vom Kopf zu reißen. In diesen ersten Sekunden, während er wieder zu sich kam, saß er heftig keuchend da, und seine Hände zitterten noch immer unter dem Schock, der ihm die Begegnung mit jenem unbekannten Etwas versetzt hatte.

Vor dem Tank konnte er Ernie White hören, der mit lauterer Stimme, als er dies dem Techniker zugetraut hätte, einen Schwall von Obszönitäten von sich gab. Jemand bewegte sich, und Bill DeLongs Stimme fragte, was vor sich ging. White antwortete jedoch nicht. Er fluchte lediglich weiter, während er versuchte, sich über die Situation im klaren zu werden.

Als sich Wayne seiner Umgebung bewußt wurde und sich sein Atem wieder normalisierte, stellte er fest, daß er schweißgebadet war. Seine Kleidung war eine schwere, feuchte Masse, die an seiner Haut klebte, und seine Augen brannten von den Schweißtropfen, die hineingeperlt waren. Er winkelte den rechten Unterarm an, um sie fortzuwischen, aber die Bewegung war zwecklos – der Arm war so schweißnaß wie alles andere an ihm.

Allein diese kurze Bewegung ließ ihn ächzen. Daß er hochgefahren war und sich die Kappe vom Kopf gerissen hatte, war ein Reflex gewesen, eine Reaktion auf das Grauen, aus dem er erwacht war. Aber inzwischen hatte sein Körper Zeit gefunden, seinen Zustand bemerkbar zu machen, und er registrierte, daß jeder einzelne Muskel verspannt war, als ob er stundenlang intensiv trainiert hätte. Er legte sich wieder auf die Couch zurück, rührte sich nicht und versuchte, gegen das Gefühl der Erschöpfung anzukämpfen. Sein Schädel brannte noch immer wie unter Millionen Nadelstichen an den Stellen, wo ihn die Netzknoten der Traumkappe berührt hatten, und in seinem Hinterkopf war ein leises Pochen, das zu einem Brummschädel anzuwachsen drohte.

Sein Keuchen ließ DeLong zum Einstieg des Tanks eilen.
»Wayne, ist mit Ihnen alles in Ordnung?«
Wayne versuchte zu sprechen, aber seine Stimme klang mehr wie ein heiseres Krächzen. »Nein. Ich möchte mir am liebsten ein Loch graben, hineinkriechen und für mindestens zwei Jahre nicht gestört werden. Helfen Sie mir bitte nach draußen, ich bin völlig erschöpft.«
Der Tank war zu klein, als daß DeLong hineinklettern und ihm hinaushelfen konnte, aber der Programmkoordinator reichte Wayne seinen Arm. Wayne hielt sich daran fest und zog sich hoch, bis er wieder aufrecht dasaß. Nach einem Moment versuchte er zu stehen, aber seine Beine gaben unter ihm nach, und er knickte in die Knie.
DeLong packte gerade noch rechtzeitig seinen Arm und zerrte Wayne aus dem Tank in das Zimmer, wo er ihm beim Aufstehen helfen konnte. Er legte sich Waynes Arm um die Schulter und stützte ihn, während sie zu einem Drehstuhl wankten, auf den sich Wayne mit einem dankbaren Seufzer sinken ließ.
Als DeLong zur Kühlbox ging, um Wayne ein Glas kaltes Wasser zu holen, kam Ernie White aus der Regienische.
»Was, zum Teufel, ist dort passiert?« fragte der Techniker. »Vorher schon schienen die Anzeigen verrückt zu spielen, aber diesmal sind sie für einen Moment explodiert.«
»Keine Ahnung«, sagte Wayne. Er nahm das Wasserglas von DeLong entgegen, trank gierig und leerte anschließend ein zweites Glas auf die gleiche Weise. »Etwas Derartiges habe ich noch nie erlebt.«
»Es muß die Hölle gewesen sein«, nickte White. »Die Fluktuation von Ihren und Rondels Werten war einfach unglaublich, und wir haben nicht damit gerechnet, daß Sie so schnell wieder herauskommen würden.«
»Wie lange war ich fort?«
»Nur vier Minuten.«
»Sie machen Scherze!« Obwohl er wußte, daß die Zeit im Traum erheblich schneller ablief, war Wayne schockiert. Rondel hatte die Entwicklung in einem Maß beschleunigt, wie er

es nicht für möglich gehalten hätte. Kein Wunder, daß er müde und verschwitzt war. Während man träumte, übermittelte das Gehirn dem Körper Signale, die ihn dazu veranlassen sollten, sich entsprechend den Geschehnissen im Traum zu bewegen. Zumeist wurden diese Signale blockiert; gelegentlich, wie im Fall der Schlafwandler oder bei Leuten, die im Schlaf mit den Zähnen knirschten, war die Blockade unvollkommen. Aber die Muskeln waren dennoch einer erheblichen Anspannung ausgesetzt, wie jeder bestätigen konnte, der aus einem Alptraum erwachte.
In diesem Fall, unter einem derart beschleunigten Zeitablauf, waren Waynes Muskeln bis an den Rand ihres Leistungsvermögens belastet worden. Sein Gehirn und sein Körper hatten mit Höchstgeschwindigkeit gearbeitet, um Schritt halten zu können – und das gleiche würde jedem anderen widerfahren, der sich in den Traum einschaltete.
»Mit diesen Dingen erlaube ich mir keine Scherze«, sagte White und schüttelte den Kopf. »Von der ersten Sekunde an haben Sie fast so schnell Energie verbraucht wie Vince.«
Wayne schloß die Augen und konzentrierte sich nur noch auf das Atmen. Er keuchte nicht mehr so heftig wie kurz nach dem Erwachen, aber noch immer fiel ihm das Sprechen schwer, und er begann tief durchzuatmen. Es schien nicht genug Luft im Universum zu geben, um seine Lungen zu füllen.
DeLong bemerkte seine Schwierigkeiten. »Vorsichtig. Setzen Sie sich nicht der Gefahr der Hyperventilation aus.«
Wayne nickte und fragte: »Wo ist Mort?«
»Er telefoniert, überprüft eine Theorie. Nachdem Sie sich in den Traum eingeschaltet hatten, rief ich zu Hause bei Vince an, weil ich dachte, daß Vinces Mutter erklären könnte, was mit ihm nicht stimmt. Es hat sich merkwürdigerweise niemand gemeldet – sie ist Invalidin und kann das Haus nicht verlassen. Ich habe lange genug klingeln lassen, daß sie hätte aufwachen und abnehmen müssen, selbst wenn sie tief geschlafen hätte.«
»Vielleicht hat sie sich in den Traum eingeschaltet.«

DeLong schüttelte den Kopf. »Das kann sie nicht. Vince hat es mir einmal erklärt. Ihre Ärzte haben ihr verboten, in ihrem Zustand zu träumen. Vince hat nicht einmal eine Kappe zu Hause. Ich habe all das Mort berichtet, und das hat ihn an den Anruf erinnert, den Vince in der ersten Pause bekommen hat. Als Mort den Hörer abnahm und mit dem Burschen sprach, schien im Hintergrund ein Doktor Sowieso über ein Lautsprechersystem ausgerufen zu werden. Möglicherweise ist der Anruf aus einem Krankenhaus gekommen.«
Blitzartig begriff Wayne. »Also glauben Sie, daß Vinces Mutter etwas zugestoßen ist?«
»Genau das überprüft Mort derzeit. Er ruft alle Krankenhäuser im Umkreis an und fragt, ob an diesem Abend eine Mrs. Rondel eingeliefert worden ist.«
Die Erinnerung an Mrs. Rondel schloß einen Stromkreis in Waynes Gehirn. »Das erklärt einiges. Während des ganzen Traums, überall in Urba, habe ich einen intensiven Geruch bemerkt, der mir zwar vertraut war, den ich aber nicht einordnen konnte. Es war Mrs. Rondels Veilchenparfüm. Ich habe eine Kostprobe davon zu schnuppern bekommen, als ich Vince gestern nacht nach Hause gefahren habe. Ein ekelerregendes Zeug – und es durchdringt den ganzen Traum.«
»Was genau geht dort vor sich?«
Wayne holte tief Luft. »Es sieht schlecht aus. Vince hat sich zu einer Art Messias ernannt. Er hat Urba in die Heilige Stadt verwandelt und versucht, seine religiösen Überzeugungen allen anderen aufzudrängen. Er setzt sie dem Höllenfeuer und der Verdammnis aus, und das Höllenfeuer ist echt.«
DeLong setzte sich auf die Schreibtischkante. »Gott!«
»Genau.«
»Was ist mit der Rückkopplung?« fragte White.
»Sie haben recht gehabt, es scheint sich um freien Willen zu handeln. Die Leute in diesem Traum handeln und denken nach eigenem Ermessen. Sie halten Urba für die Wirklichkeit und reagieren entsprechend, aber sie treffen ihre eigenen Entscheidungen. Jeder einzelne spielt seine eigene Rolle auf Vinces Bühne.«

»Und da Vince die Bühne verändern kann, behält er trotzdem die Oberhand«, sinnierte DeLong.
Mort Schulberg platzte in das Zimmer. »Sie ist tot«, rief er. »Ein Nachbar ...« Er entdeckte Wayne und hielt mitten im Satz inne. »Schon zurück?«
»Fahren Sie nur mit dem fort, was Sie sagen wollten«, versetzte DeLong.
»Sie muß einen Herzschlag oder etwas Ähnliches erlitten haben. Sie versuchte noch, telefonisch einen Nachbarn zu alarmieren, aber als er kam, lag sie neben ihrem Bett auf dem Boden. Er alarmierte einen Krankenwagen, und sie wurde ins St.-Joseph-Hospital gebracht, aber bei der Ankunft war sie schon tot. Danach hat man Vince angerufen und ihn informiert.«
DeLong barg sein Gesicht in der rechten Hand. »Und damit begann der Alptraum«, sagte er leise.
Wayne dachte an die Ereignisse der letzten Nacht, an die sklavische Ergebenheit, die Rondel seiner Mutter entgegengebracht hatte. Nicht nur, daß der Meisterträumer auf ihren Befehl hin sprang, er ließ sogar zu, daß sie sein Leben lenkte. Nur aufgrund ihres Drängens führte er einen großen Prozentsatz seines Einkommens an die Kirche ab, so daß die beiden kaum genug zum Leben hatten. Rondel hatte seiner Mutter sogar erlaubt, sich in seine Beziehung zu Jane einzumischen – etwas, das für Wayne unvorstellbar war. Für einen Mann Mitte Dreißig war eine derartige Fixierung ein Symptom ernster seelischer Störungen. Als er dann erfuhr, daß sie nicht mehr lebte ...
»Er wird sich umbringen«, sagte Wayne aus einer plötzlichen Eingebung heraus, »und er will alle anderen mit in den Tod nehmen. Er kann das Leben nicht mehr ertragen – er fühlt sich schuldig, weil er nicht zur Stelle war, als seine Mutter starb, und er haßt die Welt, weil sie zugelassen hat, daß sie ihm weggenommen wurde. Er weiß, daß er ausbrennen wird, wenn er so weitermacht, und es kümmert ihn nicht. Er will die Schuld abtragen, indem er Selbstmord begeht und alle anderen mit in den Tod zieht.«

DeLong schenkte ihm ein müdes Lächeln. »Vielleicht. Ich weiß es nicht. Ich wünschte nur, ich hätte bei den psychologischen Vorlesungen im College besser aufgepaßt.«
»Ich dachte, Schriftsteller müßten alles über das menschliche Verhalten wissen.«
»Ich habe ein paar Kollegen, die der gleichen Ansicht sind. In Wirklichkeit sind die einzigen Leute, über die wir – wenn wir Glück haben – völlig Bescheid wissen, die Charaktere, die wir selbst erschaffen, denn wie ihr Träumer können wir Gott mit ihnen spielen. Wirkliche Menschen sind weitaus komplizierter, als wir uns vorstellen können. Ich habe schon vor Jahren aufgehört, nach klaren Antworten für das menschliche Verhalten zu suchen – es kommt nichts dabei heraus. Trotzdem können wir Ihre Idee als Arbeitshypothese verwenden. Sie ist so gut wie jede andere, die wir an diesem Abend gehört haben.«
»Aber das erklärt noch immer nicht die Rückkopplung«, wandte White ein.
DeLong kratzte seine Stirn. »Was ist mit der Möglichkeit, daß alles auf einen technischen Versager zurückzuführen ist?«
»Ich weiß es nicht. Ich weiß überhaupt nichts mehr. Wenn Sie mich heute morgen gefragt hätten, so hätte ich Ihnen gesagt, daß es unmöglich ist – aber wenn man Waynes Bericht bedenkt, wäre es ein zu großer Zufall, einen technischen Versager dafür verantwortlich zu machen. Ich vermute eher, daß Vince auf irgendeine Weise die Zuschauer unter seine Kontrolle gebracht hat, ehe sie Zeit hatten, sich dagegen zu wehren.«
»Aber warum?« fragte Schulberg. »Wenn er ihnen Alpträume bereiten wollte, wäre es für ihn leichter gewesen, alles unter Kontrolle zu halten. Warum hätte er ihnen dann ihren freien Willen lassen sollen?«
DeLong holte tief Luft. »Rekapitulieren wir, was wir über Vince wissen«, sagte er langsam. »Wir alle haben seine übliche Predigt über uns ergehen lassen müssen, richtig?«
»Er hat bisher noch keine Zeit gefunden, sich um mich zu

kümmern«, erwiderte Wayne. »Aber in diesem Traum habe ich eine Menge davon zu sehen bekommen.«
»Ich glaube, es ist am besten, wenn Sie uns ausführlich über das berichten, was dort vor sich geht«, schlug DeLong vor.
Rasch gab Wayne ihnen eine Zusammenfassung von dem, was sich während seines Aufenthalts im Traum zugetragen hatte. Mit besonderem Nachdruck schilderte er die Folterungen der Frauen im Tempel, und er sah, daß die anderen von der Vorstellung ebenso entsetzt waren wie er. Außerdem erwähnte er, daß es eine Gruppe von Häretikerinnen gab, die sich gegen Rondels Herrschaft auflehnte – aber daß sie keine Chance gegen die absolute Macht hatten, über die er in diesem Traum verfügte.
Schulberg stand am Rand der Hysterie, als Wayne endete, aber DeLong versank für einen Moment im Schweigen. »Janet hat mir einmal erzählt«, sagte er schließlich, »daß Vinces Mutter ihm eingeredet hat, alle Frauen seien Schlampen und Flittchen und keine sei gut genug für ihn. Betrachten wir es von ihrem Blickwinkel aus – sie wollte nicht, daß ihr irgendeine Frau ihren Sohn wegnahm, weil sie ihn so verzweifelt brauchte. Also erfüllte sie ihn mit Haß auf alle anderen Frauen. Janet kämpfte eine Weile dagegen an, aber selbst sie konnte diese Barriere nicht durchdringen.
Und jetzt ist Mrs. Rondel tot, und alle anderen Frauen leben. Es muß ihm verdammt an die Nieren gehen, wenn er sich vorstellt, daß alle schlechten Frauen noch immer am Leben sind, während seine geheiligte Mutter sterben mußte. Indem er sie erniedrigt, sie quält, sie demütigt, erhöht er den Wert seiner Mutter.«
DeLong verstummte und zuckte die Schultern. »Nun, zumindest ist das eine Theorie.«
»Mein Tempelführer hat erwähnt, daß die einzige anständige Frau die ›Heilige Mutter‹ gewesen ist. Ich dachte, er meinte damit die Jungfrau Maria – aber vielleicht hat Rondel auf diese Weise seine Mutter in den Traum eingeführt«, sagte Wayne. »Das würde erklären, warum die Luft nach ihrem Parfüm roch.«

»Aber warum hat er den Leuten ihren freien Willen gegeben?« beharrte Schulberg. »Es ergibt keinen Sinn.«
»Um das zu erklären, müssen wir uns wieder in Rondels religiöse Überzeugungen hineindenken«, erwiderte DeLong. »Wie er mir erklärt hat, gibt Gott jedem eine Chance. Nur jene, die aus freien Stücken die ›Erlösung‹ wählen, sind es wert, gerettet zu werden. Zumindest bleibt er seinen Prinzipien treu, indem er ihnen den freien Willen läßt, ihre Wahl zu treffen, statt ihnen die Erlösung aufzuzwingen. Gleichzeitig sorgt er – wie jeder gute Propagandist – dafür, daß er alle Vorteile auf seiner Seite hat. Nach einem Besuch in der Hölle könnte nur ein Verrückter ihr nicht entgehen wollen. Ich wette, Vince glaubt sogar, daß er den Leuten einen Gefallen tut – wahrscheinlich ist er überzeugt davon, wirklich ihre unsterblichen Seelen zu retten, indem er ihre Entscheidung beeinflußt.«
»Auf diese Art von Gefallen verzichte ich«, brummte Ernie White.
Schulberg sah die anderen an. »In Ordnung, wir haben Vince also psychoanalysiert, und wir wissen jetzt, warum er all das macht. Die Frage ist, was können *wir* tun, um ihn aufzuhalten? Morgen trifft hier Forsch von der BKK ein. Wenn nur ein Wort von dem hier bekannt wird, schließt er den Sender für immer.«
»Schlimmer noch«, fügte DeLong hinzu. »Es gibt eine Menge Leute, die der gesamten Traumindustrie mißtrauen. Sie könnten dies als Vorwand benutzen, die gesamte Branche zu verbieten.«
»Ich glaube nicht, daß es eine Möglichkeit gibt, den Vorfall geheimzuhalten«, sagte Wayne. »Selbst wenn wir Vince in diesem Moment stoppen, können wir die Erinnerung an das Geschehene nicht aus dem Gedächtnis der Zuschauer streichen – und einiges davon ist verdammt entsetzlich.«
»Gehen wir die Alternativen durch«, erklärte DeLong. »Erstens: der einfachste Fall. Wir können nichts tun, als Vince seinen Weg gehen zu lassen. Was wird dann geschehen?«
»Viele der Heimkappen sind wahrscheinlich so eingestellt,

daß sie in zwei Stunden abschalten, zum Zeitpunkt also, wo der Traum programmgemäß enden sollte«, antwortete White. »Aber bei der Höhe von Vinces Energieverbrauch wird er es nicht länger als eine Stunde machen. Vielleicht im Höchstfall eineinhalb Stunden, so daß uns eine automatische Abschaltung nichts nützen wird. Was auch immer geschieht, es wird dann vorbei sein.«

»Und was geschieht, wenn Vince während des Traums stirbt?« De Long wandte sich an Wayne, den einzigen Experten in diesem Raum.

Wayne schüttelte den Kopf. »Mir scheint, er hat vor, all diese Menschen mit in den Tod zu nehmen. Ich habe wiederholt Anspielungen auf den ›Jüngsten Tag‹ gehört. Ich glaube, Vince hat wirklich vor, es soweit zu treiben. Vielleicht wird er kurz vor seinem Tod die Posaunen des Jüngsten Gerichts erklingen lassen, die das Ende der Welt bringen. Vielleicht wird er jeden einzelnen dort richten und die Unglücklichen in seine Hölle verdammen. Das Problem ist, daß alle im Traum daran glauben werden. Wenn sie stark genug daran glauben, daß sie wirklich gestorben sind, könnte sie das meiner Meinung nach auch im wirklichen Leben töten.«

»Das ist genau das, was uns noch fehlt«, bemerkte Schulberg und verdrehte die Augen zum Himmel.

DeLong machte eine wegwerfende Handbewegung. »Die erste Alternative ist damit gestrichen. Alternative Nummer zwei: Wir unterbrechen einfach die Sendung, lassen den Traum für die Zuschauer enden.«

»Ich glaube nicht, daß wir das können«, wandte Ernie White ein. »Nach dem, was Wayne sagt, existiert dieser Traum im Bewußtsein der Zuschauer bereits unabhängig von unserer Übertragung. Eine Folge der Rückkopplung. Selbst wenn wir abschalten, *sie werden weiterhin daran glauben.* Dieses Universum ist für sie Wirklichkeit geworden, und sie werden weiter in ihm existieren.«

»Aber sie werden dann allein in dieser Welt sein«, entgegnete Schulberg. »Wir werden damit das gemeinsame Bindeglied zerschnitten haben.«

Wayne schüttelte den Kopf. »Aber sie haben dann noch immer die Erinnerung an die anderen Menschen, die sich dort befinden. Im Endeffekt wird jede Person zu einem Meisterträumer werden und seine individuelle Rolle in einem identischen Universum spielen.«
Schulberg dachte darüber nach. »Sie wollen damit sagen, daß daraus einer von den altmodischen Träumen wird, wie sie alle Menschen vor der Erfindung der Traumkappen gehabt haben.«
Wayne breitete die Arme aus. »Vielleicht. Aber wir sprechen von der denkbar schlimmsten Möglichkeit. Die Traumkappen erzeugen weitaus deutlichere Bilder im Gehirn, als es das Gehirn von sich aus vermag – deshalb können sich die Menschen am nächsten Morgen auch an unsere Träume erinnern. Wir prägen unsere künstliche Realität dem Bewußtsein der Zuschauer so intensiv ein, daß sie zu einem dauerhaften Gebilde werden würde, legten wir nicht so große Sorgfalt darauf, sie wieder zu löschen.«
»Wäre das so schrecklich? Viele Menschen haben ihre eigenen Phantasiewelten . . .«
»Aber sie halten sie nicht für wirklich«, beharrte Wayne. »Die Menschen in diesem Traum sind von seiner Realität überzeugt. Sie wissen, wie gefährlich es ist, einen Schlafwandler zu wecken. Wenn sie von dem Traum abgeschnitten werden und dann erwachen, werden sie die normale Welt vielleicht nicht als Wirklichkeit akzeptieren. Natürlich würden nicht alle dieses Problem haben, aber selbst wenn nur eine Handvoll von Leuten aufgrund unserer Sendung den Verstand verliert, würde das genügen, uns in die größten Schwierigkeiten zu bringen.«
»Schauen wir uns nur den Schlamassel an, den uns Spiegelman beschert hat«, fügte DeLong hinzu. »Er hat nur ein wenig harmlose politische Philosophie einfließen lassen. Vince aber läßt in den Köpfen der Zuschauer seine eigenen religiösen Überzeugungen Wirklichkeit werden. Was meinen Sie, wie viele andersgläubige Menschen sich in diesem Augenblick eingeschaltet haben? Wie viele von ihnen werden dies als

einen Versuch betrachten, sie zu Vinces Religion zu bekehren? Selbst wenn niemand verrückt wird – die Bekehrung allein genügt, daß man uns den Laden dichtmacht.«
»*Vay is mir*«, murmelte Schulberg.
DeLong seufzte und faltete die Hände. »Demnach führt die zweite Alternative bei labilen Personen möglicherweise zu psychischen Störungen und wahrscheinlich zu Beschwerden über Propagandaversuche an die BKK. Vermutlich besser als die erste Alternative, aber nicht sehr. Das führt uns zur Alternative Nummer drei: Jemand schaltet sich ein und verändert den Traum so, daß er akzeptabel wird.«
»Mit diesem ›jemand‹ bin wohl ich gemeint?« fragte Wayne.
»Mit diesem ›jemand‹ sind Sie gemeint«, meinte DeLong düster. »Es ist unmöglich, rechtzeitig einen anderen Träumer zu finden und ihn mit der Situation vertraut zu machen. Außerdem sind Sie bereits dort gewesen – Sie kennen die Lage und die Spielregeln.«
Wayne schloß die Augen und kämpfte gegen die überwältigende Müdigkeit an. Er hatte jetzt zwei Nächte hintereinander geträumt; das kostete eine Menge Kraft. Er dachte an das schreckliche *Etwas*, mit dem er konfrontiert worden war, bevor er den Traum verlassen hatte. Er besaß immer noch keine Erklärung dafür, und der bloße Gedanke daran ließ seine Hände zittern. Zu allem Überfluß hatte er nicht die geringste Vorstellung, wie er Rondel aus diesem Traum vertreiben konnte.
Er wollte all diese Faktoren zur Sprache bringen – aber er verzichtete darauf, weil er wußte, daß DeLong recht hatte. Er war derjenige, der das Problem lösen mußte. Es gab keine andere Möglichkeit.
Statt zu protestieren, seufzte er nur und sagte: »Ich bin nicht im geringsten davon überzeugt, überhaupt etwas ausrichten zu können.«
»Warum nicht? Sie werden ebenfalls eine Traumkappe tragen und damit so allmächtig sein wie Vince.«
»Das ist eine zu grobe Vereinfachung. Vince wird sich nicht einfach ergeben, wenn er mich kommen sieht – er wird um

jeden Fußbreit Boden kämpfen. Er weiß, daß er etwas Unrechtes tut, und wenn er mittendrin aufgibt, wird er nicht noch einmal die Möglichkeit dazu bekommen. Nackte Gewalt wird mir nichts nützen.«
»Können Sie denn nicht die ganze Stadt in irgend etwas anderes verwandeln, wo es nicht all diese Symbolismen gibt, die Vince ihr aufgezwungen hat?« erkundigte sich Schulberg.
»Sicher, nichts leichter als das. Ich kann aus ihr eine Prärie oder eine paradiesische Südseeinsel machen. Und in dem Moment, wo Vince erkennt, was ich getan habe, kann er sie sofort wieder zurückverwandeln. Oder vielleicht wird er es vorziehen, sie von einem Sturm verwüsten zu lassen, der alles tötet, was sich ihm in den Weg stellt. Wenn ich den Sturm aufhalte, nimmt Vince vielleicht die Gestalt eines Riesen an, der alles unter seinen Füßen zermalmt. Für jeden Zug, den ich unternehme, hat Vince einen Gegenzug – und vergessen Sie nicht, er war immer ein stärkerer Träumer als ich.«
»Es gibt Mittel, ihn zu schwächen«, warf White ein. »Selbst wenn wir ihn nicht völlig abschalten, kann ich die Verstärkerleistung seiner Kappe reduzieren und die Leistung Ihrer Kappe erhöhen. Das müßte die Chancen ein wenig gerechter verteilen.«
»Ja, das würde mir helfen«, stimme Wayne zu. »Aber bedenken Sie, im Gegensatz zu ihm muß ich Rücksichten nehmen. Ich will nicht, daß den Leuten aus dem Publikum etwas zustößt, während es ihm gleichgültig ist, ob er sie tötet oder nicht. Ich glaube, in gewisser Hinsicht *will* er sie töten. Wenn zwei Leute miteinander kämpfen, hat derjenige, der ohnehin auf Zerstörung aus ist, alle Vorteile, weil er sich keine Gedanken um die Waffen machen muß, die er einsetzt.
Im besten Fall – im *wirklich* besten Fall – kann ich ihn zum Rückzug zwingen. Aber selbst das bzweifle ich. Vergessen Sie nicht, er ist auf Selbstmord aus – ich nicht. Er kann mir jeden Jota seines Geistes entgegenwerfen, ohne irgend etwas zurückzuhalten, ohne irgendwelche Hemmungen. Ohne die Angst vor dem Tod wird er zum Berserker – und weil ich Interesse daran *habe*, mich selbst zu schützen, werde ich nicht

die gesamte Kraft meines Bewußtseins in diesem Kampf einsetzen können.«
»Es gibt noch einen weiteren Faktor, der berücksichtigt werden muß«, fügte DeLong hinzu. »Ein Kampf, wie Wayne ihn beschreibt, wäre für das Publikum die Hölle. Selbst wenn Wayne gewinnt, würden die Zuschauer vermutlich völlig verstört aus dem Traum erwachen. Können Sie sich vorstellen, in einen Krieg zwischen zwei Götter zu geraten, die um die Herrschaft über Ihren Verstand und Ihre Seele ringen? Ich möchte lieber nicht darüber nachdenken.«
Der Programmkoordinator trommelte mit den Fingern auf die Tischplatte. »In Ordnung, das schließt also einen direkten Angriff aus. Damit bleiben uns gegen Vince nur indirekte Taktiken.«
»Was meinen Sie damit?« fragte Wayne.
»Vince hat das Risiko auf sich genommen und den Zuschauern ihren freien Willen gelassen, und ich denke, wir sollten versuchen, das als Waffe gegen Vince einzusetzen.«
»Aber die Leute aus dem Publikum haben nicht den Vorteil eines Leistungsverstärkers wie Vince«, erinnerte White. »Sie sind nicht stark genug, um ihn herauszufordern.«
»Einzeln nicht. Aber wenn Wayne sie auf seine Seite ziehen und sie dazu bringen kann, aus freien Stücken heraus von Vince abzufallen und sich *ihm* anzuschließen, dann wird er siebzigtausend Verbündete im Kampf gegen Rondel haben. Wenn er es wirklich schafft, das Publikum auf seine Seite zu ziehen, wird Vince nicht das geringste gegen einen derartigen Mob ausrichten können.«
»Sie reden in wunderschönen Allgemeinplätzen, Bill, aber wie soll ich das erreichen?« fragte Wayne.
»Sie haben bereits Verbündete dort – die Häretikerinnen.«
»Ich bin mir nicht sicher, ob sie mir trauen – insbesondere, nachdem ich so plötzlich verschwunden bin.«
»Sie werden Ihnen vertrauen. Sie können sich nicht erlauben, es nicht zu tun, sie brauchen jede Hilfe, die sie bekommen können. Sie sind bereits halb davon überzeugt, daß sie einer der Zauberer sind, die einst dort geherrscht haben – wenn Sie

es zugeben, werden sie Hoffnung schöpfen und sich Ihnen anschließen. Entschuldigen Sie sich für Ihr Verschwinden. Sagen Sie, Sie hätten fortgemußt, um sich mit ihren Zaubererfreunden zu beraten. Sagen Sie ihnen, daß Sie jetzt bereit sind, sie in den Endkampf gegen den Propheten zu führen.«

»Aber es gibt nur ein paar Hundert Häretikerinnen«, wandte Wayne ein. »Das ist weit von siebzigtausend entfernt.«

»Sie sind nur der Anfang – lassen Sie durch sie die Kunde verbreiten. Der einzige Grund, warum die meisten Leute im Traum Vinces Spiel mitmachen, ist die Tatsache, daß er die Macht zu besitzen scheint, seine Worte in die Tat umzusetzen. Er kann die Hölle für sie Wirklichkeit werden lassen, also stehen sie natürlich auf seiner Seite. Aber wenn es aussieht, als ob seine Macht schwindet, werden mehr und mehr Menschen von ihm abfallen. Unterschätzen Sie nicht den menschlichen Wunsch, auf der Seite des Gewinners zu sein.

Statt Vince von Träumer zu Träumer herauszufordern, müssen Sie sein Selbstvertrauen untergraben. Statt eines gewaltigen, welterschütternden Endkampfes konzentrieren Sie sich auf kleinere Dinge. Sie müssen dafür sorgen, daß alle seine Versuche, die Häretikerinnen zu vernichten, fehlschlagen. Vielleicht fallen aus keinem ersichtlichen Grund ein paar von seinen Engeln vom Himmel. Vielleicht versucht er sich an einigen demonstrativen Wundern, und nichts geschieht. Sie ziehen durch die Straßen und predigen Religionsfreiheit, und keiner seiner Wächter kann Sie aufhalten. Ich garantiere Ihnen, daß Ihnen die Leute nur so zuströmen. Die meisten folgen Vince nur, weil er die Macht hat. Wenn sie glauben, daß Sie eine Chance haben, werden sie Ihnen folgen.«

Wayne war noch immer unentschlossen. »Ich bin nun wirklich kein feuriger Evangelist. Selbst in einem Traum werde ich kaum brillante Reden halten können, die die Leute überzeugen.«

»Hm.« DeLong schwieg für einen Moment. »Nun, wenn Sie nicht brillant sein können, dann ist es am besten, wenn Sie

sich für die Romantik entscheiden. Eine schneidige, mysteriöse Gestalt ist ebensogut geeignet, die Phantasie der Leute anzuregen.«
»Was genau stellen Sie sich vor?«
»Sie haben mit diesem von Ihnen erschaffenen Zauberer bereits einen guten Anfang gemacht – die lange, dunkle Robe, die unerklärlichen Kräfte, der Hauch des Geheimnisvollen. Arbeiten Sie weiter daran, machen Sie das Beste daraus. Dadurch haben Sie zusätzlich den Vorteil, daß Vince nicht genau wissen wird, was da geschieht. Wenn Sie sich als Wayne Corrigan einschalten, wird er sofort wissen, was Sie vorhaben, und versuchen, Sie aufzuhalten. Aber dieser geheimnisvolle Zauberer wird ihn verunsichern. Da er den Leuten im Traum ihren freien Willen gelassen hat, kann er nicht mit Bestimmtheit ausschließen, daß es einer von ihnen mit einer ungewöhnlich starken Sendeleistung ist. Je mehr Verwirrung Sie erzeugen, desto besser für Sie.«
Er machte erneut eine Pause. »Aber der Name ›Tim‹ wird verschwinden müssen. Wer hat schon je von einem Zauberer namens Tim gehört? Sie brauchen einen Namen, der nach mehr klingt. Sie müssen ein maskierter Rächer sein, der für Gerechtigkeit eintritt und Tyrannei bekämpft. Sie brauchen einen Namen, der Vertrauen erweckt, der den Leuten zeigt, daß die Verteidigung ihrer Interessen Ihre Herzensangelegenheit ist, daß Sie sie beschützen wollen . . .«.
»Wie Zorro oder der Weiße Ritter?« sagte Wayne süffisant.
»Öh, die sind ein wenig zu auffällig. Etwas Würdigeres und Ernsteres wäre in diesem Fall angebracht. Aha!« Er schlug mit der Hand auf den Tisch. »Ich habe es – der Hüter. Das löst alle möglichen positiven Assoziationen aus. Sie sind da, um die Leute zu behüten, sie vor Schaden zu bewahren, vor dem Bösen zu beschützen, gegen die Übeltäter zu kämpfen . . .«
Wayne starrte den Programmkoordinator mit unverhülltem Erstaunen. »Ich glaube es nicht. Sie können aus *allem* einen Schundroman machen.«
DeLong breitete in gespielter Bescheidenheit die Arme aus.

»Einige von uns sind mit seltsamen Talenten gesegnet.« Dann wurde er wieder ernst. »Alles, was ich Ihnen bisher gesagt habe, ist im Grunde nichts als Augenwischerei. Wir wollen Vince schwächen und den Widerstand bis zu einem Punkt intensivieren, an dem Sie selbst den Traum übernehmen und die Leute in diese Welt zurückholen können. Wenn Sie die Kontrolle haben, werden Sie vielleicht allen sagen müssen, daß es nur ein Traum ist.

Aber unabhängig davon, an irgendeinem Punkt wird es sich nicht vermeiden lassen, daß Sie Vince zum Kampf um die Herrschaft herausfordern. Das läßt sich nicht umgehen. Es wird ein Wettlauf gegen die Zeit, denn Sie können nicht warten, bis er den Jüngsten Tag ausruft – aber gleichzeitig sind Sie der einzige, der entscheiden kann, wann Vince genug geschwächt ist, um sich ihm offen entgegenzustellen. Wenn Sie zu früh zuschlagen...«

Auch ohne DeLongs Warnung war sich Wayne über das Risiko im klaren. Er wußte genau, was geschehen konnte, wenn er sich verrechnete. Diese Tatsache lastete auf einer Waagschale – auf der anderen war das Wissen um das, was geschehen konnte, wenn er nichts unternahm.

»Wenn ich mir alles so recht überlege, wäre ich doch lieber Klempner geworden.« Wayne stand auf und hielt sich an Stuhl und Tisch fest, bis er sich kräftiger fühlte. Er war noch immer wackelig auf den Beinen und wußte, daß es ihn ungeheure Anstrengung kosten würde, das Zimmer zu durchqueren und in seinen Tank zurückzukehren. Er bat White um einige Gläser Wasser und stürzte sie gierig hinunter, um die Flüssigkeit zu ersetzen, die sein Körper während er ersten kurzen Traumsitzung ausgeschwitzt hatte. Er versuchte, seine Erregung zu zügeln und nicht daran zu denken, was ihn in der Traumwelt erwartete.

Im Zimmer schien es viel zu warm zu sein. Er zog das nasse Hemd und die durchweichte Hose aus. Jede Bewegung war langsam und mühevoll. »Ich denke, ich bin soweit«, sagte er schließlich.

White und DeLong bestanden darauf, ihn auf seinem Weg

zum Tank zu stützen, und Schulberg ging hinter ihm her und murmelte sinnlose Ratschläge in Waynes Ohr. Wayne schlüpfte in den dämmrigen kleinen Raum und legte sich widerstrebend auf die gepolsterte Couch. Er griff nach der Traumkappe und starrte sie an, als sei sie ein Ungeheuer, das sich jeden Moment drehen und ihn beißen konnte.

Er erinnerte sich an die entsetzlichen Schlußsekunden des Traums, gefangen im Griff eines ... was immer es auch gewesen sein mochte. In seinem Bericht hatte er diesen Zwischenfall nicht erwähnt, einfach deshalb, weil er weder Worte noch eine Erklärung dafür besaß. Etwas Ähnliches hatte er noch nie zuvor erlebt, und er wollte es auch nicht noch einmal erleben – dennoch konnte es dort auf ihn warten, direkt auf der anderen Seite des Bewußtseins.

Du brauchst das nicht zu tun, sagte er sich. *Es ist nicht deine Schuld, daß Vince den Verstand verloren hat. Es gibt kein Gesetz, das dich zwingen kann, seine Fehler wiedergutzumachen. Du bist so schwach, daß du kaum stehen kannst. Niemand wird schlecht von dir denken, wenn du erklärst, daß du es nicht kannst.*

Aber dort draußen waren siebzigtausend Menschen, und Vince schien entschlossen, sie zu töten. Wenn einer von ihnen starb, wie konnte er dann mit dem Wissen, daß er die Chance verpaßt hatte, ihnen zu helfen, weiterleben?

Die Traumkappe fühlte sich wie eine Dornenkrone an, als er sie sich fachmännisch auf den Schädel setzte. Das letzte, was er sah, bevor die Wirklichkeit dem Traum wich, war DeLong, der im Eingang des Tanks stand und flüsterte: »Viel Glück, Wayne.«

12

Verkrampft trat er in den Traum über, und sein Bewußtsein war für einen neuerlichen Angriff des rätselhaften Etwas gewappnet, das ihn beim letztenmal überwältigt hatte. Aber alles war still und friedlich – kein Aufruhr, nichts, was unge-

wöhnlich erschien. Die Stadt Urba breitete sich still unter ihm aus, und ihre Bürger gingen ihrer üblichen Beschäftigung des Betens um ihre Seelen nach. Nichts deutete auf den titanischen Kampf hin, den er erst vor einer kurzen Weile geführt hatte.
Er entspannte sich nach einigen Momenten und orientierte sich erneut. Oberflächlich betrachtet hatte sich nichts verändert, seit er den Traum verlassen hatte, aber er konnte sich dessen nicht sicher sein. Er hatte mindestens eine halbe Stunde in der Außenwelt verbracht, und das war hier im Traum, wo Rondel den Zeitablauf erheblich beschleunigt hatte, eine lange Spanne.
Sein erster Schritt war, die Häretikerinnen wieder aufzuspüren und ihr Vertrauen zurückzugewinnen. Er suchte nach ihnen in dem verlassenen Gebäude, wo er sie zuletzt gesehen hatte, aber sie waren fort. Das überraschte ihn nicht: Eine derartige Gruppe mußte ständig in Bewegung bleiben, um Rondels Wächtern zu entgehen. Es dauerte einige Zeit, alle hohen Türme Urbas zu durchschauen, bis er sie wiederfand.
Sie versteckten sich in den oberen Stockwerken eines Turms, dessen nur von einer Seite her durchsichtigen Fenster ihnen einen klaren Blick auf die unter ihnen liegende Stadt erlaubten. Sorgfältig achtete er darauf, unbeobachtet von ihnen hinter einer Ecke zu materialisieren. Erneut war er die große, geheimnisvoll gekleidete Gestalt, deren Gesicht von der Kapuze der Robe verhüllt wurde. Zufrieden mit seiner Erscheinung, bog er um die Ecke und wurde für die Frauen sichtbar.
Sein dramatischer Auftritt löste eine Reihe von Entsetzensschreien aus. Laura, die ihm den Rücken zukehrte, fuhr schnell herum, um nachzuschauen, was passiert war – und ihr Gesichtsausdruck verriet Wayne, daß sie ganz und gar nicht glücklich war, ihn zu sehen. »Du bist es wieder«, sagte sie.
»Ich habe versprochen, daß ich zurückkehren werde.«
»Du hast auch versprochen, uns zu helfen, und davon haben wir verdammt wenig bemerkt. Es gab Zeiten, in denen wir

Hilfe bitter nötig hatten, aber du bist nicht dagewesen. Ich glaube nicht, daß es lohnend ist, sich auf die Hilfe von jemandem zu verlassen, der auftaucht und verschwindet, wann es ihm beliebt.«

»Meine Abwesenheit ließ sich nicht umgehen«, sagte Wayne, während er seiner Stimme einen tieferen, autoritäreren Klang verlieh. »Ich bin der Botschafter anderer, die nicht selbst hierherkommen können. Ich mußte mich mit ihnen über die Situation beraten, um herauszufinden, wie ich euch am besten helfen kann. Das ist nun entschieden, und ich werde solange wie ihr mich braucht hierbleiben und euch helfen.«

Laura hatte die Arme in die Hüften gestemmt, und ihr Gesicht besaß einen zweifelnden Ausdruck. »Und wie willst du uns helfen, Tim?«

»Ich heiße nicht wirklich Tim«, erklärte Wayne. »Diesen Namen habe ich euch nur genannt, weil es mir damals am vernünftigsten erschien. Ihr könnt mich den Hüter nennen.«

»Wer immer du auch bist, das beantwortet meine Frage nicht.«

»Ich bin gekommen, um die grausame und unterdrückerische Herrschaft des Propheten zu beenden. Ich bin gekommen, um das Volk zum Aufstand gegen das Böse aufzurufen und es in eine Armee zu verwandeln, die seine Heere der Verderbnis besiegt, und dann eine Gesellschaft zu errichten, in der die Menschen die Freiheit haben, das zu glauben und das zu tun, was sie wollen.« Seine eigene Leidenschaft überraschte ihn. *Bills melodramatischer Stil muß ansteckend sein*, dachte er.

Laura jedoch war weniger beeindruckt. »Edle Worte«, sagte sie verächtlich, »aber ich habe noch immer keine Taten gesehen.«

Sie hat recht, dachte Wayne. *Bisher habe ich viel versprochen und wenig gehalten.* Er nickte und sagte laut: »Nun gut, die Zeit für eine Demonstration ist gekommen. Folgst du mir bitte hinunter auf die Straße?«

»Allein?«

»Wenn du dich um deine Sicherheit sorgst, können so viele

von deinen Leuten mitkommen, wie du möchtest. Je mehr von euch meine Taten sehen, desto leichter wird es mir fallen, euch von meinen ehrlichen Absichten zu überzeugen.«
Laura fragte nach Freiwilligen, und schließlich waren fünfzehn Frauen bereit, sie hinunter auf die Straße zu begleiten und Waynes Demonstration anzuschauen.
Draußen im belebtesten Teil der Heiligen Stadt hielten sich die Häretikerinnen im Schatten eine Gasse verborgen, wo sie alles, was vor sich ging, gut verfolgen konnten. Wayne jedoch trat zielbewußt auf die Straße, wo er für jeden Passanten deutlich sichtbar war. In seiner dunklen Robe stach er aus der Menge der hellgekleideten Männer hervor.
»Liebe Leute von Urba!« begann Wayne. Er mußte seine Stimme nicht erheben – er sorgte dafür, daß ihr Klang jeden Mann in seiner Umgebung erreichte, und verlieh ihr jene Tonart, die Menschen gewöhnlich mit Unheilsverkündern und Propheten in Verbindung brachten. »Ihr lebt unter der Gewaltherrschaft eines grausamen Tyrannen. Der Prophet, dem ihr dient, hat euch alle versklavt. Er hat eure Furcht benutzt, um euch unter seinen eisernen Willen zu zwingen.«
Die Männer um ihn erstarrten mitten im Schritt, wie gelähmt vor Unglauben. Wer war diese Person, die sich der Blasphemie gegen den Propheten erdreistete? Hatte er sich nicht Gott unterworfen, als er die Heilige Stadt betreten hatte, so wie alle anderen auch? Hatte er nicht mit eigenen Augen die Feuer der Hölle gesehen? Kannte er nicht die Strafe, die jedem drohte, der Gott und Seinem Propheten nicht mit der erforderlichen Verehrung begegnete?
Wayne ließ die Fragen für eine Weile in ihren Köpfen herumspuken, ehe er fortfuhr. »Ich bin der Hüter, und ich bin gekommen, um euch beim Sturz dieses Tyrannen zu helfen, damit ihr wieder wie freie Menschen leben könnt. Schaut, ich werde euch meine Macht demonstrieren!«
Er hob den rechten Arm in die Höhe, und ein Lichtblitz schoß knisternd vom Himmel, fuhr in seinen Arm und ließ seinen ganzen Körper so hell vor Elektrizität erglühen, daß die Männer in seiner Nähe ihre Augen bedecken mußten, um nicht

geblendet zu werden. Langsam wuchs die Menge, als aus allen Straßen die Männer zusammenströmten, um nachzusehen, was dort vor sich ging. Wayne ließ das Knistern lauter werden, bis es alle anderen Geräusche übertönte.
Als er sah, daß sie genug hatten, senkte Wayne seinen Arm wieder, und der Blitz erlosch. »Der Hüter besitzt die Macht, diesen falschen Propheten herauszufordern«, erklärte er. »Ich will sie in eurem Namen einsetzen, um euch von seiner Tyrannei zu erlösen.«
»Niemand kann sich dem Propheten entgegenstellen«, rief jemand. »Seine Macht kommt von Gott selbst.«
»Jeder kann sich dem Propheten entgegenstellen, wenn er wirklich an Freiheit und Gerechtigkeit glaubt. Euer sogenannter Prophet bietet euch nur Dunkelheit und Tod – ich hingegen biete euch das Licht und das Leben. Jenen, die dies annehmen und mir folgen, wird kein Leid von dem Propheten widerfahren.«
In diesem Moment entschloß sich einer der am Himmel kreisenden Engel zum Eingreifen. Diese Gotteslästerung hatte lange genug gedauert: Es war an der Zeit, dem ein Ende zu setzen. Der Engel stürzte wie ein Raubvogel herab und stieß einen schrillen Schrei aus, der dazu diente, den entschlossensten Gegner zu entmutigen. Seine Hände krümmten sich zu scharfen Krallen, bereit, Wayne zu packen und in winzige Stücke zu reißen.
Wayne blieb gelassen stehen und verfolgte den Sturz des Engels. Als er nur noch ein paar Meter über ihm war, hob er erneut seinen Arm und deutete auf die Gestalt. So wie damals, als er den Häretikerinnen bei der Flucht aus dem Tempel geholfen hatte, ließ er den Engel in einer Wolke aus farbenprächtigen, harmlosen Funken vergehen.
Das Erstaunen der Zuschauer war fast spürbar. Dies war das erstemal, daß sie gesehen hatten, wie jemand der Macht des Propheten siegreich entgegengetreten war, und es erschütterte sie. Sie betrachteten Wayne mit neuem Respekt, aber noch immer machte keiner einen Schritt auf ihn zu. Sie waren noch nicht bereit, die Seiten zu wechseln und sich ihm anzuschlie-

ßen. Noch nicht. Die Furcht vor dem Propheten war noch immer zu stark.

Er hatte es erwartet. Gesellschaftskritiker hatten sich über die Apathie der Öffentlichkeit beklagt, solange Wayne zurückdenken konnte. Die Leute würden sich von ihm führen lassen, wenn er sie davon überzeugen konnte, daß er die Macht hatte, Rondel zu bezwingen – aber es war mehr als ein Wunder erforderlich, um dies zu erreichen.

»Ich bitte euch nun, euch meiner zu erinnern«, sagte er einfach. »Ich bitte euch, erinnert euch des Hüters und der Sache der Freiheit. Ich bitte euch, erinnert euch dieses Zeichens, und erkennt es als mein Werk.« Mit den ersten beiden Fingern seiner rechten Hand malte er ein Paar parallel verlaufender Wellenlinien in die Luft. Durch die Berührung seiner Finger glühte die Luft mehrere Sekunden lang rötlich auf, so daß das Muster deutlich zu erkennen war. Die Zuschauer keuchten, als sie das Feuerzeichen sahen. Das Zeichen verblaßte, aber die Erinnerung war fest im Bewußtsein aller Augenzeugen verankert.

»Ich bitte euch nur um euere Unterstützung, wenn die Zeit kommt«, fuhr Wayne fort und senkte seine Stimme, so daß jeder Zuschauer angestrengt hinhören mußte. »Erinnert euch, wenn ihr mein Symbol sehr, daß ich in eurem Namen und für eure Freiheit kämpfe.«

Er drehte sich und wollte die Kreuzung verlassen, als sich die Schaulustigen plötzlich teilten und ein Trupp der Soldaten des Propheten heranmarschierte. Fünf der silbern gekleideten Soldaten schritten hochmütig und mit schußbereiten Betäubungsgewehren auf die Mitte der Kreuzung zu. »Was geht hier vor?« bellte der Anführer.

»Ich habe Blasphemie und Rebellion gepredigt«, sagte Wayne ruhig.

Der Anführer sah ihn heimtückisch an. Sein Gewehr deutete genau auf Waynes Brust. »Hältst dich wohl für schlau, eh? Wir werden sehen, wie du dich bei der nächsten Ermahnung hältst. Du kommst mit uns.«

»Das werde ich nicht.«

Waynes ruhige Weigerung, sich an die Spielregeln zu halten, machte den Anführer der Soldaten nervös. Von Rechts wegen hätte dieser Sünder zu Tode erschrocken sein müssen – statt dessen stand er da und widersetzte sich tolldreist der Autorität des Propheten. Unsicher zupfte der Mann an seiner Hose und sagte: »Das wollen wir doch einmal sehen.«
Er trat einen Schritt auf Wayne zu, aber bevor er noch näher kommen konnte, wallte purpurner Nebel auf. Niemand sah ihn kommen – in dem einen Moment war die Luft klar, im nächsten war es fast unmöglich, etwas zu erkennen. Die Bürger schrien panikerfüllt auf, aber sie hatten Angst, fortzulaufen, da sie nicht wußten, wohin sie sich wenden sollten.
Dann verschwand der Nebel so abrupt, wie er gekommen war. Verblüfft sahen sich die Bürger Urbas um, und plötzlich brachen sie in Gelächter aus.
Dort, mitten auf der Straße, standen die Tempelwächter genauso da wie vor dem Auftauchen des Nebels – sah man davon ab, daß der Nebel auf geheimnisvolle Weise ihre Uniformen und ihre Waffen aufgelöst hatte, so daß sie nun splitternackt waren. Außerdem hatten sich in die rechte Hinterbacke eines jeden Soldaten die parallelen Wellenlinien eingebrannt, die das Symbol des Hüters darstellten.
Der Hüter selbst war von der Straße verschwunden. Er befand sich jetzt in der Gasse, wo Laura und ihre Häretikerinnen seine Darbietung verfolgt hatten. Wayne musterte die Rebellenführerin. »Nun?«
Zum erstenmal lächelte ihn Laura an. »Kehren wir ins Versteck zurück«, sagte sie. »Ich schätze, wir kommen ins Geschäft.«

Als die anderen Häretikerinnen vom Verlauf der Demonstration erfuhren, erhöhten sich ihre Sympathien für Wayne beträchtlich. Allein seine Anwesenheit war für sie eine moralische Stütze, die sie dringend benötigten. Bis zu diesem Zeitpunkt waren sie in der Defensive gewesen. Sie hatten zwar mehrmals den Tempel überfallen, aber hauptsächlich waren sie damit beschäftigt, sich zu verstecken und Rondels Häschern zu entgehen. Jetzt zumindest hatten sie einen Verbündeten, der genug Macht besaß, um die Initiative zu ergreifen, und der sich anscheinend ungestraft gegen den Tyrannen erheben konnte. Daß sie nun zur Offensive übergingen, erfüllte sie zum erstenmal seit langer Zeit mit dem Gefühl, etwas wert zu sein.

»Wir haben den ersten Schlag geführt«, erklärte Wayne ihnen, »aber vergeßt nicht, es ist nur ein erster Schlag. Der Prophet hat noch nicht persönlich eingegriffen. Seine Macht ist mindestens so groß wie meine. Um ihn zu bekämpfen und zu besiegen, müssen wir die Bewohner der Stadt auf unsere Seite ziehen.«

Eine der Frauen im Hintergrund stand zornig auf. »Das sind dieselben Männer, die uns im Tempel gequält haben. Ich will nichts mehr davon hören.«

Wayne seufzte. Das würde ein wenig komplizierter werden, als er es sich vorgestellt hatte. »Ich verstehe eure Gefühle vollkommen. Ihr seid dort alle gefoltert und erniedrigt worden, und es gibt keine Entschuldigung für die Männer, die daran beteiligt waren. Aber wir führen jetzt einen größeren Krieg, und wenn wir siegen wollen, brauchen wir jede Hilfe, die wir bekommen können.«

»Marsha hat recht«, rief eine andere Frau und stellte sich zu der ersten Sprecherin. »Ich will mit diesen Tieren nichts zu tun haben.«

»In jedem steckt ein tierisches Erbteil, im Manne und in der Frau«, erwiderte Wayne. »Der Prophet hat aus seinen ureigenen verdrehten, perversen Gründen das animalische Erbteil der Männer auf die hilflosen Frauen im Tempel losgelassen. Aber dieselben Männer werden sich – sobald sie vom Einfluß des Propheten befreit worden sind – ihrer Taten schämen ...«

»Das ist kein Trost«, sagte die erste Frau, Marsha, kalt.

Wayne schwieg und holte tief Luft. »Nein, ich glaube, das ist es wirklich nicht. Es gibt nichts, was man sagen oder tun kann, um die Schrecken, die ihr dort erlebt habt, ungeschehen zu machen. Aber denkt daran, unser Ziel ist es, dem Prophe-

ten Einhalt zu gebieten und dafür zu sorgen, daß sich derartiges Leid in Zukunft nicht mehr wiederholt. Zumindest *nehme ich an*, daß ihr das wollt, richtig?«
Marsha sagte nichts, und so gab ihm Laura die Antwort. »Das wollen wir *alle*«, erklärte sie.
»Nun, wenn wir den Propheten besiegen wollen«, fuhr Wayne fort, »werden wir die Hilfe eines jeden Menschen in der Stadt benötigen. Meine Macht allein, so groß sie auch sein mag, reicht nicht aus, ihn zu stürzen, solange er noch von anderen Leuten unterstützt wird. Selbst mit der Hilfe von euch Häretikerinnen – selbst mit der Hilfe aller Frauen in Urba – wird es wahrscheinlich nicht gelingen. Wir brauchen auch die Unterstützung der Männer. Das ist eine einfache Tatsache. Zugegeben, eine Wiedergutmachung für die entsetzlichen Dinge, die ihr durchgemacht habt, ist nicht möglich. Aber wenn wir verhindern wollen, daß sich so etwas in Zukunft wiederholt, brauchen wir die Unterstützung der gesamten Bevölkerung. Wenn ihr ihnen nicht vergeben könnt – und ich bitte euch keinesfalls darum –, dann versucht wenigstens in der Zeit, in der wir zum Nutzen aller arbeiten, die Mißhandlungen zu vergessen.«
Schweigen folgte seinen Worten. Marsha und die anderen Frauen, die sich zum Sprechen erhoben hatten, sahen ihn lange Zeit an und setzten sich dann wieder. Sie waren mit seinen Argumenten nicht notwendigerweise einverstanden, aber zumindest waren sie bereit, im Moment auf weitere Einwände zu verzichten. Laura musterte ihre Leute und stieß auf allgemeines Einverständnis mit geringen Vorbehalten. »Ich glaube, du kannst zunächst mit unserer Unterstützung rechnen«, sagte sie und drehte sich zu Wayne um. »Was können wir für dich tun?«
Wayne reagierte mit einer gewissen Befriedigung auf die Formulierung ihres Angebots. Sie behauptete jetzt nicht mehr, daß sie wußte, was er zu ihrer Hilfe unternehmen konnte. Ihre Wortwahl implizierte, daß ihm aufgrund seiner übernatürlichen Kräfte die Führung zustand – ihr und ihren Häretikerinnen oblag die Aufgabe, ihn zu unterstützen.

Im Interesse dieses zerbrechlichen Bündnisses durfte er ihnen niemals das Gefühl vermitteln, daß sie ihm untergeordnet waren. »Wir müssen die Macht des Propheten über die Menschen brechen. Wir müssen ihnen immer und immer wieder zeigen, daß sie nichts zu befürchten haben, wenn sie sich gegen ihn wenden. Dies können wir nur erreichen, indem wir ihnen ein Beispiel geben. Wir müssen uns überall in der Stadt verteilen und gegen seine Herrschaft predigen und so den Leuten beweisen, daß wir keine Angst haben, ihm zu trotzen.«
»Du hast leicht reden«, wandte Laura ein. »Aber wir haben keine magischen Kräfte, um uns vor seinen Engeln und seinen Soldaten zu schützen. Was sollen wir tun, wenn sie uns aufhalten wollen?«
Das war ein Problem. Wayne dachte einen Moment lang nach. »Ich werde jedem von euch ein kleines Gerät geben, das euch schützen wird«, sagte er schließlich. »Wann immer ihr Schwierigkeiten mit den Soldaten des Propheten habt, braucht ihr nur auf einen Knopf zu drücken, und sie werden euch kein Leid zufügen können.«
»Und wer garantiert uns das?« fragte eine Frau.
»Ihr habt das Wort des Hüters«, versicherte Wayne. In der Praxis sah der Prozeß ein wenig komplizierter aus, aber es wäre schwer gewesen, ihnen das zu erklären. Er konnte ihnen nichts geben, das sie wirklich vor Rondels Attacken schützen würde. Aber seine Geräte würden ihn alarmieren, wenn es Ärger gab. Er konnte in diesem Traum augenblicklich an jeden Ort gelangen, wenn er es wünschte, und er mußte eigentlich in der Lage sein, sie aus dem Verborgenen heraus zu schützen, sollte es erforderlich werden, und dadurch den Eindruck erwecken, daß die Geräte funktionierten.
Einige der Häretikerinnen wirkten immer noch nicht überzeugt, und so trat Laura vor. »Dein Wort genügt mir«, sagte sie, und mehrere der anderen Frauen begannen zustimmend zu nicken.
»Was hast du mit dem Tempel vor?« fragte eine andere Frau.

Das war ein Thema, dem Wayne bislang ausgewichen war. Die Aktivitäten im Tempel stellten offensichtlich sowohl für die Häretikerinnen als auch für ihn das Hauptproblem dar: Je länger er zuließ, daß die Folterungen weitergingen, desto schlimmer würde die psychologische Wirkung auf die gequälten Frauen sein. Er mußte einen Weg finden, das Treiben dort so rasch wie möglich zu unterbinden.

Dennoch empfand er gleichzeitig Widerwillen bei der Vorstellung, sich dorthin zu begeben. Bei seinem letzten Besuch im Tempel war er mit diesem *Ding* an der Tür zu den Kellergewölben aneinandergeraten, und die Erinnerung daran versetzte ihn noch immer in Angst und Schrecken. Außerdem war der Tempel das Zentrum von Rondels Aktivitäten, und dort bestand für Wayne die größte Gefahr, entdeckt zu werden. Wie DeLong erklärt hatte, würde er Rondel früher oder später zum Endkampf herausfordern müssen, aber noch war er dazu nicht bereit. Seine Macht war noch keineswegs so gefestigt, daß er hoffen konnte, eine derartige Auseinandersetzung zu gewinnen.

»Natürlich ist das der gefährlichste Ort«, sagte er bedächtig. »Wir werden ihn ausschalten müssen, aber größte Vorsicht ist geboten ...«

Er wurde von plötzlichem Glockengeläut und schmetternden Trompetenklängen unterbrochen. Entsetzt sah er sich um und stellte mit einem Blick aus dem Fenster fest, daß der Himmel glühte und von Engeln übersät war. Sein Herz schlug ihm bis zum Halse. *Hoffentlich ist das noch nicht der Jüngste Tag!* dachte er. *Wir haben noch so viel vorzubereiten.*

Aber die Häretikerinnen nahmen den Zwischenfall weitaus gelassener hin, auch wenn sie wie er von dem plötzlichen Lärm so erschreckt worden waren. Es war offenbar nichts Ungewöhnliches für sie, was ihn Mut schöpfen und fragen ließ: »Was ist lost?«

»Eine der Ermahnungen des Propheten steht bevor«, antwortete Laura. »Alle sind aufgefordert, sich auf dem Tempelplatz zu versammeln und seine Predigt anzuhören. Er redet meistens davon, wie sündhaft wir gewesen sind, und an den ärg-

sten Sündern statuiert er ein öffentliches Exempel. Er läßt sogar die Frauen aus dem Tempel an der Feier teilnehmen.«
Sie runzelte die Stirn, als ihr ein Gedanke kam. »Wahrscheinlich wird er diese Gelegenheit nutzen, um Judy und Maria zu quälen, die beiden Frauen, die bei unserem letzten Überfall auf den Tempel gefangengenommen worden sind. Verdammt, ich wünschte, ich könnte ihnen helfen!«
»Das werden wir«, sagte Wayne entschlossen. Auch wenn es bedeutete, Rondel von Angesicht zu Angesicht gegenüberzutreten, war dies eine Chance, die er nicht ungenützt lassen durfte. Die meisten – wenn nicht alle – Traumteilnehmer würden an einem Ort versammelt sein. Vielleicht bot sich ihm nie wieder eine bessere Gelegenheit, das gesamte Publikum auf einen Schlag zu beeinflussen. Wenn er seine Vorbereitungen sorgfältig traf, sollte es ihm gelingen, sich gut genug zu verkleiden, um Rondel zu täuschen.
Kurz skizzierte er den Häretikerinnen seinen Plan, und sie stimmten begeistert zu. Alle waren voller Tatendrang, und Wayne bot ihnen die Chance für ihren ersten schweren Schlag gegen Rondels Regime.
Wayne, Laura und einige weitere führende Häretikerinnen waren die ersten, die sich von dem Fahrstuhl hinunter ins Erdgeschoß tragen ließen. Der Rest der Häretikerinnen würde in kleinen Gruppen folgen, bis alle bereit waren. Es würde einige Zeit kosten, bis sich die Bewohner der Stadt auf dem Tempelplatz eingefunden hatten, und dies verschaffte den Rebellen die Gelegenheit, ihre Plätze einzunehmen.
Wayne machte sich allein auf den Weg. Bei seiner Aufgabe konnte ihm niemand helfen, und er durfte sich dabei keinen Fehler erlauben. Wenn er alles richtig machte, würde er bei Rondel und dem Publikum eine erhebliche psychologische Wirkung erzielen – aber wenn ihm ein Fehler unterlief, würde Rondel ihn augenblicklich entdecken, und sein ganzer Plan konnte sich gegen ihn kehren. Es war ein kalkuliertes Risiko, aber der Preis schien es wert zu sein.
Die Menschen strömten auf den Platz, und bald war der breite, grasbewachsene Streifen Land vor dem Tempel mit Gläu-

bigen überfüllt, die gekommen waren, die Rede des Propheten zu hören. Wayne betrachtete das Bild, und ihm wurde bewußt, wie viele Menschen durch die Zahl siebzigtausend repräsentiert wurden. Die Größe seiner Aufgabe überwältigte ihn fast, aber er verdrängte die Bedenken und konzentrierte sich allein auf die vor ihm liegende Arbeit.
Vor dem Haupteingang des Tempels war ein Podium errichtet worden. Mehrere Personen hielten sich auf der Plattform auf, und in ihrer Mitte stand eine Gestalt, die von innen her zu leuchten schien. Dabei konnte es sich nur um Rondel handeln, obwohl Wayne zu weit entfernt war, um ihn deutlich erkennen zu können. Am Rand des Podiums waren mehrere Männer und Frauen angekettet, darunter auch die beiden früheren Häretikerinnen – offensichtlich waren sie für die heutige Lektion auserwählt worden. Wayne fragte sich, was die Männer angestellt hatten, um Rondels Mißfallen zu erregen. Nicht daß es eine Rolle spielte – wenn sie gegen Rondel waren, stellten sie wahrscheinlich wertvolle Rekruten für seine Revolution dar.
Er ließ einen massiven Holzstock in seiner Hand materialisieren und begann sich einen Weg durch die Menge zu bahnen. Es kostete ihn keine Mühe; etwas an seinem Auftreten brachte die Leute dazu, ihm Platz zu machen, gleichgültig, wie dicht gedrängt sie auch standen. Allen fiel er auf, und einige flüsterten ihren Nachbarn etwas zu. Offenbar hatte sich die Kunde von seiner kürzlichen Demonstration rasch in der Heiligen Stadt verbreitet.
Als er sich der ersten Reihe der Wartenden näherte, bot sich ihm ein besserer Blick auf die Plattform. Die Männer an Rondels Seite mußten höhere Funktionäre und Beamte sein. Rondel benötigte sie wohl kaum, um seine Welt zu verwalten, aber der Perfektionist in ihm hatte wahrscheinlich auf derartigen Kleinigkeiten beharrt, um die Dinge realistischer erscheinen zu lassen.
Sein besonderes Interesse erregte eine Frau, die dicht neben Rondel stand und bessere Kleidung trug, als man sie bei einer der Tempelfrauen erwarten durfte. In Anbetracht von Ron-

dels Ansichten über das andere Geschlecht war Wayne überrascht, daß eine Frau eine derart hohe Position innehatte. Er fragte sich, ob sie eine Inkarnation seiner Mutter war – und dann erinnerte er sich an den Soldaten im Tempel, der etwas von einer Hohenpriesterin gesagt hatte. Neugierig schärfte er seinen Blick, bis er die Gestalt deutlich erkennen konnte – und als ihm klar wurde, um wen es sich dabei handelte, konnte er nur mühsam einen Aufschrei unterdrücken.
Die Person, die neben dem Propheten auf dem Podium stand, war Janet Meyers.

13

Zunächst war Wayne wie betäubt. Was machte Janet hier? Wie war sie in diesen Traum gelangt? Hatten Bill und Ernie sie ihm zu Hilfe geschickt?
Noch während er das dachte, erkannte er, daß er sich irrte. Bei dem beschleunigten Zeitablauf dieses Traums konnten seit seiner Rückkehr nicht mehr als ein oder zwei Minuten vergangen sein. Sie hätten nicht genug Zeit gehabt, Janet vorzubereiten und ihm hinterherzuschicken, selbst wenn sie in dem Augenblick ins Studio gekommen wäre, in dem Wayne sich eingeschaltet hatte. Und ganz gewiß hatten sie sie nicht erwartet. Nach DeLongs Worten war Wayne der einzige Träumer, der von ihnen erreicht worden war.
In seinem Kopf wirbelten die Gedanken, und am liebsten hätte Wayne den Platz verlassen und sich irgendwo hingesetzt, um in Ruhe zu überlegen. Aber das war jetzt unmöglich. Die Leute hatten gesehen, daß sich der Hüter der ersten Reihe der Menge näherte, und der Hüter durfte niemals dabei ertappt werden, daß er vor dem Propheten zurückwich. Denn dies würde als ein Zeichen von Furcht gelten und alles zunichte machen, was er bisher erreicht hatte.
Widerwillig schob sich Wayne weiter durch die anwachsende Menge, bis er in unmittelbarer Nähe der vordersten Reihe war. Rondel, in andere Dinge vertieft, bemerkte ihn erst, als

er fast das Podest erreicht hatte – aber sobald er Wayne entdeckte, konzentrierte er seine ganze Aufmerksamkeit auf ihn. Der Hüter, eine eindrucksvolle Gestalt in seiner dunklen Robe, ragte deutlich aus der Menge hervor. Je nachdem, wieviel er sich um das Geschehen in der Heiligen Stadt kümmerte, hatte Rondel vielleicht schon von den Heldentaten des Hüters gehört. Jedenfalls erkannte er sofort, daß die näher kommende Gestalt kein normaler Zuschauer war und besondere Beachtung verdiente.
Während sich Wayne durch die Menge bewegte, waren mehr und mehr Menschen verstummt, und schweigend beobachteten sie ihn und fragten sich, was wohl geschehen würde. Als sich dann auch der Prophet der mysteriösen Gestalt zuwandte, wurde es totenstill auf dem Platz. Wayne wurde plötzlich an ein Revolverduell auf einer leeren Straße in einem Western erinnert, wo die Bürger der Stadt das Geschehen von ihren Fenstern aus verfolgten. Aber in diesem Duell gab es für sie keinen Ort, wo sie sich verstecken konnten: Sie mußten stehenbleiben und hoffen, daß kein verirrter Lichtblitz sie traf.
Wayne spürte die Glut von Rondels Blick, aber er widerstand der Versuchung, schneller zu gehen. Er näherte sich weiter mit bedächtigen, würdevollen Schritten dem Podest. Er war sogar versucht, in den Zeitablauf des Traums einzugreifen, um seinen Weg noch länger erscheinen zu lassen, aber er wußte, daß ihn das sofort verraten würde. Er mußte sich mit dem begnügen, was er besaß. Unmittelbar vor dem Podest entdeckte er eine freie Stelle und ging energisch darauf zu. Als er sie erreichte, blieb er stehen und sah ruhig in Rondels Gesicht.
Rondel kochte. Der Meisterträumer versuchte gewaltsam, die Roben des Hüters verschwinden zu lassen, aber Wayne verhinderte es. In diesem Kampf verfügte er über größere Kraft als Rondel, denn Rondel verbrauchte den Großteil seiner Energie zur Aufrechterhaltung der Stadt. Wayne konnte seine Kräfte darauf konzentrieren, seine Identität zu verbergen.

Des stummen Willenskampfes schließlich müde, frage Rondel: »Wer bist du, Dämon?«
»Ich bin der Hüter.« Wayne brauchte seine Stimme nicht zu heben, um dafür zu sorgen, daß ihn jeder auf dem Platz verstehen konnte.
»Du bist ein Lügner. Es gibt keinen Hüter.«
»Ich bin hier. Beurteile es selbst.«
»Warum bist du gekommen?«
»Du weißt, warum. Du hast den Seelen dieser Menschen Gewalt angetan. Du mußt sie freilassen.«
»Ich habe ihnen das Wort geschenkt!« brüllte Rondel, daß seine Stimme in der ganzen Stadt widerhallte. »Das Wort ist Gott, das Wort ist das Gesetz.«
»Das Wort ist Scheiße«, sagte Wayne.
In Rondels Augen brannten die Feuer der Hölle. Er gestikulierte dramatisch, und aus dem klaren blauen Himmel schoß ein massiver Lichtblitz herab, um den Herausforderer zu vernichten. Wayne hob seine Hand und schnippte gelassen den Lichtblitz fort, wie er eine lästige Fliege verscheucht hätte. Rondels Zorn wurde nur noch stärker. »Ich habe diese Leute von ihren Sünden erlöst ...«
»Du hast sie der grausamen Tyrannei deiner verdrehten Vorurteile unterworfen. Du hast sie unter dein eisernes Gesetz gezwungen.«
»Ich bin kein Tyrann«, sagte Rondel. »Ich bin der demütigste Diener Gottes.«
»Du dienst einem Gott der Grausamkeit und des Hasses und keinem Gott der Liebe. Du zwingst die Menschen dazu, Perversionen im Namen der Frömmigkeit zu begehen. Es gibt viele Glaubensarten, viele Konzepte Gottes, die mit deinem nicht übereinstimmen. Du hast diesen Menschen das Recht genommen, ihren eigenen Weg zu gehen.«
Rondel verdoppelte seine Anstrengungen, Waynes Roben zu entfernen, und erneut gelang es Wayne, den Versuch abzuwehren.
»Wer bist du?« brüllte der Meisterträumer zum zweitenmal. Wayne kam plötzlich eine brillante Idee. Mit leiser Stimme,

so daß allein Rondel ihn verstehen konnte, sagte er: »Ich bin dein Gewissen, Vince.«
Von allen möglichen Antworten war das diejenige, auf die Rondel am wenigstens vorbereitet war. »Was?«
»Du kannst nicht gegen mich kämpfen, denn ich bin ein Teil von dir. Du hast mich erschaffen, weil ein Teil von dir abgestoßen ist von dem, was du tust. Du weißst, daß die Menschen ebensowenig einen freien Willen haben wie ein Mann, der in die Mündung eines Gewehrs blickt. Du weißt, Gott will, daß die Menschen aus freien Stücken Seinen Weg wählen, weil sie Ihn lieben, und nicht, weil sie sich vor die fürchten. Laß sie frei, laß sie in ihr eigenes Leben zurückkehren.«
»Sie sind aus eigenem Antrieb in die Stadt gekommen.«
»Du kannst dein Gewissen nicht täuschen. Du weißt, was du ihnen angetan hast.«
»Geh fort. Laß mich in Ruhe.«
»Du kannst dich deinem Gewissen nicht entziehen. Ich werde immer hier sein, immer bei dir sein. Du weißt, daß du Unrecht tust, daß du gegen die Gesetze Gottes und der Menschen verstößt. Ich bin die Stimme deiner Scham, deiner Schuld, deiner Zweifel. Du wirst niemals frei von mir werden.«
»DU LÜGST!« Die Gebäude erbebten unter diesem Aufschrei.
»Betrachte dich selbst im Spiegel der Wahrheit.« Wayne hob eine Hand und erschuf direkt vor Rondel einen Spiegel, so daß dem Meisterträumer keine andere Wahl blieb, als hineinzuschauen. Er starrte in sein eigenes Gesicht, aber geschmackvollerweise hatte Wayne auf seiner Stirn kleine Bockshörner wachsen lassen und den Zügen einen satanischen Schimmer verliehen.
»Du bist Satan selbst, der Meisterlügner!« Mit einer Handbewegung ließ Rondel den Spiegel zersplittern, und Wayne gab sich keine Mühe, seine Schöpfung zu schützen. Sie hatte ihren Zweck erfüllt.
»Du mußt mit dieser Torheit aufhören«, fuhr Wayne fort. »Ich dulde nicht, daß deine Tyrannei weiter besteht. Alles,

was du versuchst, wird dir mißlingen. Die Menschen, die du versklaven wolltest, werden sich gegen dich erheben. Männer und Frauen werden frei sein. Gott auf ihre eigene Weise zu verehren, frei von den Einschränkungen deiner kleinlichen Theologie.«
»Ich werde dich vernichten!« schwor Rondel.
»Du magst es vielleicht versuchen«, entgegnete Wayne sanft. »Aber bevor du es tust, wage einen Blick in das Gesicht deines Feindes.«
Mit diesen Worten zog er die Kapuze seiner Robe zurück und enthüllte sich Rondel und der ganzen Menge. Keuchen klang auf, als die Leute das von Wayne projizierte Bild erkannten. Sein Gesicht war Rondels Gesicht, aber es war unschuldig, engelhafter, mit einem kleinen Heiligenschein, der über seinem Kopf leuchtete. Rondels Augen weiteten sich vor Furcht, und die Peitschenschläge seines Hasses nahmen in schrecklicher Weise zu. Wayne hatte das Gefühl, einem mentalen Mahlstrom ausgesetzt zu sein, aber er zwang sich zur Ruhe. Er wußte, daß ihm Rondel nichts zuleide tun konnte, und so ließ er den anderen die Kraft seiner Persönlichkeit verschwenden.
Die Struktur der Realität waberte, erlosch und flackerte wieder auf, wie eine Lampe, wenn ein Kind mit dem Lichtschalter spielte. Am Rand der Stadt begannen die Gebäude wie Wachs in der Sonne zu schmelzen, und der Himmel erglühte im brennenden Rot von Rondels Zorn. Die Leute auf dem Platz, die nicht wußten, was vor sich ging, gerieten in Panik und rannten schreiend in alle Richtungen davon, während die beiden Gegner verbissen ihre Positionen verteidigten.
Habe ich es so schnell vollbracht? fragte sich Wayne. *Habe ich ihn schon so geschwächt, daß ich an seiner Stelle den Traum übernehmen kann?*
Aber noch während er dies dachte, gewann Rondel die Kontrolle über sich und den Traum zurück. Der Meisterträumer war ein Mann, der seinen Willen um jeden Preis durchsetzen würde, und er war nicht bereit, so rasch aufzugeben. Die Realität stabilisierte sich wieder, der Himmel war wieder blau,

und die Objekte gewannen ihre Festigkeit zurück. Der Prophet hatte wieder die Kontrolle über die Heilige Stadt. Auf seinen Befehl hin blieben die Leute stehen, und ein Anflug von Ordnung kehrte wieder ein.
Rondel sah zu seinen Wächtern hinüber, als ob er sich nicht herablassen wollte, sich persönlich um diesen Störenfried zu kümmern. »Packt ihn!« befahl er. »Wir werden dem Volk zeigen, welche Strafe jene erwartet, die sich dem Willen Gottes widersetzen.«
Wayne lächelte nur und hob seinen Stock gen Himmel. Eine Wolke aus dichtem, purpurnem Rauch hüllte plötzlich den Platz ein und verwehrte die Sicht. Noch mehr Verwirrung entstand. Wayne nutzte den Nebel, um die Ketten der Gefangenen auf dem Podest zu lösen, die für ihre imaginären Sünden bestraft werden sollten. Mit der Geschwindigkeit der Teleportation versetzte er sie in den Schlupfwinkel der Häretikerinnen. Bis zu diesem Moment hatten die Häretikerinnen am Rand der Menge auf ihre Gelegenheit gewartet. Jetzt stürmten sie zu der Stelle, wo die Tempelfrauen standen, und versuchten, so viele wie möglich von ihnen zu befreien, solange die mysteriöse Dunkelheit ihnen Schutz bot.
Der Nebel währte nur ein paar kurze Momente, dann löste Rondel ihn mit einem einzigen Gedanken auf. Aber die Panik unter den Menschen konnte ein zweites Mal nicht so leicht beendet werden, und er mußte erleben, wie ihn sein Publikum verließ. Seine Wächter sahen sich den Angriffen der zu allem entschlossenen Häretikerinnen ausgesetzt. Und der mysteriöse Hüter war spurlos verschwunden.
Doch in die hölzerne Plattform des Podestes waren zwei parallele Wellenlinien eingebrannt, das Symbol des Hüters.

Trotz seines Triumphes auf dem Tempelplatz war Wayne weit davon entfernt, glücklich zu sein. Janets Auftauchen in diesem Traum hatte ihn schockiert, und er brauchte einen Ort, wo er für eine Weile allein sein konnte, um seine Gedanken zu sammeln und mit der Situation klarzukommen. In ganz Urba gab es keinen Ort, auf den diese Beschreibung zutraf.

Sie war völlig von Rondels subtiler Gegenwart durchdrungen. In seiner Verzweiflung verließ Wayne diese Realität ganz und zog sich in den Kokon seines Ichs zurück, wo er sich entspannen und diese verwirrende Wendung der Ereignisse überdenken konnte.

Sein erster Gedanke war, daß Rondel aus Liebe ein Abbild Janets erschaffen hatte, das ihm in den Tod folgen sollte. Verzweifelt versuchte Wayne daran zu glauben, denn das bedeutete, daß diese Janet nicht wirklicher war als die Stadt selbst. Er konnte sie dann als imaginären Geist betrachten, der unbeachtet verwehen würde, wenn der Traum endete.

Aber im Innern wußte er, daß dies Wunschdenken war. In diesem Traum standen Rondel siebzigtausend Menschen zur Verfügung, die er mit in den Tod nehmen konnte – er hatte es nicht nötig, Abbilder zu erschaffen, die ihn außerdem unnötig Energie kosteten. Er mußte dieses ganze Universum aufrechterhalten. Warum also sollte er sich mit einer überflüssigen Last abgeben – selbst wenn sie so wundervoll wie Janet war –, die den Prozeß nur verkomplizierte?

Und dann erinnerte er sich an sein Gespräch mit Janet, als er sie am frühen Abend nach Hause gefahren hatte. Sie hatte gesagt, daß sie sich in Rondels Sendung einschalten wollte. Sie bewunderte seine Arbeit und versuchte, sie sooft wie möglich zu studieren. Rondel mußte keine falsche Janet erschaffen. Wayne wußte, daß neben ihm auf dem Podest die echte gestanden hatte, auch wenn ihm die Rolle, die sie hier spielte, unklar blieb.

Er grübelte über die Folgerungen nach. Janet würde wie alle anderen in diesem Traum von seiner Realität überzeugt sein. Sie würde nichts von einem Mann namens Wayne Corrigan wissen. Wie auch immer das Schicksal der Leute in diesem Traum aussah, sie würde es teilen.

Plötzlich war Wayne todmüde. Bis jetzt war dies ein intellektuelles Spiel gewesen, bei dem es um unpersönliche Einsätze ging. Er hatte eine Handvoll Traumteilnehmer flüchtig kennengelernt, die meisten kannte er überhaupt nicht. Die Zahl siebzigtausend war beeindruckend, vor allem, wenn sich alle

auf dem Tempelplatz versammelten – aber es war nur eine Zahl. Es fiel leicht, sie als Pokerchips in einem großen Topf zu betrachten, und seine einzige Sorge war, wie er sie an sich bringen konnte, ohne daß ihn Rondel dabei erwischte.
Janets Anwesenheit veränderte alles. Sie war jemand, den er kannte, jemand, der ihm sehr nahestand. Wenn er einen Fehler machte und Rondel dadurch siegte, konnte Janet sterben oder für den Rest ihres Lebens geistig geschädigt werden. Er erinnerte sich, wie sie gestern in ihrem gemeinsamen Traum gewesen war, voller Grazie und Selbstvertrauen. Das Wissen, daß all dies von ihm durch einen unvorsichtigen Zug zerstört werden konnte, war eine schreckliche Verantwortung.
Ich bin müde, dachte er. *Man hätte mir diese Verantwortung nicht aufbürden sollen. Ich habe weder die Kraft noch die Fähigkeit, mich gegen Rondel zu stellen. Vielleicht sollte ich Schluß machen und hoffen, daß sie jemand anders finden.*
Aber er wußte, daß dies hoffnungslos war. Es gab einfach keinen anderen, und sie hatten nicht genug Zeit, selbst wenn es einen gegeben hätte. Er allein war für die Rettung dieser Menschen verantwortlich. Er allein konnte Janet vor diesem Schicksal bewahren.
Ihm kam eine Idee. Vielleicht brauchte er gar nicht allein in diesen Kampf zu ziehen. Janet war Träumerin von Beruf, eine verdammt gute sogar – und sie hatte, wie alle anderen in diesem Traum, ihren freien Willen. Wenn er zu ihr vordringen und ihr die Erinnerung an die reale Welt zurückgeben konnte, bestand die Möglichkeit, daß sie ihm bei seinem Kreuzzug half. Ihre Fähigkeit, Träume zu manipulieren, kombiniert mit seiner Kraft, würden eine Macht darstellen, gegen die Rondel hilflos war. Sie verfügte zwar nicht über die Verstärkerleistung des Studios, sondern nur über das schwache Signal ihres Heimempfängers, aber sie war Expertin in einigen Techniken, die Wayne kaum beherrschte. Mit ihren Talenten und seiner Sendeleistung würden sie ein unschlagbares Team darstellen.
Natürlich war diese Idee auch mit Gefahren verbunden. Janet würde ihn nicht als Wayne Corrigan erkennen und auch nicht

bereit sein zu akzeptieren, daß das, was ihr so real erschien, nur eine Ausgeburt ihrer Phantasie war. Außerdem deutete die Tatsache, daß sie auf dem Podium gestanden hatte, darauf hin, daß sie in Rondels Regime eine besondere Position einnahm. Wenn Wayne ihr zuviel erzählte und sie ihm nicht glaubte, konnte sie ihn an Rondel verraten, und damit würde er seinen einzigen Vorteil – das Überraschungsmoment – verlieren.
Er wägte das Für und Wider sorgfältig ab, aber schließlich obsiegte das Für. Er kannte seine Grenzen nur zu gut, und wenn es zum Endkampf kam, würde Rondel wie ein Wahnsinniger ringen, um seine krankhaften Pläne doch noch in die Tat umsetzen zu können. Wayne brauchte jede Hilfe, die er bekommen konnte, und Janet war die beste Verbündete, die es für ihn gab. Er entschied sich, sofort mit ihr zu reden.
Er machte sich erneut unsichtbar, löste seinen isolierten Kokon auf und kehrte in Rondels Universum zurück. Er hatte keine bestimmte Vorstellung, wo Janet sein konnte – und trotz seiner Macht würde es ihn einige Zeit kosten, einen bestimmten Menschen in einer Stadt mit siebzigtausend Einwohnern zu finden. Er vermutete allerdings, daß sie im oder in der Nähe des Tempels war, da es sich dabei um das Zentrum von Rondels Regierung handelte, und konzentrierte seine Suche deshalb darauf.
Rasch huschte er durch die Räume, die der Öffentlichkeit zugänglich waren und wo die Männer sich selbst verstümmelten oder hilflose Frauen quälten. Er wollte nicht noch einmal diese Verbrechen mit ansehen, und er war überzeugt, daß sich Janet dort nicht aufhielt. Ihr Ehrenplatz auf dem Podium, direkt neben Rondel, deutete darauf hin, daß sie eine besondere Position einnahm, die es unwahrscheinlich machte, daß sie sich unter das gewöhnliche Volk mischte.
Im obersten Stockwerk des Tempels sollte nach den Worten von Waynes Führer die Hohepriesterin den Schrein der Heiligen Mutter hüten. Sobald ihm das einfiel, schoß Wayne nach oben und durch die »massiven« Wände, bis er sein Ziel gefunden hatte.

Es war ein großer Raum, der an eine gotische Kathedrale mit einem hohen, spitz zulaufenden Gewölbe erinnerte. Gewaltige Bleiglasfenster ließen vielfarbiges Sonnenlicht in den Raum, der zudem noch von mehreren Tausend Kerzen erhellt wurde. An einer Wand erhob sich ein mit weißem Satin bedeckter Altar; er stand unter der überlebensgroßen Statue einer Frau. Wayne identifizierte sie als Rondels Mutter – sie war nicht die fette, bleiche, verwahrloste Alte, die Wayne kurz gesehen hatte, sondern die junge, attraktive Frau von den Fotos in ihrem Schlafzimmer und in Rondels Büro. Dies war das Bild, das sich Rondel von ihr bewahrt hatte, auch wenn die Jahre nicht sehr freundlich mit ihr gewesen waren. Auf diese Art hatte er sie in ihrem heruntergekommenen Bett liegen sehen. *Einige Illusionen sterben langsam*, dachte Wayne.

Rondel und Janet befanden sich am Altar. Rondel stand aufrecht da, aber er hatte Janet in die Knie gezwungen. »Was für ein Spiel treibst du mit mir?« brüllte er. »Du bist für diese Zauberei verantwortlich gewesen, nicht wahr?«

Janet war den Tränen nahe. »Ich weiß nicht, wovon du sprichst. Ich weiß überhaupt nicht, wie man zaubert.«

»Natürlich weißt du das – du verstehst mehr davon als jeder andere hier.« Rondel zitterte vor Wut. »Oh, ich hätte auf sie hören sollen, sie hatte so recht, was dich betrifft. Eine verlogene, undankbare kleine Hure, das ist es, was du bist...«

»Ich schwöre dir, ich weiß nicht, wovon du sprichst.« Aber ihr Protest war vergeblich. Rondel versetzte ihr einen Schlag, daß sie das Gleichgewicht verlor und zu Boden stürzte.

Wie Wayne gefürchtet hatte, war Rondel klar geworden, daß nur ein anderer Träumer derartige Kunststückchen hatte vollbringen können. Janet war die einzige Träumerin, die nach Rondels Wissen an diesem Traum teilnahm, und so mußte sie die Last seines Mißtrauens tragen. Sie hatte ihre Liebesbeziehung beendet, was er nach seiner Logik als Verrat betrachten mußte – also erwartete er natürlich, daß sie ihn erneut verriet.

»Ich habe dich zu mir geholt, als ich dich gesehen habe«,

wütete Rondel weiter. »Ich habe dich zur Hohenpriesterin ernannt und dich über die anderen erhoben, in der Hoffnung, daß du dich dessen wert erweisen würdest. Aber du hast nur bewiesen, daß meine Mutter recht gehabt hat – du bist ein nichtsnutziges, verräterisches Flittchen. Aber ich werde nicht zulassen, daß du mich vernichtest. Ich werde nicht zulassen, daß du zerstörst, was ich aufgebaut habe. Ich habe hier mehr Macht als du. Du wirst auf ewig in der Hölle schmoren, wenn du nicht nachgibst.«

»Vince, bitte, ich weiß nicht, wovon du sprichst.«

Wayne entschied, daß es genug war. Mit einem Teil seines Bewußtseins griff er nach den Außenbezirken von Urba und erzeugte ein heftiges Erdbeben, das eine Reihe leerer Gebäude einstürzen ließ und einen Teil der Stadtmauer zerstörte. Großer Schaden entstand nicht, und niemand wurde verletzt, aber er hoffte, daß es Rondel ablenken und ihn veranlassen würde, sich persönlich um die Angelegenheit zu kümmern.

Rondel hielt in seiner Schmährede inne, da er in dem Erdbeben einen direkten Angriff auf die Randbereiche seines Bewußtseins sah. Er blickte auf Janets zusammengekauerte Gestalt hinunter. »Das kannst du nicht gewesen sein«, sagte er. »Dafür bist du nicht stark genug. Aber warte nur. Ich bin mit dir noch nicht fertig.«

Er stürmte aus dem Raum und ließ Janet schluchzend auf dem harten Steinboden zurück. Kaum war er verschwunden, materialisierte Wayne in seiner Hütergestalt und näherte sich der knienden Frau. Sie weinte so heftig, daß sie seine Gegenwart erst bemerkte, als er, in dem Versuch, sie zu trösten, ihre Schulter berührte.

Sie keuchte und sah auf, erwartete, Rondel zu erblicken, und sie wich hastig zurück, als sie ihn erkannte. Ihre Augen waren rot und tränenüberströmt, und nun erschien in ihnen ein neuer Ausdruck – Furcht. »Du!« flüsterte sie. »Geh fort von mir. Laß mich in Ruhe!«

»Ich habe nichts Böses im Sinn«, erwiderte Wayne freundlich, um ihre Furcht zu lindern. »Ich möchte mich mit dir nur eine Weile unterhalten.«

»Ich werde dir nicht zuhören«, sagte sie und bedeckte ihre Ohren mit den Händen. »Du hast mir genug Schwierigkeiten gemacht, du hast den Propheten dazu gebracht, mich in die Hölle zu verdammen. Ich werde ihn nicht verraten.«

»Er wird dich quälen, gleichgültig, was du tust – dich und alle anderen Menschen in Urba.« Es spielte keine Rolle, daß sie ihre Ohren bedeckt hatte. Er sorgte dafür, daß seine Worte ihre Hände durchdrangen und ihr Bewußtsein erreichten.

»Hilfe! Wächter, helft mir!«

»Niemand wird dich hören, und die Tür ist verriegelt. Wir sind hier beide allein – nur wir zwei.«

Janet floh dennoch zur Tür und stellte fest, daß er recht hatte – sie war fest verriegelt, und der Knauf ließ sich nicht drehen. Nach einer Reihe verzweifelter Öffnungsversuche wandte sie sich wieder zu ihm um. Sie war mutig und bemühte sich, ihre Fassung zu bewahren. »In Ordnung, ich schätze, ich werde dir zuhören müssen. Aber ich will mit deinem Kampf gegen den Propheten nichts zu tun haben.«

»Nicht einmal dann, wenn ich für dein Wohl und das Wohl aller Menschen in Urba kämpfe?«

»Wir brauchen deinen Schutz nicht. Gott wird uns schützen. So lauten die Worte des Propheten.«

»Der Prophet ist verrückt, und der einzige Gott, dem er dient, ist sein verdrehtes Ego. Den Menschen bringt er nur Schmerz und Leid.«

»Er bringt uns Erlösung«, sagte Janet und sprach ihre Sätze wie ein gelehriger Papagei aus. »Er gibt uns Hoffnung, daß unsere Seelen am Jüngsten Tag errettet werden.«

»Errettet? Also wirst du nicht in der Hölle schmoren? Schau dich um. Wenn der Himmel so wie diese sogenannte Heilige Stadt aussehen soll, dann bist du bereits in der Hölle.«

Janet stand kurz vor einem weiteren Weinkrampf. »Was für eine andere Wahl haben wir denn?«

Wayne haßte es, sie weinen zu sehen, und sprach augenblicklich mit sanfterer Stimme. »Deshalb bin ich hierhergekommen – um den Menschen die Wahl anzubieten. Wie heißt du?«

»Wie?« Janet war von dem plötzlichen Themenwechsel verwirrt.
»Bitte, hilf mir. Nenn mir nur deinen Namen.«
»Janet.«
»Janet – und weiter?«
Einen Moment lang sah sie ihn verblüfft an und runzelte dann die Stirn, während sie sich zu erinnern versuchte. »Meyers«, sagte sie schließlich. »Janet Meyers.« Sie sagte es, als handelte es sich dabei um einen entscheidenden Durchbruch – in gewisser Hinsicht traf dies auch zu.
Wenn er bedachte, wie schwer es ihr gefallen war, sich an etwas so Grundlegendes wie ihren Namen zu erinnern, erschien es Wayne zweifelhaft, daß sie sich aus eigener Kraft auf die anderen Dinge besann – nicht in der kurzen Zeitspanne, die ihm zur Verfügung stand. Er mußte ihrem Gedächtnis nachhelfen. »Das stimmt«, nickte er. »Du heißt Janet Meyers. Möchtest du wissen, warum dich der Prophet beschuldigt, mich herbeigezaubert zu haben?«
»Niemand darf die Entscheidungen des Propheten in Frage stellen.«
»Er hat dich beschuldigt«, fuhr Wayne fort, »weil er die Wahrheit über dich weiß, die Wahrheit, die du auf sein Betreiben hin vergessen hast.«
Janet sah ihn zweifelnd an. »Was ist diese sogenannte Wahrheit?«
»Daß du eine Zauberin bist, deren magische Fähigkeiten seinen eigenen nahekommen.«
»Das ist unmöglich. Ich kann nicht zaubern.«
»Warum, glaubst du, hat er dich unter Tausenden Frauen als Hohepriesterin auserwählt?« Als Janet nicht antwortete, fuhr er fort: »Weil er weiß, über welche potentielle Macht du verfügst, und weil er dich deswegen im Auge behalten will.«
»Und wie kommt es, daß du all diese Geheimnisse kennst?«
»Weil auch ich – genau wie du – ein Zauberer bin. Ich besitze eine Macht, die dein Vorstellungsvermögen übersteigt. Ich kann Dinge vollbringen, die du für unmöglich hältst.«

»Du bist verrückt«, sagte Janet.
»Vielleicht werden dich ein paar einfache Kunststücke überzeugen.«
Wayne schrumpfte zusammen, bis er nur noch die Hälfte seiner früheren Größe besaß, und streckte sich dann, bis sein Kopf gegen die Decke stieß. Nachdem er wieder seine normale Gestalt angenommen hatte, schwebte er mit dem Kopf nach unten vor ihren Augen in der Luft. Er trennte seinen rechten Arm ab und ließ ihn wie einen Majorettenstab wirbeln, ehe er ihn wieder an seiner Schulter befestigte. Er veränderte sein Gesicht, daß seine Augen zwischen seinem Mund und seiner Nase lagen. Dann ließ er wieder sein normales Antlitz erscheinen, drehte sich und stand schließlich vor ihr auf dem Boden.
Mit weit aufgerissenen Augen und zitternder Unterlippe hatte Janet seine Darbietung verfolgt. Ihr Mund öffnete und schloß sich mehrmals, ohne daß ein Laut über ihre Lippen drang. Sie wich zur Wand zurück und drückte sich dagegen, als ob sie die Festigkeit des Mauerwerks benötigte, um sich der Wirklichkeit zu vergewissern.
»Es tut mir leid, wenn ich dich erschreckt habe«, sagte Wayne sanft, »aber Worte allein konnten dich nicht überzeugen. Ich mußte etwas unternehmen.«
»Das hast du, weiß Gott, getan«, antwortete Janet heiser.
»Darf ich dir die Situation erklären? Bist du bereit, einen kleinen Teil deines Unglaubens aufzugeben?«
»Du läßt mir kaum eine andere Wahl.« Ihre Stimme zitterte noch immer, aber ihr Gesichtsausdruck verriet, daß sie ihre Fassung zurückgewann.
Wayne ließ sich unbekümmert auf dem Altar nieder und bedeutete ihr, sich zu ihm zu setzen. Sie entschied sich jedoch, vor ihm auf dem Boden Platz zu nehmen. Seine Demonstration hatte sie zu tief beeindruckt, als daß sie ihm mit Unbefangenheit begegnen konnte.
Bedächtig erzählte er ihr seine Geschichte und versuchte, sie den Verhältnissen in diesem Universum anzupassen. Er sagte ihr, daß die bösen Zauberer von Rondel vernichtet worden

waren, während sich die guten Zauberer in ein Versteck zurückgezogen hatten. Janet gehörte zu den guten Zauberern, aber Rondel – unfähig, sie zu vernichten – hatte ihr alle Erinnerungen an ihr vergangenes Leben und an ihre Macht genommen. Der Prophet war inzwischen so verderbt wie die von ihm besiegten Zauberer, und Wayne versuchte – im Auftrag der guten Zauberer – die Bewohner der Stadt von der Herrschaft des verrückten Propheten zu befreien.
Sie war der Schlüssel, erklärte er ihr. Er brauchte ihre Hilfe. Sie mußte kämpfen und sich an ihr Leben vor ihrem Einzug in Urba und an die ihr zur Verfügung stehende Macht erinnern. Dann mußte sie sich ihm anschließen, um den Propheten zu besiegen – andernfalls waren alle Menschen in Urba verdammt.
Janet hörte ohne Unterbrechung zu. Aus ihrem Gesicht ging hervor, daß ein Ringen in ihrer Seele stattfand. Seine Geschichte klang wie ein Märchen, und es fiel ihr schwer, ihm zu glauben. Dennoch konnte sie schwerlich seinen soeben erbrachten Beweis ignorieren, die Demonstration bemerkenswerter Kräfte.
Als er endete, schwieg sie für eine Weile. Sie wich seinem Blick aus und starrte auf den Boden zu ihren Füßen. »Du behauptest, daß das Böse in Urba triumphieren wird, wenn ich dir nicht helfe, den Propheten und seinen Gott zu verraten.«
»Das ist möglich. Ich versuche, das Schlimmste zu verhüten, und ich bin bereit, allein zu kämpfen, aber deine Hilfe wäre für mich von unschätzbarem Wert. Sie könnte sogar der entscheidende Faktor sein.«
»Dennoch, alles, was ich weiß, alles, was ich erlebe, sagt mir, daß der Prophet recht hat und ich ihm gehorchen muß, wenn ich nicht auf ewig verdammt sein will.«
»Wieviel weißt du über dein Leben? Was ist die früheste Erinnerung, auf die du dich besinnen kannst?«
Janet zögerte. »Ich . . . ich war mit einigen anderen Leuten auf einem Feld, als die Stimme des Propheten erklang und uns aufforderte, nach Urba zu kommen, wenn wir gerettet werden wollten.«

»Aber du erinnerst dich nicht an deine Kindheit, nicht an dein Leben vor diesem Zeitpunkt?«

»Nein«, antwortete Janet leise.

»Woher willst du also wissen, daß ich nicht recht habe?«

»Ich . . . ich weiß es nicht. Aber wenn du unrecht hast, wenn der Prophet recht hat, dann würde mich der Verrat an ihm auf ewig in die Hölle verdammen.«

Ihre Weigerung, seinen Worten zu glauben, machte ihn rasend. Wayne mußte sich ins Gedächtnis rufen, daß sie sich vernünftig verhielt, wenn man ihr begrenztes Wissen berücksichtigte. »Also gut. Ich kann und will dich nicht zwingen, irgend etwas gegen deinen Willen zu tun. Ich bitte dich nur um zwei Dinge. Erstens: Versprich mir, daß du dem Propheten nichts von unserem Gespräch erzählst.«

Janet stand auf und wandte sich von ihm ab. »Er glaubt, ich habe dich erschaffen. Er wird mir auch in Zukunft die Schuld an den Dingen geben, die du tust. Wie kannst du mich darum bitten, die Strafen, die dir gelten, auf mich zu nehmen?«

»Glaube mir, Janet, ich würde es nicht tun, wenn es einen anderen Weg gäbe. Hier leben siebzigtausend Menschen. Um ihretwillen und nicht um meinetwillen muß dieses Gespräch geheim bleiben.«

»In Ordnung«, sagte sie. Ihre Stimme war kaum hörbar.

»Zweitens: Ich möchte, daß du über das nachdenkst, was ich dir gesagt habe. Ich bitte dich nicht, alles sofort zu glauben – es genügt, wenn du es nicht verwirfst. Denk nach und versuche, dich an dein Leben vor dem Einzug in Urba zu erinnern. Je besser du dich erinnerst, desto schneller wirst du erkennen, daß ich recht habe.«

Janet nickte nur, ohne ein Wort zu sagen.

»Danke«, murmelte Wayne. »Ich werde dich jetzt allein lassen.«

»Warte einen Moment.« Sie drehte sich wieder zu ihm um. »Wenn ich eine Zauberin bin, wie du behauptest, dann müßte ich doch die gleichen Kunststücke wie du beherrschen, richtig?«

»Das müßtest du – aber bevor du nicht deine Erinnerung

zurückgewonnen hast, wird es dir meiner Meinung nach nicht gelingen.«
Sie schloß fest die Augen und konzentrierte sich, aber als sie die Augen wieder öffnete, hatte sich im Raum nichts verändert. »Ist irgend etwas geschehen?« fragte sie.
»Ich habe nichts bemerkt. Was hast du versucht?«
»Ich ... ich wollte bis hinauf zur Decke wachsen.«
Wayne schüttelte den Kopf. »Du mußt zuerst deine Erinnerung zurückgewinnen, dann wirst du auch die Techniken beherrschen. Es tut mir leid, aber gebe die Hoffnung nicht auf. Übe weiter, versuche, dich zu erinnern. Aber jetzt muß ich gehen. Wenn ich fort bin, wird sich die Tür ohne Mühe öffnen lassen.«
Wayne verschwand aus dem Raum. Er war ärgerlich über sich selbst, weil es ihm nicht gelungen war, sie zu überzeugen, und er befürchtete, daß sie ihn trotz ihres Versprechens an Rondel verraten würde, wenn er genug Druck auf sie ausübte. Dennoch war er froh, das Risiko eingegangen zu sein. Vielleicht hatte er etwas gesät, das trotzdem gedeihen würde. Selbst eine widerwillige Verbündete wie Janet würde eine Hilfe sein, wenn es zum großen Endkampf kam.

14

Als er in den Schlupfwinkel der Häretikerinnen zurückkehrte, fand er sie in einem Freudentaumel vor. Das von ihm während der Ermahnung angerichtete Chaos hatte es ihnen ermöglicht, fast hundert Frauen aus der Sklaverei des Tempels zu befreien, bevor die Wächter eingreifen und den Rest ins Innere zurücktreiben konnten. Obwohl einige der geretteten Frauen zu verängstigt waren, um sich an der Revolution gegen das Regime des Propheten zu beteiligen, waren die meisten sofort bereit, gegen ihre Unterdrücker zu kämpfen. Wie zuvor war es die schwierigste Aufgabe, sie davon zu überzeugen, daß der wahre Feind Rondel war und nicht die normalen Männer, die er zu ihren Ausschweifungen ermutigt hatte.

Wayne mußte sich mit der Tatsache abfinden, daß die betroffenen Frauen zumindest für die Dauer des Traums nur wenig für Männer übrig hatten. Seine Hauptsorge war, daß sich diese Abneigung auch später im wirklichen Leben bemerkbar machen würde.

Er verteilte an alle kampfbereiten Frauen kleine Apparate, die wie TV-Fernsteuerungselemente aussahen. Jedes Kästchen war mit einem roten Knopf versehen. Die Frauen sollten sich in der Stadt verteilen, gegen Rondels Herrschaft predigen und insbesondere darauf hinweisen, daß es viele verschiedene Religionen gab und daß die Menschen das Recht hatten, unter ihnen zu wählen. Außerdem sollten sie die Gleichheit von Mann und Frau predigen, die Beendigung der Folterungen im Tempel verlangen und in Waynes Auftrag verbreiten, daß der Hüter jeden zur Rechenschaft ziehen werde, der eine Frau gegen ihren Willen mißbrauchte, gleichgültig, ob der Prophet nun dazu aufrief oder nicht.

Wenn eine der Frauen Schwierigkeiten bekam – was unvermeidbar war, predigten sie doch direkt gegen die Glaubenssätze des Propheten – und von den Engeln oder den Soldaten angegriffen wurde, brauchte sie nur den Knopf ihrer Fernsteuerung zu drücken, und ihr würde nichts geschehen. Obwohl sie anfänglich mit wenig Begeisterung auf dieses Versprechen reagiert hatten, war ihnen die Macht des Hüters inzwischen oft genug demonstriert worden, so daß sie den Apparaten vertrauten. Das Gerücht, das er einer der alten Zauberer war, half dabei. Es war allgemein bekannt, daß die Zauberer über mystische Kräfte verfügt hatten, und diese geheimnisvollen Kästchen waren nur ein weiteres Wunder, das sie ohne Mühe akzeptieren konnten.

In kurzer Zeit hatten sich die Häretikerinnen in der ganzen Heiligen Stadt verteilt und predigten jedem Mann, der zuhören wollte – und manchmal auch denen, die sich weigerten – das Evangelium der Freiheit. Sie hatten keine Wunder anzubieten, diese Straßenpredigerinnen – aber allein die Tatsache, daß sie so offen das Wort gegen den Propheten ergriffen, ohne sich vor seinem Zorn oder dem Zorn Gottes zu fürchten, war

ein Wunder an sich. Die Menschen waren schon immer von allem Abseitigen fasziniert gewesen, und da es außer Beten auf den Straßen der Heiligen Stadt wenig zu tun gab, blieben viele Männer stehen und hörten zu.
Zunächst bildeten Rondels Streitkräfte eine Gefahr. Die Häretikerinnen konnten nur kurze Zeit sprechen, ehe sich die Engel auf sie stürzten. In dem Moment, wo sie den Knopf an ihren Rufgeräten drückten, war Wayne unsichtbar zur Stelle und schützte die Frauen vor den Angreifern. Manchmal ließ er den Engel in einem unschädlichen Funkenregen explodieren, manchmal verwandelte er den Engel in eine harmlose Gummipuppe, so daß er zu Boden fiel und dort als lächerliches Häuflein liegen blieb, und manchmal umgab er das Opfer einfach mit einem unsichtbaren, undurchdringlichen Feld, und der Engel prallte von der luftigen Barriere ab, wie eine Fliege, die gegen eine Fensterscheibe stieß. Die Ehrfurcht der Menschen vor diesen himmlischen Botschaftern schwand allmählich, bis sie nur noch Witzfiguren waren, und niemand konnte mehr einen Engel ansehen, ohne insgeheim zu lächeln.
Rondels Wächtern erging es nicht viel besser. Als die Angriffe der Engel auf die Häretikerinnen fehlschlugen, wurden die Wächter eingesetzt. Aber wann immer sie eine der Frauen ergreifen wollten, plagte sie ein unerträglicher Juckreiz. Wenn sie versuchten, auf eine Rebellin zu feuern, mußten sie feststellen, daß sich ihre Betäubungsgewehre in Wasserpistolen verwandelt hatten, die ihre Opfer mit mild duftendem Kölnisch Wasser bespritzten. Manchmal, nur zur Erheiterung, trennte Wayne die Nähte ihrer silbernen Uniformen auf, so daß sie vor aller Augen nackt dastanden. Und jeder Streich wurde durch das Auftauchen der doppelten Wellenlinie des Hüters gekrönt, der so die Verantwortung für den Zwischenfall übernahm.
Sein Ziel war es nicht allein, Rondels Streitkräfte zu besiegen – obwohl ihm dies weiteren Zulauf bescheren würde, lieferte er der Gegenseite dadurch auch Märtyrer. Eine Niederlage, so wußte er, konnte zuweilen sogar ehrenvoller als ein Sieg sein.

Statt dessen war es seine Absicht, die Feinde zu demütigen, sie aller Göttlichkeit zu berauben und allein ihre Gegenwart zu einer Parodie ihrer einstigen Größe zu machen. Wenn Wayne die Öffentlichkeit dazu bringen konnte, über Rondels Streitkräfte zu lachen und seine Überzeugungen zu verspotten, war er auf dem besten Weg, sie für seine Sache zu gewinnen.
Zunächst erfüllten die Wächter ihre Pflicht trotz der eigenartigen Gefahren, denen sie sich nun ausgesetzt sahen. Aber die Häretikerinnen waren überall in der ganzen Stadt, und die Wächter konnten weder überall sein noch etwas gegen das Sperrfeuer aus Spott ausrichten, das ihnen entgegenschlug. Ihre Moral zerfiel, und viele der Soldaten desertierten. Nach einer Weile gab es nur noch so wenige von ihnen, daß die Häretikerinnen offen auf den Straßen predigen konnten, ohne auf den geringsten Widerstand zu stoßen.
Das Symbol der doppelten Wellenlinien, das Wayne erfunden hatte, begann überall aufzutauchen – selbst an Stellen, wo er und die Häretikerinnen niemals gewesen waren. Es verwirrte Wayne zunächst, bis er aufhörte, darüber nachzudenken. Diese Linien konnten mühelos und ohne Risiko nachgeahmt werden. Sie stellten ein perfektes Sicherheitsventil für alle normalen Menschen dar, die unter Rondels eisernem Gesetz litten, aber Angst hatten, offen gegen den Propheten vorzugehen. Das Einritzen der Linien war eine Möglichkeit, dem Regime eine lange Nase zu machen – und wenn der Betreffende verhört wurde, konnte er seine Schuld leugnen und sie dem Hüter in die Schuhe schieben. Ohne daß ihm das klar wurde, befriedigte Wayne ein Bedürfnis dieser Gesellschaft, indem er der Bevölkerung eine ungefährliche Möglichkeit verschaffte, ihrer Unzufriedenheit Luft zu machen.
Daß diese Linien von den Massen übernommen wurden, kam Waynes Plänen entgegen. Je öfter diese Linien auftauchten, desto stärker mußte der Eindruck entstehen, als sei der Hüter überall zugleich, und dadurch wurde er zu einer um so mächtigeren Gestalt. In nicht allzu langer Zeit, davon war Wayne überzeugt, würde er es mit Kilroy als mythischer Gestalt aufnehmen können.

Aber die wichtigste Aufgabe des Hüters war es, das abscheuliche Treiben im Tempel zu unterbinden. Sein Gespräch mit Janet war ein kalkuliertes Risiko gewesen, und er wagte es nicht, noch einmal so offen seine Macht in unmittelbarer Nähe von Rondels Nervenzentrum einzusetzen. Auf der anderen Seite mußte er diesen furchtbaren Dingen ein Ende bereiten, ehe sie die Seelen der darin verwickelten Menschen permanent schädigten. Glücklicherweise war er in der Lage, sich einige Kleinigkeiten auszudenken, deren Wirkung erheblich sein würde.

Rondels Foltermaschinen versagten von nun an, gleichgültig, wie oft sie repariert wurden. Wayne entwickelte ein Niespulver, das nur bei Männern wirkte, und verteilte es im ganzen Gebäude. Bald niesten selbst die frömmsten Männer zu heftig, um noch irgend jemanden schänden zu können. Als der Prophet Ventilatoren installierte, um das Pulver fortzublasen, ließ Wayne die Männer von Fliegenschwärmen plagen. Nachdem Rondel die Fliegen mit einer Pestizidwolke ausgerottet hatte, schickte Wayne den Männern einen Ausschlag, der sie sich fortlaufend kratzen ließ. In Kürze bekam der Tempel den Ruf eines Ortes, den man besser mied. Der Hüter behauptete nie, dafür verantwortlich zu sein, aber jedermann in der Stadt wußte, daß es sein Verdienst war. Das definitive Ende des Tempels als Folterkammer ließ die Häretikerinnen ihre Anstrengungen zur Unterstützung Waynes verdoppeln.

Rondels Herrschaft wurde durch Angriffe an tausend verschiedenen Fronten unterhöhlt. Sein Entschluß, dem Publikum freien Willen zu gewähren, schien sich gegen ihn gekehrt zu haben. Rondel konnte nicht überall zugleich sein, um jeden sofort zu bestrafen, und allmählich brach sein ganzes System zusammen. Je weniger Kontrolle er hatte, desto mehr Menschen waren bereit, aus ihrer neugewonnenen Freiheit Vorteile zu ziehen. Die Situation erreichte bald einen Punkt, an dem Wayne zu zweifeln begann, daß Rondel seine Gewaltherrschaft restaurieren konnte, selbst wenn er es wollte.

Das Seltsame war, daß Rondel kein Interesse daran zu haben schien. Der Hüter und die Häretikerinnen predigten laufend gegen die Überzeugungen des Propheten, und nichts geschah. Die Engel wurden systematisch vernichtet, und nichts geschah. Die Elitestreitmacht des Propheten, seine Wächter, wurde zunehmend durch Desertation geschwächt, und nichts geschah. Die Zahl der Männer im Tempel verringerte sich, bis die dort eingesperrten Frauen nichts anderes zu tun hatten, als herumzusitzen und miteinander zu reden, und nichts wurde dagegen unternommen. Rondel verdammte weder die zunehmende Gesetzlosigkeit, noch ermahnte er die Menschen, auf den Weg Gottes zurückzukehren. Er versuchte nicht einmal, die durch die Rebellen angerichteten Zerstörungen zu beseitigen oder seine Streitkräfte zu zwingen, gegen die Rebellen vorzugehen. Nach einigen wenigen halbherzigen Versuchen, den Tempel in Betrieb zu halten, trat er Wayne nicht einmal mehr dort entgegen.

Sein plötzlicher Rückzug beunruhigte Wayne außerordentlich. Rondel war der wahre Gott dieses Traums, es war seine Phantasie, die den Traum in all seiner Pracht stabilisierte – dennoch nahm er fast kampflos die Zerstörung hin. Seine Gegenmaßnahmen wie die Ventilatoren und das Pestizid im Tempel waren trivial im Vergleich zu dem, was in seiner Macht stand. Er hätte eine Armee von einer Million Muskelprotzen heraufbeschwören und sie durch Bataillone fliegender Engel verstärken können – und trotzdem war das, *was* er unternahm, wie die Behandlung einer Schlagaderverletzung mit Heftpflaster. Seine Schöpfung verblutete langsam, und er nahm es anscheinend tatenlos hin.

Wayne sann lange über die Bedeutung dieses Phänomens nach. Ernie White hatte gesagt, daß er Rondels Verstärkerleistung verringern und gleichzeitig Waynes soweit wie möglich erhöhen würde. Hinzu kam die Tatsache, daß Rondel seine eigene Energie mit ungeheurer Geschwindigkeit verbrauchte, um dieses Universum gegen den gemeinsamen Willen von siebzigtausend Menschen zu stabilisieren. Die Anstrengung mußte ihren Tribut fordern. Vielleicht war Rondel bereits so geschwächt, daß er nur noch die Fassade aufrechterhalten konnte. Vielleicht konnte er keinen wirkungsvollen

Schlag mehr durchführen, weil ihm einfach die Kraft dazu fehlte. Vielleicht bot sich Wayne die Gelegenheit, gefahrlos den Traum zu übernehmen und zu einem glücklichen Ende zu führen, und die Zuschauer würden friedlich zu Hause in ihren Betten erwachen.
Aber noch zögerte Wayne. Es bestand ebenfalls die Möglichkeit, daß es sich um eine List handelte, um einen Versuch Rondels, ihn zu einem unvorsichtigen Schritt zu veranlassen. Wayne wußte, daß der eigentliche Kampf erst begann, wenn er nach der Kontrolle über den Traum griff. Und er hatte zuviel Respekt vor dem anderen Mann, um leichtfertig zu handeln. Rondel hatte sich seinen Starruhm ehrlich erworben – selbst in geschwächtem Zustand würde er ein schrecklicher Gegner sein.
Wayne hatte noch nie zuvor um die Kontrolle über einen Traum gekämpft: Es war eine beispiellose Situation. Er wußte nicht, was ihn erwartete, aber ihm war klar, daß Rondel ihm gegenüber einen Vorteil besaß. Wayne war für die Sicherheit und das Wohlergehen von siebzigtausend Menschen verantwortlich, während es Rondel nur um seine verdrehten Ziele ging. Es gab einfach zu viele Faktoren. Wie konnte er da so kühn sein, die Gewinnchancen bestimmen zu wollen?
Wayne wartete. Er setzte seine Guerillataktik fort, in der Hoffnung, Rondel so zu erschöpfen, daß sie einander bei der bevorstehenden entscheidenden Konfrontation so ebenbürtig wie möglich waren.

Die Katastrophe brach übergangslos über sie herein. In dem einen Moment hielt Wayne einer Gruppe von etwa zweihundert Männern einen Vortrag über die Prinzipien der Religionsfreiheit, im nächsten war die Hölle los. Der Boden wurde von den Stößen eines schweren Erdbebens erschüttert, und breite Risse spalteten die Straßen. Gebäude barsten und stürzten ein. Flammen leckten aus den Bodenspalten, entzündeten die Trümmer und setzten die Welt in Brand. Ein Hurrikan tobte durch die Stadt, heulte mit der Verzweiflung von einer Million verlorener Seelen und ließ die Flammen zu einer Feu-

ersbrunst anschwellen. Gleichzeitig übertönten laute Trompeten sogar das Heulen des Sturms und schienen mit ihren Fanfarenstößen den Weltuntergang einzuleiten. Der durchdringende Gestank von Schwefel wirbelte in großen gelben Wolken auf und hüllte die zerstörte Stadt ein.
Die Leute gerieten in Panik, rannten ziellos in alle Richtungen davon und schrien aus Leibeskräften, obwohl es unmöglich war, über den Lärm des Windes und der Trompeten hinweg Gehör zu finden. Sie rannten, auch wenn es nirgendwo Sicherheit gab – wohin sie sich auch wandten, trafen sie auf eingestürzte Gebäude, Feuer oder Erdspalten. Der Hüter und sein Versprechen der Freiheit waren binnen eines Augenblicks vergessen. Dies war die Apokalypse, vor der der Prophet sie gewarnt hatte, und nun würde ihre Reue zu spät kommen.
Wayne war aus dem Gleichgewicht gebracht, und es dauerte einige Augenblicke, bis er sich wieder beruhigt hatte und Zeit fand, gegen das Inferno vorzugehen. Mit purer Willenskraft brachte er das Erdbeben zum Stillstand, löschte die Feuer und richtete die eingestürzten Gebäude wieder auf. Er kämpfte gegen den Wind, konnte aber nichts gegen ihn ausrichten – er pfiff mit all dem Zorn und der Wut von Rondels gequälter Seele durch die Stadt. Langsam, mühevoll errichtete Wayne eine Reihe von Schutzmauern, um den Wind in Schach zu halten, und schob sie nach und nach in Richtung Stadtmitte vor – wo der Tempel stand, in dem Rondel auf ihn wartete.
Dies war eine Herausforderung, wie sie nur ein Träumer verstehen konnte. Rondel wollte damit sagen: »Ich weiß, daß du da bist. Komm und hol mich. Halt mich auf, wenn du kannst, oder ich werde alles vernichten.« Die Schlacht konnte nicht länger hinausgezögert werden. Jetzt würden sie ihre Kräfte messen, um festzustellen, welcher Träumer einen stärkeren Willen besaß.
Subtile Methoden boten nun keine Vorteile mehr. Wayne wuchs auf seinem Marsch durch die Stadt zu einem zehn Stockwerke großen Riesen, einem Koloß, der auf dem Weg nach Armageddon war. Er kümmerte sich nicht um die Zuschauer, die wie Insekten um seine Füße wimmelten – jetzt,

wo er in die Schlacht zog, waren sie ihm nur hinderlich. Er würde für sie kämpfen, aber er konnte ihnen im Moment keine Aufmerksamkeit schenken.

Wayne erreichte den Tempel, der jetzt von einer hohen Mauer umgeben war. Er wußte, daß die meisten Frauen aus dem Publikum noch immer dort gefangen waren, und er mußte sie aus Rondels Klauen befreien, bevor er handeln konnte. Er griff nach der Mauer, um sie niederzureißen, und eine unsichtbare Kraft stieß seine Hand zurück. Er warf sich dagegen, und der Widerstand nahm zu. Rondel kannte den Wert seiner Geiseln, und er wollte, daß Wayne um sie kämpfte.

Wayne gab es auf, die Traumwelt stabilisieren zu wollen, und führte einen mentalen Schlag gegen den Tempel. Die Barriere barst unter seinem gewaltigen Hieb, und er hob rasch das Gebäude in die Höhe und setzte es behutsam außerhalb der von Rondel errichteten Mauer wieder ab. Aber dabei büßte er sein geistiges Gleichgewicht ein, und Rondel machte sich das sofort zunutze. Plötzlich wurde Wayne aus dem Universum geschleudert und befand sich in einem grauen Raum, wo nur er allein existierte.

»Wir treffen uns wieder.« Es war nicht wirklich eine Stimme, sondern ein Gefühl, das das Grau durchdrang. »Jetzt werden wir feststellen, wer du wirklich bist.«

Wayne wurde mental angegriffen. Wo er sich auch hinwandte, wurde er mit grellen Bildern bombardiert, die ihn verwirrten, ablenkten, seine Konzentration störten. Er versuchte zu kämpfen, einen Schutz um sich zu errichten oder zumindest in die Welt der Heiligen Stadt zurückzukehren. Aber Rondels Wille war zu stark, zu übermächtig. In der grellen Helligkeit, die ihn umgab, fand er keine Möglichkeit, sich vor Rondels forschendem Intellekt zu verstecken.

»Corrigan.« Rondels Tonfall war überrascht und verächtlich zugleich. »Ich dachte, man hätte einen besseren Mann als dich zu mir geschickt.«

Die Worte verstärkten sein Gefühl der Minderwertigkeit, aber Wayne wehrte sich dagegen. *Laß dich davon nicht be-*

einflussen, sagte er sich. *Du bist jetzt so mächtig wie er. Er kann das nicht mehr lange durchhalten.*
Und noch während er dies dachte, verschwand das Grau um ihn, und er war wieder in der Welt der Zuschauer. Aber die Heilige Stadt existierte nicht mehr; nur der Tempel war übriggeblieben, und er erhob sich stolz inmitten einer riesigen, kahlen Ebene, die sich in alle Richtungen bis zum Horizont erstreckte. Alle Zuschauer, Männer und Frauen, siebzigtausend verwirrte und verängstigte Menschen, standen dicht aneinandergedrängt auf dem harten, staubigen Boden.
Zwischen der Menge und dem Tempel befand sich ein hohes Podest. Rondel hatte sich darauf aufgebaut, eine überlebensgroße Gestalt, die mit unversöhnlichem Haß auf die Menschenmasse zu seinen Füßen hinunterblickte. »Wehe euch, ihr Sünder«, rief er mit tiefer, düsterer Stimme seinem Publikum zu, und jedes Wort war wie ein Donnerschlag. »Der Jüngste Tag hat begonnen, und nun werdet ihr den Lohn für eure Missetaten erhalten. Hört die Worte Gottes, und fühlt Seinen göttlichen Zorn. Zittert und bebt, weil ihr Ihm eure Liebe nicht freiwillig gegeben habt.«
Wayne wuchs erneut und stellte sich in einiger Entfernung auf ein anderes Podest. »Ich bin der Hüter«, rief er. »Ich sage, hört nicht auf diesen falschen Propheten, diesen Händler des Hasses und der Verzweiflung. Hört auf euer Herz und auf euren Verstand. Hört auf die innere Stimme eurer Seele. Jeder von euch kennt Gott – in eurer Kindheit habt ihr von Ihm gehört. Erinnert euch an den Tag, an dem euch eure Eltern zum ersten Mal mit zum Gottesdienst genommen haben. Erinnert euch an die Worte, erinnert euch an die Lieder, erinnert euch an das Gefühl in eurem Herzen. Bewahrt diese Dinge. Laßt nicht zu, daß dieser falsche Prophet sie euch stiehlt.«
Aber Rondel schrie genauso laut: »Ihr alle seid verdorben, ihr alle verdient den Tod. Von allen Menschen verdient nur die Heilige Mutter die Gnade des ewigen Lebens. Ihr anderen werdet auf ewig in den Feuern der Hölle brennen. Ihr werdet die Qualen der immerwährenden Pein kennenlernen und den

Tag verfluchen, an dem ihr diesem Gotteslästerer zugehört habt.«

Während er sprach, ließ Rondel das Höllenfeuer durch die Menge rasen. Einige Menschen schrien, andere krümmten sich zusammen, die meisten fielen auf die Knie und beteten um Vergebung. Wayne hob seine Hand, und Regen fiel vom Himmel und ließ das Höllenfeuer zischend und dampfend verlöschen.

Aber die Hysterie, die die Menge erfaßt hatte, ließ sich nicht so leicht beenden. Er hatte versucht, an ihren rationalen Verstand zu appellieren, ihre Kindheitserinnerungen in ihnen wachzurufen, in der Hoffnung, daß sich die Menschen dann auch an ihr wirkliches Leben erinnerten. Aber ein Appell an die Erinnerung genügte nicht – nicht wenn Rondel sie mit Bildern bombardierte und sie am rationalen Denken hinderte.

Träume waren in erster Linie ein visuelles Medium. Wayne erkannte, daß er ebenfalls die Sprache der Bilder benutzen mußte, wenn er seine Botschaft vermitteln wollte. Aber welche Bilder konnten etwas gegen die apokalyptische Propaganda ausrichten, die Rondel von seinem Podest aus verbreitete?

»Der Prophet will euch weismachen, daß es nur eine Form der Wahrheit gibt«, wandte sich Wayne an die zitternde Menge. »Aber es gibt viele Wege zur Erlösung, und dieser falsche Prophet will euch auf einen Irrweg führen. Hört die Worte anderer Propheten über ihre Wege.«

Wayne hob die Hand, und weitere Podeste erschienen. Auf dem ersten stand eine große, würdevolle Inkarnation Jesus Christi in einem strahlend weißen Gewand, mit langem, wehendem Haar und Bart. Sein Gesichtsausdruck war freundlich, und seine Augen verrieten Liebe für die Menschen unter ihm. Er sprach mit sanfter, beruhigender Stimme, als ihm Wayne so viel von den Seligpreisungen und der Bergpredigt in den Mund legte, wie er sich erinnern konnte.

Auf dem Podest neben Jesus befand sich der Papst. Er trug all seine zeremoniellen Insignien und machte einen äußerst ehr-

würdigen Eindruck. Er bekreuzigte sich und begann dann eine Messe in Latein zu rezitieren – oder das, was Wayne von seinen Kirchenbesuchen in der Kindheit behalten hatte.
Neben dem Papst wiederum stand Moses auf einem eigenen Podest. Wayne erschuf ihn als eine Mischung aus Michelangelos Moses und Charlton Heston in De Milles *Die zehn Gebote*. Das Gesicht war von Sorge und Mitleid zerfurcht, und der lange weiße Bart verlieh seiner Erscheinung etwas Majestätisches. In seiner rechten Hand trug er die beiden Steintafeln, und mit der linken gestikulierte er, während er die Gebote rezitierte und dem Volk vom Land erzählte, in dem Milch und Honig floß.
Die Leute wurden still, als sie diese Gestalten erblickten, die alle auf einmal sprachen und Platitüden von sich gaben, mit denen die Zuschauer aufgewachsen waren. Auf einigen Gesichtern entdeckte Wayne Wiedererkennen, auf anderen Ehrfurcht. Seine Strategie funktionierte.
Auch Rondel bemerkte es. »Dies sind Täuschungen des Teufels, die euch vom Pfad der Rechtschaffenheit locken sollen. Sie werden vernichtet werden, so wie ihr vernichtet werdet!«
Er schleuderte einen Blitz auf die anderen Podeste. Der Hüter blieb an seinem Platz stehen und griff nicht direkt ein. Statt dessen ließ er die Jesus-Figur den Blitz abwehren. Jesus sah mit traurigen Augen zur wutentbrannten Gestalt Rondels hinüber und sagte: »Willst du mich wieder schlagen, Judas?«
Die Loyalität der Menge geriet ins Wanken. Einige näherten sich den von Wayne erschaffenen Podesten, um sich um die Kindheitssymbole ihres Glaubens zu scharen. Wayne entschied, das Spektrum noch mehr zu verbreitern.
Er hatte irgendwo gehört, daß der Islam verbot, ein Bildnis Mohammeds zu schaffen, aber dies war nicht der rechte Zeitpunkt für ideologischen Puritanismus. Er stellte den moslemischen Propheten als großen, bärtigen Mann in arabischer Tracht und mit Burnus dar. Da Wayne keine Zeile des Korans kannte, ließ er Mohammed einfach den Satz: »Es gibt keinen Gott außer Allah!« immer und immer wiederholen.
Neben Mohammed, auf einem anderen Podest, saß Buddha in

seiner Pose der völligen Gelassenheit. Buddha sagte nichts, aber eine Aura überwältigender Ruhe ging von ihm aus und übertrug sich auf die Menge.
Wayne suchte vergeblich nach einem Mittel, den Hinduismus zu repräsentieren, bis er sich an die Statue einer tanzenden, vielgliedrigen Gottheit erinnerte. Er bezweifelte, daß sie die Hauptkonzepte der indischen Religion verkörperte – aber er bezweifelte ebenfalls, daß sich viele Hindus unter dem Publikum befanden. Er ließ die Statue auf einem Podest neben Buddha zum Leben erwachen und auf jene eigentümliche asiatische Weise tanzen, die die Kreatur trotz ihres bizarren Aussehens überraschend verführerisch erscheinen ließ.
»Sie alle und noch mehr repräsentieren die Wege zur Wahrheit«, wandte sich Wayne an die Menge. »Ihr alle habt eure eigenen Abbilder, euren eigenen Glauben. Verleiht ihnen Leben, und laßt sie mich sehen. Zeigt eure Symbole der Wahrheit der ganzen Welt.«
Und zu seinem freudigen Erstaunen folgten die Menschen seinem Rat. Andere Podeste erschienen aus dem Nichts, Podeste, die weder von Wayne noch – und da war er sicher – von Rondel erschaffen worden waren. Dort hinten war Joseph Smith und nicht allzu weit davon entfernt eine schwarze Gestalt, die Wayne für Elijah Mohammed hielt. Hier predigte eine Frau – war es Mary Baker Eddy oder Aimée McPherson? Wayne wußte es nicht genau, und im Grunde kümmerte es ihn auch nicht. Wichtig war nicht, wer sie war, sondern daß sie überhaupt da war. Die Menschen unter ihm waren dafür verantwortlich. Sie erschufen ihre eigenen religiösen Symbole und wandten sich den Propheten zu, an die sie glaubten, um das Entsetzen zu bekämpfen, das sie angesichts Rondels Apokalypse verspürten.
Wayne fühlte, wie sich um ihn die Realität auflöste. Der Traum begann wie eine Kerze im Luftzug zu flackern. Und noch immer erschienen neue Podeste, auf denen die Heiligen standen: Martin Luther und sein Namensvetter Martin Luther King jr., die Jungfrau Maria, Fitzgerald Baker, Billy Graham, mehrere schwarze Prediger, die Wayne nicht kannte.

Eine Gestalt in einem tibetanischen Gewand konnte vielleicht der Dalai Lama sein, und da war sogar eine Frau, die Atheismus predigte. Wie Pilze schossen die Podeste aus dem Boden, als sich die Menschen in dieser Zeit der Krise ihrem eigenen Glauben zuwandten.

Als Wayne die Menge überblickte, froh, daß seine Initiative so reiche Früchte getragen hatte, bemerkte er verblüfft, daß einige Leute verschwanden. In dem einen Moment waren sie noch da, und im nächsten waren sie fort. Sein erster Verdacht war, daß Rondel eine neue Offensive gestartet hatte, aber dann erkannte er die Wahrheit: Diese Leute waren nicht mehr länger Teil des Traums. Die Rückbesinnung auf ihren Glauben hatte ihnen die Erinnerung an ihr wirkliches Leben zurückgegeben, und die Erkenntnis, daß dies hier nur ein Traum war, ließ sie erwachen. Sie entfernten sich vom Schlachtfeld und entzogen sich Rondels Kontrolle – was zumindest Wayne höchst willkommen war.

Auch Rondel bemerkte es, und seine Wut steigerte sich noch, als die Leute nicht nur einzeln, sondern in Gruppen zu zehn, zwölf oder gar zwanzig Personen aus dem Traum verschwanden. Er verlor seine Macht über sie. Wayne siegte. Das war eine Situation, die er nicht ertragen konnte.

Der Meisterträumer schlug mit einem mentalen Energieausbruch zu, der stärker war, als Wayne erwartet hatte. Die Attacke erfolgte wortlos, eine stumme Raserei, die Wayne unvorbereitet traf. Plötzlich drohte er im kochenden Meer von Rondels Haß zu ertrinken.

»Vin! Vinnie!« Eine scharfe weibliche Stimme, vage vertraut, zerschnitt die Luft. Die Zorneswellen brandeten bei ihrem Klang abrupt ab, nur um durch ebenso heftige Wogen der Überraschung ersetzt zu werden. Rondel und Wayne sahen sich nach der Sprecherin um.

Über ihren Köpfen schwebte ein Bett mit einem Baldachin aus zerschlissenem Spitzentuch. Auf dem Bett, unförmig, weißhaarig, mit aufgedunsenem, geschminktem Gesicht, lag Mrs. Rondel. Sie beugte sich über die Bettkante, sah Rondel direkt in die Augen und drohte ihm mit einem ihrer dicken Finger.

»Du bist böse gewesen, Vinnie. Weißt du nicht mehr, daß ich dir gesagt habe, du sollst keinem Menschen etwas zuleide tun? Du hast gesündigt, Vinnie, schwer gesündigt. Erinnerst du dich noch, wie mich deine abscheuliche Katze gekratzt hat? Weißt du noch, was ich mit ihr gemacht habe?«

Rondels Unterlippe bebte. »Du hast sie die Toilette hinuntergespült«, antwortete er so leise, daß Wayne ihn kaum verstehen konnte.

»Willst du, daß ich das auch mit dir mache? Willst du, daß ich den bösen Vinnie nehme und ihn die Toilette hinunterspüle?«

Wayne war vom Anblick dieser Erscheinung fast so gelähmt wie Rondel. Er hatte dieses Abbild nicht erschaffen, und er wußte, daß Rondel es ebenfalls nicht getan hatte. Wer sonst war so gut mit der Situation – und mit Rondels Psychologie – vertraut, daß er eine derartige Imitation materialisieren konnte?

Die Antwort lag auf der Hand, kaum daß er die Frage zu Ende gedacht hatte. Janet! Sie mußte sich Waynes Worte zu Herzen genommen haben, und während dieser entscheidenden Konfrontation war ihre Erinnerung zurückgekehrt. Sie kannte Rondel – und seine Mutter – weit besser als Wayne. Sie kannte die schwachen Punkte des Mannes, seine Ängste und seine Enttäuschungen. Nur mit einer Heimkappe ausgerüstet, verfügte Janet nicht über genug Macht, um allein große Veränderungen in diesem Universum zu erzeugen – aber sie war stark genug, um diese Illusion zu erschaffen.

Ihr Trugbild war für Rondel offensichtlich zuviel. Der Mann zitterte – und, wichtiger noch, das Universum um ihn schien sich aufzulösen. Der Himmel zersplitterte in tausend Spiegelscherben. Der Horizont kroch immer näher, als er ihn nicht mehr auf Distanz halten konnte. Der Boden unter ihren Füßen rieselte ins Nichts. Wayne war bereit, einzugreifen und den Traum zu stabilisieren, um zu verhindern, daß der Rest der Zuschauer ins Leere stürzte.

Die Leute verschwanden jetzt in großen Gruppen. Die Podeste hatten sich rasend schnell vermehrt, und mindestens hundert

Propheten, Messiasse und Heilige predigten gleichzeitig der wartenden Menge. Fünfzig oder hundert Leute verschwanden zuweilen auf einen Schlag, erwachten aus diesem Alptraum und fanden sich in der Geborgenheit ihrer Betten wieder. Wayne wollte nicht an die Klagen denken, die morgen gegen Dramatische Träume erhoben werden würden – er war einfach dankbar, daß es so vielen Leuten gelang, sich in Sicherheit zu bringen.
»NEIN!« Rondels Schrei hallte im zusammenschrumpfenden Universum wider. »Sie ist tot! Du lügst! Es ist alles eine Lüge!«
Während er schrie, schleuderte er einen Blitz aus mentaler Energie nach dem Abbild seiner Mutter. Janet, unfähig, sich gegen diesen gewalttätigen Angriff zu verteidigen, zerfiel zu Staub. Aber Rondel wartete nicht einmal das Ergebnis seiner Attacke ab, sondern fuhr herum und floh vom Ort seiner Niederlage. Er rannte in den Tempel, und die Türen schlossen sich hinter ihm.
Wayne beachtete ihn nicht; Janet galt jetzt seine Hauptsorge. Augenblicklich war er an der Stelle, wo er sie zuletzt gesehen hatte, und durchsiebte mit seinem Bewußtsein das seltsame Gefüge der Pseudorealität. »Janet? Ist mit dir alles in Ordnung? Wo bist du?«
»Wayne?« Der Gedanke war schwach, aber er war da.
»Ich bin hier.« Wayne ließ einen Teil seiner eigenen Energie in dieses Gebiet strömen und hoffte, so Janets Kräfte zu regenerieren. Seine Bemühungen zeigten die gewünschte Wirkung. Nach kurzer Zeit materialisierte sie wieder – diesmal als sie selbst, nicht als Mrs. Rondel. Sie war ihm noch nie so schön erschienen.
Sie betrachtete sein Gesicht, als hätte sie ihn noch nie zuvor gesehen. »Wayne. Du *bist* es. Als ich mich wieder erinnern konnte und begriff, daß dies ein Traum war, da ahnte ich, daß der Hüter einer der anderen Träumer sein mußte – aber bis jetzt wußte ich nicht, wer es war. Doch irgendwie ... Ich habe *gehofft*, daß du es sein würdest. Glaubst du mir das?«
»Ich fürchte, ich bin mir nicht sicher, aber ich würde es lie-

bend gern.« Er sah tiefer in ihre Augen und dann, aus einem Impuls heraus, beugte er sich nach vorn und küßte sie. Es war eine Geste, die nichts bedeutete: Schließlich war dies nur ein Traum und nicht die Wirklichkeit. Aber es bedeutete auch viel mehr als nichts. Janet küßte ihn so leidenschaftlich, als ob dies das wirkliche Leben wäre. Als sie sich schließlich wieder voneinander trennten, sah sie ihn mit einem fast schüchternen Lächeln an.
»Es ist nur ein Traum, nicht wahr?« sagte sie bescheiden. »In einem Traum ist alles möglich.«
Seine Hoffnung schwand. Bedeutete dies, daß es ihr nicht ernst war, daß sie noch immer nicht bereit war, ihn in der realen Welt zu beachten? Aber bevor er Zeit fand, darüber nachzudenken, fragte sie: »Was ist geschehen? Warum hat Vince all das getan?«
»Er erfuhr während der ersten Pause, daß seine Mutter gestorben ist.«
»O mein Gott!«
»Ja. Er verlor den Verstand, und das ist das Ergebnis.«
Wayne sah sich um. Nur noch wenige Leute waren übrig, ein paar Nachzügler, die zu schwerfällig waren, um die Wahrheit zu erkennen – oder vielleicht schliefen sie auch nur tief und fest. Die meisten Podeste waren inzwischen verschwunden. Wenn der letzte Gläubige eines bestimmten Propheten in die Realität zurückkehrte und niemand mehr da war, um seine Existenz im Traum zu sichern, löste er sich ebenfalls auf.
»Ich glaube, wir haben sie doch noch gerettet«, sagte Wayne erschöpft. »Die meisten Leute sind fort, und der Rest scheint ihnen nach und nach zu folgen.«
Aber Janets Gesichtsausdruck verriet noch immer Entsetzen. »Ich wußte es nicht«, murmelte sie. »Ich wußte nicht, daß sie tot ist. Hätte ich das gewußt, hätte ich mir etwas anderes ausgedacht, ein anderes Bild gewählt. Was ist mit ihm passiert? Wo ist Vince?«
»Er ist in den Tempel gelaufen. Er weiß, daß er geschlagen ist – ich glaube nicht, daß er wieder herauskommen wird.

Wir sind so gut wie fertig. Ich bleibe hier, bis auch der letzte verschwunden ist . . .«

»Wir sind noch *nicht* fertig«, beharrte Janet. »Mit der Rettung des Publikums haben wir unsere Aufgabe nur zur Hälfte erfüllt. Wir müssen auch Vince herausholen.«

Wayne starrte sie ungläubig an. »Es ist kein Problem, Vince herauszuholen«, erwiderte er. »Ernie braucht seiner Kappe nur den Strom abzuschalten.«

»Du verstehst nicht«, sagte Janet kopfschüttelnd. »Das wird Vince nur vom Sender abschneiden. Sein Problem ist weitaus ernster. Ich wußte nicht, daß seine Mutter gestorben ist – ich wollte nur ein starkes Bild benutzen, und es hat sich als zu stark erwiesen. Ich habe ihn zu weit getrieben. Indem er Zuflucht im Tempel gesucht hat, hat er sich in sich selbst zurückgezogen. Der Tempel ist das Zentrum seiner Persönlichkeit. Wenn wir ihn hier sich selbst überlassen und den Traum abschalten, wird er als Katatoniker enden.«

»Darauf pfeife ich. Er hat das Leben von siebzigtausend Menschen in Gefahr gebracht. Und nicht nur das, denn dieser Bursche namens Forsch wird wahrscheinlich aus diesem Grund den Sender zumachen, und wir verlieren unsere Stellung. Ich bin müde, und ich bin wütend, und offen gesagt, es ist mir egal, ob Vince in Zukunft das Leben einer Pflanze führen wird. Er verdient es.«

»Niemand verdient *das*, vor allem nicht jemand mit Vinces Verstand. Trotz all seiner Fehler – und ich kenne sie besser als du – war er ein Träumer, ein Mann, der Universen erschuf, die größer als er selbst waren. Ich kann nicht zusehen, wie ein derartiger Geist auf diese Weise endet. Wie würde es dir gefallen, wenn dein Bewußtsein eingesperrt wäre und du nicht mehr träumen könntest?«

»Darum geht es nicht«, verteidigte sich Wayne. »Ich habe nicht den Verstand verloren und versucht, siebzigtausend Menschen umzubringen. Ich schulde ihm nichts.«

Janet starrte ihn lange Zeit an. »Du hast recht«, sagte sie schließlich. »Du hast bereits deine Schlacht geschlagen und sie gewonnen. Was immer auch geschieht, ich glaube, daß die

heutige Nacht ein Meilenstein in der Geschichte des Träumens war, und du wirst für das, was du getan hast, berühmt werden.
Aber ich kann Vince nicht so zurücklassen. Vielleicht habe ich ihm den entscheidenden Stoß versetzt, indem ich seine Mutter heraufbeschworen habe. Vielleicht fühle ich mich noch schuldig, weil ich es war, der unser Verhältnis beendet hat. Ich habe ihn verlassen. Ich habe Schluß gemacht. Vielleicht bin ich in gewisser Hinsicht für seinen Zusammenbruch verantwortlich. Aber ich muß zumindest versuchen, ihm zu helfen.«
»Was ist, wenn er deine Hilfe nicht annehmen will?«
»Ich glaube nicht, daß er in diesem Zustand weiß, *was* er will.«
»Er wird um jeden Meter Boden kämpfen«, erklärte Wayne. »Du hast nur einen Empfänger – du bist ihm nicht gewachsen. Er wird dich umbringen, wenn du dort hineingehst.«
»Du kannst mich begleiten, wenn du willst, und mich mit deiner Kraft beschützen. Es liegt an dir. Aber ich gehe hinein, Wayne. Ich muß es einfach tun.«
Wayne sah sich unentschlossen um. Außer ihm und Janet befanden sich nur noch ein halbes Dutzend Leute in diesem Traum – und während er sie betrachtete, lösten auch sie sich in nichts auf. Er war jetzt mit Janet allein auf der kahlen Ebene vor dem Tempel, in dem Rondel verschwunden war. Nicht einmal ein lauer Luftzug kräuselte den Staub, der den Boden bedeckte.
Es war nicht fair, dachte er. Alles war bis jetzt so gut gelaufen. Er hatte gesiegt, er hatte die Zuschauer vor dem Schicksal bewahrt, das Rondel ihnen zugedacht hatte. Es war sein gutes Recht, jetzt aufzuwachen und nach Hause zu fahren, und morgen konnte er sich noch immer Sorgen wegen der Reaktion der BKK machen. Er war müde, und seine Arbeit war beendet.
Aber Janet brauchte ihn. Aus persönlichen Gründen – Schuld, Loyalität oder vielleicht das letzte Aufflackern einer erloschenen Liebe – mußte sie einen Versuch wagen, Rondel zu hel-

fen. Beide wußten, daß sie es allein nicht schaffen konnte, aber sie war bereit, es zu versuchen, auch wenn Wayne ihr nicht half. Doch er liebte sie. Wie konnte er sie allein lassen, wenn sie einer derartigen Herausforderung gegenüberstand?
Janet sah ihn an. Als er weiter schwieg, von Unentschlossenheit gelähmt, wandte sie sich schließlich ab und flog dem Eingang des Tempels entgegen.
»Janet, warte!« rief er ihr nach, aber es war zu spät – sie war bereits im Innern verschwunden.
Endlich rang sich Wayne zu einem Entschluß durch und flog ihr nach. Am Tempeleingang verharrte er und sah hinein. Dort war nichts als Dunkelheit. Er erinnerte sich an den schrecklichen Zwischenfall bei seinem letzten Versuch, in Rondels Allerheiligstes einzudringen, und er fröstelte. Er wollte das nicht noch einmal erleben. Aber offenbar blieb ihm keine andere Wahl.
Von düsteren Vorahnungen erfüllt, betrat Wayne den Tempel.

15

Er befand sich in absoluter Finsternis, in der mutterschoßähnlichen Abwesenheit jeglicher Sinneswahrnehmungen. Ebensogut hätte er sich in einem Tank zur Erzeugung sensorischer Deprivation befinden können. Er konnte nichts sehen, nichts hören, nichts schmecken oder riechen. Er fragte sich müßig, ob man sich so fühlte, wenn man im Koma lag.
»Vince? Janet?« rief er. Die Stille wurde von seiner Stimme nicht durchbrochen; statt dessen absorbierte sie die Laute. Er erhielt keine Antwort. Da ihm nichts Besseres einfiel, begann Wayne zu gehen – obwohl es keinen Boden unter seinen Füßen gab und keine Richtung, in die er sich wenden konnte.
Dann wich die Finsternis plötzlich der Helligkeit eines Kindertages. Er war in einem Vergnügungspark. Es gab Karussells

und Achterbahnen, Clowns, die riesige Ballons verkauften, und Verkaufsstände für Erdnüsse und Zuckerwatte. Aber er war von Gittern umgeben. Er befand sich in einem Käfig, der ihm den Zugang zu all den Herrlichkeiten versperrte. Er zwängte sich durch die Gitterstäbe, versuchte, dieses Hindernis zu überwinden, als ihn unvermittelt eine riesige Hand ergriff und in die Höhe hob. Er blickte in das ungeheure Gesicht der jungen Mrs. Rondel. »Es ist unanständig«, sagte sie mit einer grollenden Stimme, die in seinen Ohren hallte. »Es ist sündhaft. Du darfst den Versuchungen Satans nicht nachgeben.«

Dann öffnete sie weit ihren Mund und schob Wayne hinein, verschluckte ihn mit Haut und Haar. Wieder umgab ihn Finsternis. Wayne ging weiter, bis es hell wurde. Dieses Mal befand er sich in einem Dschungel mit üppiger Vegetation, die sich lückenlos um ihn geschlossen hatte. Die Luft war heiß und drückend, so feucht, daß sie das Atmen erschwerte. Als er sich umsah, erkannte er, daß nur seine unmittelbare Umgebung – der Kamm eines Hügels – vom Dschungel überwuchert war. Zu allen Seiten fiel der Boden steil ab und öffnete sich zu klaffenden Gruben. In den Gruben befanden sich Frauen. Wayne identifizierte einige von ihnen als Filmstars und Fotomodelle. Es gab noch andere, die ihm völlig fremd waren, obwohl Rondel sie zweifellos kannte. Einige der Frauen waren verführerisch gekleidet, andere waren splitternackt.

Die Frauen stöhnten vor Leidenschaft, und ihre Leiber wiegten sich lüstern in einem imaginären Wind. Sie streckten ihm die Arme entgegen und boten ihm ihre unübersehbaren Reize an. Ihr Gestöhn wurde lauter, bis es fast ein Gesang war. Er machte einen Schritt nach unten, als plötzlich der Dschungel zum Leben erwachte. Die langen, dünnen Ranken wuchsen ungeheuer schnell und schlangen sich um seine Beine, seine Oberschenkel, seine Lenden und seinen Unterleib. Die Ranken drückten seine Hoden zusammen, und die ganze Zeit über ging der intensive Geruch billigen Veilchenparfüms von ihnen aus.

Er befreite sich aus der Umklammerung der Ranken und stürmte durch den Dschungel, brach durch das Pflanzengewirr, das ständig nach ihm griff. Er watete durch schleimigen Morast, ohne sich davon aufhalten zu lassen. Schließlich gab der Dschungel auf und ließ ihn ziehen.

Er erreichte einen dunklen Tunnel und ging hinein. Bilder umflackerten ihn wie surrealistische Dias. Die Bilder mochten für Rondel eine Bedeutung besitzen, aber für Wayne stellten sie nur unbekannte Menschen und Objekte dar. Ein Mann, bei dem es sich vielleicht um Rondels Vater handelte, tauchte gelegentlich auf, gefolgt von anderen Gestalten, vermutlich Verwandte, Lehrer, Freunde. Da waren Lieblingsspielzeuge, Haustiere, bruchstückhafte Erinnerungen an verschiedene Umgebungen, eine Sandburg am Meer. Da waren Bücher und Szenen aus Filmen und Fernsehshows, wahllos vermischt mit Bildern von Gottesdiensten und religiösen Festen. Wayne marschierte unbeirrt weiter, entschlossen, diese oberflächlichen Erinnerungen hinter sich zu bringen.

Dann hatte er den Tunnel durchquert und gelangte in das Schlafzimmer einer Frau. Als er stehenblieb, betrat Janet das Zimmer. Sie war nackt. Vor Verwirrung überschlugen sich Waynes Gedanken, und er wollte sie schon ansprechen, als ihm bewußt wurde, daß dies nicht die echte Janet, sondern lediglich eine Erinnerung Rondels war. Dennoch war es furchterregend realistisch, als Janet auf ihn zukam, ihre Arme um ihn legte und ihren nackten Körper fest an ihn preßte. Dies kam seinen eigenen Phantasien zu nahe, als daß Wayne mit Gelassenheit reagieren konnte.

»Halte dich von dieser Hure fern!« ertönte Mrs. Rondels Stimme. »Sie wird dich hinunter in die Hölle ziehen. Sie ist nicht gut genug für dich.«

Eine Peitsche knallte, traf Janet am Rücken und trieb sie zurück. Wayne drehte sich und erblickte Mrs. Rondel, eine strahlende Gestalt auf einem goldenen Thron, von Engeln umgeben. Sie lächelte ihn an, und ihre strahlende Wärme sprang auf ihn über. Sie warf die Peitsche fort, griff nach ihm, hob ihn hoch und setzte ihn wie einen kleinen Jungen auf

ihren Schoß. Sie war jetzt nackt und drückte ihn an ihre riesigen Brüste, bis Wayne zu ersticken glaubte.
Er stieß sie fort, und sie verwandelte sich in einen gigantischen Eibisch, der ihn verschlang. Wie ein Mann, der in Treibsand geraten war und sich daraus befreien wollte, kämpfte er gegen die klebrige Masse an, bis er eine Öffnung fand, und langsam arbeitete er sich durch den Morast nach oben vor und erreichte festeren Grund.
Er befand sich an einem Ort, der entfernte Ähnlichkeit mit Rondels Wohnzimmer besaß. Aber im Gegensatz zu dem verkommenen Original war dieser Raum sauber und ordentlich, und auf den Regalen stand wunderschöner Zierat, und die Atmosphäre war wie verzaubert. Wayne war ein kleiner Junge, und Mrs. Rondel und der Mann, der Wayne für ihren Gatten hielt, lächelten ihn an.
Dann betraten sechs schwarzgekleidete Männer den Raum. Sie hoben Mr. Rondel hoch und trugen ihn wie einen Sarg durch die Tür. Er lächelte noch immer, als er verschwand.
Mit seinem Verschwinden ging eine plötzliche Veränderung einher. Ein Wirbelwind verwüstete das Zimmer, das sofort seine verzauberte Atmosphäre verlor. Die Dinge büßten ihre Schönheit ein, der Raum knirschte wie ein splitternder Spiegel und zerbrach in tausend Stücke. Mrs. Rondel stieg wie ein Ballon in die Höhe und schwebte mit einem dümmlichen Engelslächeln über ihm. Dann wurde auch er von dem Wirbelwind gepackt, hochgehoben und fortgetragen, um dann so abrupt, wie er ergriffen worden war, an einem anderen Ort wieder abgesetzt zu werden.
Er stand auf einer kahlen Ebene, und heftige Windstöße wirbelten Staub vom Boden auf. In der Ferne erhob sich ein großes Kreuz. Als er sich ihm näherte, wurde es größer, und er erkannte, daß Jesus an dem Kreuz hing. Jesus verströmte sein Blut in riesigen hellroten Tropfen, die am Fuß des Kreuzes einen kleinen See bildeten.
Jesus sah ihn offen an, und in seinen Blicken mischte sich der Schmerz seiner Qualen mit heiliger Barmherzigkeit.
»Was kann ich für dich tun, mein Sohn?« fragte er sanft. Als

Wayne nicht antwortete, fuhr Jesus fort: »Vergebung? Was war deine Sünde?«
Und dann verzerrte sich Christi Gesicht vor Entsetzen. »Nein. Nicht das. Nicht einmal ich kann dir das vergeben. Du mußt diese Last allein tragen. Ich lasse dich für immer fallen. Du wirst niemals das Königreich meines Vaters betreten, du wirst niemals Seiner Gnade teilhaftig werden.« Und mit dieser Verdammung zog Jesus sein Kreuz aus dem Boden, schulterte es, wandte sich ab und ging langsam mit seiner schmerzhaften Bürde davon.
Dann wurde der Wind zu einem Sturm und wirbelte so viel Sand und Staub auf, daß Wayne nichts mehr sehen konnte. Blind wankte er durch den Orkan und fragte sich erneut, was er hier tat und was er hier zu erreichen hoffte. Bisher hatte er nur eine Menge Dinge über Rondels Geisteszustand herausgefunden, die ihm nicht sehr gefielen. Es gab keinen Hinweis darauf, daß Rondel geholfen worden war oder daß ihm geholfen werden *konnte*.
Er erreichte eine Kapelle, die im Licht von tausend Kerzen leuchtete. Hier war alles still und friedlich, aber für Wayne gab es hier nichts zu tun. Er näherte sich der Tür an der gegenüberliegenden Wand der Kapelle. Seine Schritte hallten hohl im Gewölbe.
Als er nach der Türklinke griff, hörte er eine Stimme. »Geh fort, Corrigan. Ich will dich hier nicht haben. Laß mich allein.«
»Ich bin wegen Janet gekommen. Sie will dir helfen.«
»Laß sie mir. Geh fort.«
Wayne antwortete nicht. Er öffnete die Tür und trat über die Schwelle.
Plötzlich stürzte er in einen bodenlosen Abgrund, und kalter Wind peitschte ihm ins Gesicht. Die Wände des Abgrunds funkelten im Glanz von Myriaden Lichtpunkten, und Wayne blieb verborgen, was sie darstellten. Er versuchte, seinen Sturz zu beenden, aber es gelang ihm nicht. Hier im Zentrum von Rondels Bewußtsein besaß der andere Mann absolute Kontrolle über alles, was vor sich ging. Es erfüllte ihn mit leiser Furcht.

Wayne traf hart auf dem Boden auf. Er befand sich jetzt in einem Labyrinth, einem Labyrinth mit Glaswänden. Durch die Wände konnte er sehen, wie sich die verschlungenen Wege des Irrgartens in der Ferne verloren, ohne einen Hinweis auf den richtigen Weg zu liefern. Er rief nach Janet und glaubte, von fern eine Antwort zu hören. Ihm blieb nichts anderes übrig, als sich in diese Richtung zu wenden, und er marschierte los.

Es führte kein gerader Weg durch das Labyrinth. Der Gang wand, drehte und gabelte sich so oft, daß er den Überblick verlor. Gelegentlich geriet er in Sackgassen und war gezwungen, umzukehren und einen neuen Weg zu suchen – und selbst das war problematisch, denn der Gang hatte die Eigenschaft, sich hinter ihm zu verändern.

Er blieb in einer Sackgasse stehen und wurde fast von einem schweren Gegenstand getroffen, der dicht neben seinen Füßen zu Boden fiel. Gelassen stieg Wayne darüber hinweg und wanderte weiter. Kurze Zeit später wurde er nur knapp von einem Gitter mit spitz zulaufenden Stäben verfehlt, das sich hinter ihm senkte und ihm den Fluchtweg abschnitt. Die Luft war von seltsamen Lauten erfüllt, wie von Vögeln, die erdrosselt wurden, und seine Nase wurde gelegentlich von dem Gestank verwesenden Fleisches beleidigt. Ohne ersichtlichen Grund wurde es heißer oder kälter. Wayne ging weiter.

Das Labyrinth begann sich spiralförmig nach innen zu winden, wie ein Schneckenhaus, und die Wände verloren ihre Durchsichtigkeit und wurden zu Spiegeln. Wayne beschleunigte seine Schritte, und er spürte, daß er sich einem kritischen Punkt näherte. Als die Spiralen enger und enger wurden, begann sich der Boden unter seinen Füßen zu bewegen, trug ihn mit wachsender Geschwindigkeit fort, bis er sein Gleichgewicht verlor und mit dem Kopf voran dahinraste, ohne etwas dagegen unternehmen zu können.

Im Zentrum des Labyrinths prallte er hart mit einem Spiegel zusammen. Die Wände rückten näher, bis er von Spiegeln eingeschlossen war. Wo er auch hinsah, erblickte er sein

Spiegelbild, auf dem Boden sitzend, zurückstarrend, ihn verhöhnend.
Wayne Corrigan, der ihn mit tiefliegenden, schwarzgeränderten Augen ansah. Wayne Corrigan, der Versager ... Wayne Corrigan, der Unfähige ... Wayne Corrigan, der ewige Verlierer ... Wayne Corrigan, der zweitklassige Träumer, der Mann, der dazu bestimmt war, den Rest seines Lebens als Niete zu verbringen, ohne jemals die wahre Größe zu erlangen, die sich andere aneigneten, indem sie über seine mißlungene Karriere hinwegstiegen. Der Wayne Corrigan in diesen Spiegeln würde sein Leben im Sumpf der Mittelmäßigkeit verschleudern, während Leute mit weniger Talent es bis zur Spitze schafften.
»Nein«, sagte er mit lauter, fester Stimme, und seine Worte galten sowohl ihm selbst als auch den Bildern in den Spiegeln. »Du bist kein echtes Spiegelbild. Ich habe in diesem Traum gegen den Besten gewonnen, und ich kann wieder gewinnen. Ich werde mich nicht mit dem zweiten Platz abfinden. Niemals wieder.«
Er erhob sich und drohte dem Spiegelbild mit den Fäusten. »Niemals wieder, hörst du? Ich bin jedem gewachsen!«
Er holte mit der geballten Faust aus und schlug ein Loch in den Spiegel. Überall um ihn herum zersplitterten die falschen Bilder in Millionen Stücke und fielen lautlos zu Boden. Dahinter lag noch mehr Schwärze. Er ging hinein und stieg dabei über die Scherben des falschen Wayne hinweg.
Ein Schrei zerschnitt die Luft, und Wayne wußte, daß es Janet war. Er sah sich um, versuchte zu erkennen, woher der Schrei gekommen war, und glaubte, ihre kniende Gestalt in der Ferne zu sehen. Aber als er auf sie zulief, geriet er wieder in einen Spiegelwald, und jeder Spiegel zeigte nicht ihn, sondern Janet. Sie war auf dem Boden zusammengebrochen, schluchzte laut, aber es gab von ihr so viele Bilder, daß es ihm unmöglich war, die echte Janet zu finden.
Im Laufen schlug er wild mit den Armen um sich und zerschmetterte die Spiegel zu beiden Seiten. Das gesplitterte Glas schnitt ihn, übersäte seine Arme mit blutenden Wunden, aber

er rannte weiter, ohne sich um den Schmerz zu kümmern. Irgendwo dort vor ihm war Janet, und sie brauchte seine Hilfe – das genügte, um ihn anzuspornen.
Dann fand er sie, wie Alice im Wunderland von einem rasch wachsenden Teich ihrer eigenen Tränen umgeben. Er kniete neben ihr nieder, legte seine Arme um sie und sagte: »Es ist alles in Ordnung. Ich bin jetzt bei dir.«
Sie lehnte sich an ihn und versuchte verzweifelt, zwischen ihren Schluchzern zu sprechen. »Oh, Wayne, es war schreck... schrecklich«, stammelte sie. »Da waren diese Spiegel, und ... und ich habe hineingeschaut, und ... ich bin häßlich, und ich bin untalentiert, und ich verdiene es, so von ihm behandelt zu werden. Ich bin für niemanden gut genug.«
»Hat er dir *das* gesagt?«
»Ich habe es in den Spiegeln gesehen. Ich habe es immer gewußt. Deshalb bin ich Träumerin geworden, um davor zu fliehen...«
Wayne stand auf und zog sie ebenfalls hoch. Sie vergrub ihr Gesicht an seiner Brust, aber er legte seine rechte Hand unter ihr Kinn und hob ihren Kopf, bis sie ihn direkt ansah.
»Schau mit in die Augen, Janet«, sagte er langsam. »Schau dir dein Spiegelbild in meinen Augen an. Siehst du irgend etwas Häßliches, irgendein Anzeichen von Unvollkommenheit?«
Sie zögerte, blinzelte die Tränen fort. »Nein«, sagte sie schließlich.
Wayne zog sie fester an sich. »Natürlich nicht, denn die Häßlichkeit stammt von Vince. Er hat sie erzeugt, indem er deine kleinsten Selbstzweifel verstärkt hat, um dich abzulenken, um zu verhindern, daß du ihn in diesem Irrenhaus seines Geistes findest. Wir müssen ihm zeigen, daß er sich irrt, daß er uns nicht aufhalten kann.«
Ihre Tränen waren versiegt, und sie lächelte ihn an. »Wir? Du willst mir also wirklich helfen?«
»Ich muß es«, erklärte Wayne, und er dachte an seine eigenen Erfahrungen mit diesen Spiegeln. »Ich muß ihm – und

mir – beweisen, daß ich ihn auf jedem Schlachtfeld besiegen kann, selbst in der Feste seines eigenen Geistes.«
Die Welt um ihn bebte drohend, aber sonst geschah nichts. Nach einigen Momenten ließ Wayne Janet los und sagte: »Gehen wir.«
»Kennst du den Weg?«
»Nein, aber spielt das eine Rolle? Er ist hier irgendwo und versteckt sich. Wir müssen nur den Unrat in seinem Oberstübchen zur Seite räumen, und dann werden wir ihn finden.«
Sie gingen zusammen weiter. Rondels Bewußtsein schleuderte Erinnerungsbilder nach ihnen, einige kristallklar, andere von privaten Symbolen verzerrt und überwuchert. Einige der Erinnerungen waren scharf und mit spitzen Ecken versehen, andere waren vom ständigen Gebrauch abgestumpft. Einige waren glücklich, einige traurig, andere erschreckend, manche friedlich, aber die beiden Träumer ließen sich von ihnen nicht beirren und wanderten weiter.
An einer Stelle sagte Janet: »Schau nicht hin, Wayne!«
Wayne drehte gehorsam den Kopf, aber er fragte: »Warum nicht?«
Es dauerte einige Zeit, bis sie antwortete. »Es ist eine Erinnerung an ... einen Tag, den ich mit Vince verbracht habe. Sie gehört nicht zu den Dingen, auf die ich stolz bin. Ich möchte nicht, daß du jemals auf diese Weise von mir denkst – nicht nach heute nacht.«
Wayne tat, was sie ihm gesagt hatte, und ihre Worte ermutigten ihn. Ob sie es nun erkannte oder nicht, sie war bereit, eine Beziehung zu ihm einzugehen.
Als sie ihn an der Stelle vorbeigeführt hatte, setzten sie ihren Weg wie bisher fort. Manchmal sahen sie sich hohen Kristallwänden gegenüber, und die einzige Möglichkeit zum Weiterkommen war, über sie hinwegzuklettern. Für einen allein wäre es schwierig gewesen – zusammen konnten sie einander beim Überwinden des Hindernisses helfen, und sie stießen tiefer in das Bewußtsein von Vince Rondel vor.
Schließlich erreichten sie einen Raum, den sie beide instinktiv

als das Zentrum dieses Universums indentifizierten. An den Wänden mit ihrer Drapierung aus mitternachtsschwarzem Samt standen zahlreiche Wachsfiguren. Jede dieser Figuren stellte Vince Rondel in einer anderen Verkleidung dar: Rondel, der Cowboy ... Rondel, der Astronaut ... Rondel, der Polizist ... Rondel, der Glücksritter ... Rondel, der Märchenprinz – jede Traumrolle, die er je gespielt hatte, war hier zugegen, ein ganzes Leben voller Wunschträume, die schweigend die beiden Eindringliche anstarrten.

Und in der Mitte des Raums, wie eine moderne Skulptur, befand sich ein Ei aus rostfreiem Stahl, das schwerelos in der Luft hing. Seine harte, funkelnde Schale glitzerte sie herausfordernd an. Dies war die letzte Barriere. Sie hatten die Labyrinthe durchquert und den Erinnerungen widerstanden, und jetzt lag die Essenz von Vince Rondel eingekapselt vor ihnen.

»Irgendwelche Vorschläge?« fragte Wayne.

»Wir müssen es öffnen«, sagte Janet. »Wir müssen ihn herausholen, oder alles ist umsonst gewesen.«

»Das wird nicht möglich sein«, sagte eine Stimme. Wayne und Janet sahen sich verwirrt um und entdeckten, daß eine der Wachsfiguren zum Leben erwacht war. Vince Rondel kam auf sie zu, so ordentlich gekleidet wie immer, mit Anzug und Krawatte und manikürten Fingernägeln. Er lächelte sie verlegen an, aber er machte keine drohenden Bewegungen, als er sie erreichte.

»Ihr habt mich gefunden«, fuhr er fort. »Ich habe euch einen guten Kampf geliefert, aber ihr habt mich bezwungen.«

»Haben wir das?« fragte Wayne mißtrauisch.

»Ja. Ich bin bereit, euch zu folgen. Warum gehen wir nicht alle zusammen?« Rondel legte seine Arme um sie und zog sie mit sich.

»Was ist damit?« fragte Janet und deutete auf das große Stahlei.

»Oh, das ist nichts. Ihr habt mich gesucht, und hier bin ich. Wir können jederzeit gehen, wenn ihr wollt.«

»Einen Moment noch«, sagte Wayne. »Warum hast du das getan? Warum hast du all diese Menschen gequält?«

Rondel zögerte. »Nun, weißt du ... meine Mutter ist gestorben. Wir standen einander sehr nahe und ... nun, ich habe irgendwie die Beherrschung verloren. Der Kummer war dafür verantwortlich. Ihr wißt gar nicht, wie leid mir das tut, wirklich. Ich weiß, daß ich Strafe verdient habe – ich habe schreckliche Dinge getan. Aber es ist doch verständlich, oder? Wenn die Mutter eines Menschen stirbt, dann *muß* es ihn doch schwer treffen, meint ihr nicht auch?«
»Ich meine«, sagte Wayne, »daß ich gern einen Blick in dieses Ei werfen möchte.«
»Wirklich, es ist nichts, ich schwöre es«, erwiderte Rondel. »Warum sollte ich euch anlügen? Ich habe euch gerade den Grund für alles genannt. Ich habe nicht vor, mich der Bestrafung zu entziehen. Ich weiß, daß man mich für meine Taten entlassen wird. Vielleicht werde ich niemals wieder als Träumer arbeiten können. Habt ein Herz – was wollt ihr denn noch von mir?«
»Wir wollen nachsehen, was sich in diesem Ei befindet«, sagte Janet kühl.
»Was geht euch das überhaupt an?« Rondels Miene verdüsterte sich, das Funkeln des Wahnsinns kehrte in seine Augen zurück. »Was für ein Recht habt ihr, hier in meinem Geist herumzutrampeln, all meine Gefühle auf den Kopf zu stellen und in meinen persönlichen Erinnerungen zu wühlen? Ihr habt kein Recht, hier zu sein, wenn ich es nicht will. Verschwindet. VERSCHWINDET!«
Wayne und Janet tauschten Blicke aus. Es mußte sich in diesem Ei etwas für Rondel überaus Wichtiges befinden, wenn er es so heftig verteidigte.
»Es ist zu deinem eigenen Besten, Vince«, sagte Janet.
Aber Rondel hörte nicht zu. Die Wachsfiguren im Raum begannen sich langsam zu bewegen und die drei zu umzingeln.
»Das sagt sie immer: ›Es ist zu deinem eigenen Besten.‹ Aber das stimmt nicht. Es ist immer zu *ihrem* Besten. Niemand weiß, was gut für mich ist. Sie denkt immer nur an sich. Aber jetzt ist Schluß. Ich habe jetzt alles, und niemand wird es mir wegnehmen. Ich werde nicht zulassen, daß sie es mir weg-

nimmt. Ich werde euch nicht hineinlassen. Das werde ich nicht!«
Seine Finger bohrten sich in ihre Schultern. Die Wachsfiguren sprangen plötzlich auf sie zu und verschmolzen zu einer einzigen riesigen Gestalt. Rondel preßte Wayne und Janet aneinander und drückte so fest zu, als wollte er aus ihnen ein einziges Wesen machen. Seine materielle Manifestation löste sich vollständig auf, aber er existierte als erdrückende, alles umschließende Entität weiter. Wayne kämpfte dagegen an, aber es war sinnlos. Mit einemmal wußte er, was geschah.
Dies war die geheimnisvolle Macht, der er begegnet war, als er versucht hatte, in das verbotene Gebiet des Tempels einzudringen. Es war kein zufälliges Element in einem Traum, das mit Willenskraft manipuliert werden konnte – es war Rondels Lebensessenz, die sich gegen unwillkommene Eindringlinge wehrte. Wayne erinnerte sich an den entsetzlichen Druck, dem er damals ausgesetzt gewesen war, und für einen Moment überwältigte ihn Panik. Er wußte im tiefsten Innern, daß Rondel sie wahrhaftig töten konnte, indem er seinen Geist zusammenpreßte, bis nichts mehr von ihnen übrigblieb. Und er wußte auch, daß es einen Ausweg gab, den Weg, den er damals genommen hatte – er mußte den Traum völlig verlassen und in die sichere Realität des Sendestudios zurückkehren.
Aber wenn er das tat, hatte er verloren. Alles, wofür er um seiner Selbstachtung willen gekämpft hatte, würde dann verloren sein. Er würde nie wieder Gelegenheit haben, zurückzukehren und den Kampf zu wiederholen. Dies war die Entscheidungsschlacht, die einzige, die es gab und je geben würde.
Außerdem mußte er an Janet denken. Sie hatte etwas Derartiges noch nie erlebt, sie konnte nicht wissen, wie sie darauf reagieren mußte. Ihre Anwesenheit hier wurde nur von dem schwachen Signal ihrer Heimkappe gesichert. Was, wenn es ihr nicht gelang, sich aus Rondels Griff zu befreien? Was, wenn der Meisterträumer sie mit sich in den Abgrund seines Wahnsinns riß? Wayne durfte das nicht zulassen – nicht jetzt,

nachdem es ihm endlich gelungen war, das Feuer zu entfachen.
Einen Moment lang gab er dem zermalmenden Druck nach und konzentrierte seine Kräfte darauf, die Panik niederzuringen, die ihn erfaßt hatte. Erst als seine Gemütsverfassung stabilisiert war, stemmte er sich wieder Rondels mörderischem Druck entgegen und suchte nach Janet. Er entdeckte sie, und langsam, mühevoll, zog er den winzigen Kern ihres Bewußtseins zu sich heran. Sie war verängstigt und so panikerfüllt wie er noch vor einem Augenblick. Er versuchte, sie mit seinen Gedanken zu beruhigen und zu trösten und sie vor den schlimmsten Auswirkungen des Drucks zu schützen, der langsam das Leben aus ihnen herauspreßte.
Wir müssen gegen ihn kämpfen, teilte er ihrem Bewußtsein mit. *Wir müssen es gemeinsam tun. Er ist stärker als einer von uns allein, aber gemeinsam können wir es schaffen.*
Sie versuchte es, aber es gelang nicht. Sie waren noch immer zwei Individuen, die einander sehr nahe waren. Und der Druck nahm weiter zu. Rondel preßte ihrer beider Bewußtsein, ihre Seelen zusammen, bis sie zu zerplatzen drohten.
Öffne dich für mich, Janet, dachte Wayne. *Es ist die einzige Möglichkeit.*
Um es ihr zu zeigen, entfernte er die Barrieren, die ihn von ihr trennten. Er riß die Mauern nieder und enthüllte ihr die Liebe, die er empfand – ebenso wie den Haß, die Depressionen, seine eigenen Selbstzweifel, die Gefühle, die ihn spät des Nachts quälten und die er noch niemandem eingestanden hatte. Er breitete seine Seele vor ihr aus, weil er wußte, daß sie nur gegen Rondels Kraft siegen konnten, wenn sie ihn in sich aufnahm.
Sie zögerte noch einen Moment – und dann brach alles mit einemmal aus ihr hervor, in einem Gefühlssturm, der ihn fast überwältigte. Wayne sah die Unsicherheit, die sie, die mausgraue jüngere Schwester des schönsten Mädchens an der Universität, gepeinigt hatte, die Einsamkeit, der Zwang, sich auf der Schule hervorzutun, ihre Flucht in die Phantasie, die sie

schließlich Träumerin werden ließ, die Serie hoffnungsvoller Liebesbeziehungen zu Männern, die sie erniedrigen und ihr Selbstwertgefühl untergraben wollten. Aber da war noch mehr. Er sah sich selbst durch ihre Augen, und er sah einen Funken Hoffnung aufglühen, wo keine gewesen war. Er konzentrierte sich darauf, zog sie in sich hinein, machte aus ihr das *yin* seines *yang*, so daß sie für einen kurzen, dramatischen Moment ein Wesen waren, vereint zu einem einzigen Selbsterhaltungstrieb.
Die Hitze ihrer Einheit war eine Feuersbrunst. Sie schnitt wie ein Schneidbrenner durch den Schraubstock von Rondels Umklammerung und bahnte ihnen so mühelos einen Weg, als hätte der andere nie existiert. Nicht nur, daß sie aus dem schrecklichen, zermalmenden Griff entkamen, sondern die Kraft ihres vereinten Bewußtseins bohrte sich durch die harte, funkelnde Schale des rostfreien Stahleis, so daß es zerbrach und seinen Inhalt vor ihnen ausbreitete.
Alles war im Bruchteil einer Sekunde vorbei. Für diesen Augenblick waren ihre Seelen so miteinander verbunden, wie sie es noch nie zuvor erlebt hatten, und dann waren sie wieder wie zuvor – zwei verschiedene Menschen, jeder ein Individuum mit eigenem Leben. Aber sie waren nicht völlig getrennt. Nie wieder.
Wayne war von dem Eindruck dieser Einheit noch benommen, aber ein Instinkt zwang ihn, sich zu Rondels harter Schale umzudrehen, die jetzt gesplittert war. Er stand dem innersten Kern von Rondels Wesen gegenüber, der geheimen Kraft, die den Wahnsinnigen zu dem verrückten Versuch getrieben hatte, siebzigtausend Menschen zu töten. Was für einem Drachen oder Unmenschen oder entsetzlich mißgestalteten Ungeheuer würde er entgegentreten müssen, wenn es aus seiner schützenden Hülle herauskam?
Auf dem Boden saß ein kleiner Junge, nicht älter als sechs oder sieben Jahre, in einem blauen Schlafanzug mit einem Flugzeugmotiv auf der Brust. Er weinte.
Der Anblick war so grotesk, so konträr zu dem, was er erwartet hatte, daß Wayne fast in ein hysterisches Gelächter aus-

brach. Es gelang ihm nur mit Mühe, sich zu beherrschen, und er trat neben das Kind. »Was ist los?« fragte er.
Der Junge sah ihn nicht an. »Ich habe sie getötet.«
»Wen getötet?«
»Meine Mammi. Ich habe sie totgemacht.«
Wayne zögerte. Stimmte das? Hatte Rondel seine Mutter ermordet? Aber wäre in diesem Fall nicht die Polizei ins Studio gekommen, um der Sache nachzugehen? »Ich habe gehört, daß sie an einem Schlaganfall gestorben ist«, sagte er.
Der Junge schüttelte heftig den Kopf. »Ich habe sie umgebracht. Ich habe gebetet, daß sie stirbt.«
Janet gesellte sich zu ihnen. Auch sie schien noch unter dem Schock des überstandenen Erlebnisses zu stehen, aber sie war entschlossen, Rondel zu helfen. »Du kannst niemanden mit Gebeten umbringen, Vincie.«
Der Junge sah zu ihr auf. Seine Unterlippe hing nach unten. »Doch, ich kann. Gott erhört alle Gebete, das hat sie immer gesagt. Ich wollte, daß sie stirbt. Ich habe zu Gott gebetet, ich habe gebetet und gebetet und gebetet, bis Er mich schließlich gehört hat. Er kam und holte sie, weil ich es wollte – und jetzt wird Er mich bestrafen.«
»Warum wolltest du, daß sie stirbt?« fragte Wayne.
Das Kind Rondel sah ihn an, und sein Gesicht war zu einer schrecklichen Grimasse des Hasses verzerrt. »Ich habe sie umgebracht. Sie wollte mich nicht in Ruhe lassen, sie wollte mich nicht spielen lassen. Sie war immer bei mir, hat mich immer herumgestoßen, hat mir immer alles verboten, Vinnie, tu dieses nicht, Vinnie, tu jenes nicht. Vinnie ist ein böser Junge, der böse Vinnie muß bestraft werden. Ehre deinen Vater und deine Mutter. Töte sie. Hat mich immer festgehalten, konnte nie atmen. Wehr dich, wehr dich. Aber ich konnte nicht. Ehre deinen Vater und deine Mutter. Ich wollte hinausgehen und spielen, aber ich durfte es nicht. Es ist böse, sie sind alle böse. Durfte nicht spielen. Ehre deine Mutter. Sie wollte mich nicht gehen lassen. Ich wollte gehen, aber sie wollte es nicht. Ehre deine Mutter. Laß mich atmen, bitte, laß mich atmen. Nein. Böser Vinnie. Ehre deine Mutter. Nein. Laß mich nach drau-

ßen, bitte, laß mich nach draußen. Gott, bitte, töte sie. Bitte, Gott, bitte, oh bitte, bitte, bitte. Ehre deine Mutter. Böser Vinnie. Bitte, Gott, bitte, töte sie, mach sie tot, laß mich nach draußen, laß mich nach draußen, bitte, Gott, bitte.« Der Junge begann wieder zu weinen.

Wayne war von dem heftigen Ausbruch wie gelähmt, aber Janet schien besser damit fertig zu werden. Sie kniete neben dem weinenden Jungen nieder und sagte: »Es waren nicht deine Gebete, die sie umgebracht haben, Vinnie. Gott holt jeden zu sich, wenn Er es für richtig hält. Er hat einfach entschieden, daß jetzt der richtige Zeitpunkt war, deine Mutter zu holen. Deine Gebete haben nichts damit zu tun.«

»Aber Gott erhört alle Gebete«, schluchzte der Junge. »Sie hat es mir gesagt.«

»Ja«, nickte Janet. »Und ich wette, sie hat dir auch gesagt, daß manchmal die Antwort ›Nein‹ lautet.«

»Er hat meine Gebete erhört, und jetzt wird Er mich bestrafen«, beharrte der Junge.

»Wie lange hast du um ihren Tod gebetet?« fragte Wayne.

»Jahre. Jahre und Jahre und Jahre und ...«

»Wenn Gott vorgehabt hat, sie aufgrund deiner Gebete zu töten, hätte Er es schon vor langer Zeit getan. Er hat dir all diese Jahre mit ›Nein‹ geantwortet. Aber heute nacht war es einfach Zeit für Ihn, sie zu sich zu holen. Er hat es nicht aufgrund deiner Gebete getan. Er hat es getan, weil es für sie an der Zeit war zu sterben.«

»Aber ich habe mir ihren Tod gewünscht. Ich war böse. Er wird mich dafür bestrafen.«

»Nicht wenn du Ihn um Vergebung bittest«, sagte Janet. »Seine Gnade ist unermeßlich. Wenn du jetzt zu Ihm betest, wird alles gut. Komm, ich werde mit dir beten, wir werden zusammen beten.« Sie umschloß seine kleinen, zitternden Hände mit ihren. »Vater unser ... komm, sag es mit mir zusammen, Vinnie. Vater unser, der Du bist im Himmel ...«

Als sie mit dem Vaterunser fertig waren, wirkte der Junge sehr viel ruhiger. Er sah zu Janet und Wayne auf und mühte

sich sogar ein schwaches Lächeln für sie ab. Janet erwiderte das Lächeln und strich ihm über das Haar. Der Junge gähnte und legte sich auf den Boden. Er steckte einen Daumen in den Mund, rollte sich wie ein Embryo zusammen und schlief friedlich ein.
Wayne seufzte erleichtert auf. »Ich habe nicht gewußt, daß du so religiös bist«, flüsterte er.
»Das bin ich nicht – aber Vince ist es«, erwiderte sie. »Ich mußte ihm Dinge sagen, die ihn beruhigen, ob ich sie nun selber glaube oder nicht.«
Sie sah zu dem schlafenden Jungen hinüber. »Das Problem liegt nun klar auf der Hand. Ich glaube nicht, daß wir ihn geheilt haben, aber zumindest werden die Ärzte nun wissen, worauf sie sich konzentrieren müssen. Wir haben alles getan, was in unserer Macht stand.«
Sie sah Wayne einen Moment lang an und blickte dann rasch fort. Die Erinnerung an ihre Vereinigung war noch zu frisch. Es gab soviel, das sie beide verarbeiten mußten. Keiner von ihnen wollte jetzt darüber sprechen.
Wayne nickte. »Wir gehen besser, bevor wir ihn wieder aufwecken. Wir sehen uns in der wirklichen Welt.«
Wayne wartete, bis Janet vollständig aus dem Traum verschwunden und in Sicherheit war. Jetzt war er allein. Er warf dem Kind, das all dieses Leid verursacht hatte und nun friedlich wie ein Engel schlief, einen letzten Blick zu. Dann verließ er ohne Bedauern den Traum und kehrte in seinen richtigen Körper zurück.

16

Wayne war auf das, was ihn nach dem Aufwachen erwartete, nicht vorbereitet. Sein Körper war eine einzige Masse aus pochendem Schmerz, der vom Kopf bis zu den Zehen wühlte und vor allem die linke Seite peinigte. Er schwamm im Meer seines eigenen Schweißes, und wo die Traumkappe befestigt gewesen war, fühlte sich seine Schädeldecke an, als wäre sie in

Lava getaucht. Er versuchte, sich zu bewegen, aber er konnte es nicht. Selbst die Augen zu öffnen erwies sich als zu große Anstrengung. Um ihn waren Laute und Stimmen, doch sie schienen alle schrecklich weit weg zu sein. Aufregung entstand ... Menschen, die sich schnell bewegten ... und er spürte, wie er hochgehoben und irgendwohin getragen wurde, aber das war alles, was er mitbekam.

Komisch, dachte er, und sein Verstand schien von seinem Körper getrennt zu sein. *Im Traum war ich ein Gott und konnte alles tun. Hier im wirklichen Leben bin ich hilflos.*

Er fühlte, wie er weiter getragen wurde, und dann befand er sich in einem schnell fahrenden Fahrzeug, aber er war zu verwirrt, um mehr zu erkennen. Die Realität verblaßte genau wie im Traum, und Wayne glitt mühelos in natürlichen, erholsamen Schlaf.

Dutzende Male kam er wieder zu Bewußtsein, um es bald darauf wieder zu verlieren. Manchmal bemerkte er – obwohl er nie seine Augen öffnete –, daß es hell um ihn war, und er hörte in weiter Ferne undeutliche Stimmen. Zu anderen Zeiten war es dunkel und sein Bett in Stille gehüllt.

Als er schließlich völlig erwachte, war in seinem Kopf eine seltsame Leichtigkeit, die nicht weichen wollte. Körperlich gesehen ging es ihm viel besser. Die Muskeln waren sehr steif, aber sie gehorchten ihm. Mit einiger Mühe gelang es ihm, wieder die Augen zu öffnen, obwohl er sie nicht dazu bringen konnte, sich zu konzentrieren. Alles war verschwommen, als wäre er ein Kurzsichtiger, der seine Brille verlegt hatte.

Er war in einem Krankenzimmer – die Krankenhausatmosphäre war unverkennbar. Alles war frisch und sauber und roch nach Desinfektionsmitteln. Auf dem kleinen Tisch neben seinem Bett und auf dem Boden entlang der Wände standen Körbe und Vasen voller Blumen.

Er mußte an eine Fernüberwachungsanlage angeschlossen sein, denn in dem Moment, als er sich umschaute, steckte auch schon eine Schwester den Kopf durch die Tür. Er schenkte ihr ein mattes Lächeln. Sie lächelte zurück und verschwand dann, um die Ärzte zu holen.

Binnen weniger Minuten war das Zimmer voller Menschen, die ihn untersuchten. Sie kontrollierten Puls, Atmung, Pupillendurchmesser, Nervenreflexe, Blutdruck, Temperatur und andere Körperfunktionen. Zwischen den Tests versuchte er, ihnen einige Fragen zu stellen. Seine Zunge fühlte sich seltsam an, war wie ein Bleiklumpen in seiner Mundhöhle, und er hatte Schwierigkeiten mit der Aussprache einiger Worte, aber irgendwie gelang es ihm, sich verständlich zu machen. Aus den knappen Antworten, die er erhielt, puzzelte er das Geschehene zusammen.
Seine Gehirnaktivität hatte während des Traums erheblich zugenommen, und bei der Rückkehr war es zu einer Überladung seines Nervensystems gekommen. Das Ergebnis war vergleichbar mit einem sehr schwachen Schlaganfall, und er war die letzten drei Tage bewußtlos gewesen. Möglicherweise würde er an einem Rehabilitierungsprogramm zur Verbesserung seiner Sprach- und motorischen Funktionen teilnehmen müssen, aber die Ärzte versicherten ihm, daß er in wenigen Monaten wieder so gesund wie eh und je sein würde.
Selbst diese geringe Anstrengung erschöpfte ihn völlig, und er schlief wieder ein, kaum daß die Ärzte gegangen waren. Als er das nächstemal erwachte, sagte man ihm, daß ein Besucher auf ihn wartete.
Ein kleiner Mann mit graumelierten, kurzgeschnittenen Haaren und einem dünnen Schnurrbart kam herein. Er trug einen konservativen Anzug und eine Hornbrille, und sein Gesichtsausdruck war undurchdringlich. Wayne hatte ihn noch nie zuvor gesehen, aber ein Blick überzeugte ihn, daß der Mann einen hervorragenden Pokerspieler abgeben würde – das Gesicht und die Augen lieferten nicht den geringsten Hinweis auf das, was hinter seiner Stirn vor sich ging.
»Wie geht es Ihnen, Mr. Corrigan?« fragte der Mann. »Ich bin Gerald Forsch.«
»Ich habe von Ihnen gehört«, sagte Wayne langsam, und es ärgerte ihn, daß seine Aussprache noch immer undeutlich war.

»Das kann ich mir vorstellen. Zunächst möchte ich mich dafür entschuldigen, daß ich Sie stören muß, obwohl Sie noch so schwach sind, aber in Washington wartet Arbeit auf mich, und ich muß in ein paar Tagen wieder zurück sein. Später, wenn Sie sich von Ihrer Tortur völlig erholt haben, werden wir Zeit zu einem ausführlichen Gespräch finden, aber ich möchte mich schon jetzt kurz mit Ihnen unterhalten, um einen Vorabeindruck von dem zu gewinnen, was geschehen ist. Würde es Ihnen etwas ausmachen, mit mir zu reden – natürlich völlig inoffiziell?«
»Warum nicht? Ich habe im Moment nichts anderes vor.«
»Ich möchte Ihnen sagen, daß Sie bewundernswerte Arbeit geleistet haben – die Rettung all dieser Menschen aus dem Traum. Sie haben den Dank der Regierung, was immer das auch wert sein mag – und was wichtiger ist, Sie haben den Dank der von Ihnen geretteten Menschen. Diese Blumen sind alle von ihnen, und man hat mir gesagt, daß die meisten gar nicht in Ihrem Zimmer untergebracht werden konnten. Der Vorfall beherrscht seit Tagen die Schlagzeilen der Zeitungen. Sie sind eine Art Held geworden.«
Wayne fiel keine Antwort ein, die nicht schnippisch oder zynisch geklungen hätte, und so sagte er nichts.
Nach einem Moment der Stille fuhr Forsch fort: »Die Informationen über die Ereignisse in diesem Traum sind zwangsläufig vage und widersprüchlich. Könnten Sie mir eine Zusammenfassung Ihrer Erlebnisse geben? Nur eine grobe Schilderung – ich weiß, Sie sind krank. Später haben wir Zeit für einen ausführlicheren Bericht. Ich möchte nur einiges für meinen eigenen Bericht wissen.«
Wayne skizzierte die Geschehnisse im Traum so kurz wie möglich. Forsch hörte aufmerksam zu und machte sich gelegentlich einige Notizen. Als Wayne fertig war, sah der Regierungsbeamte einige Sekunden lang schweigend auf seinen Notizblock, ehe er wieder das Wort ergriff.
»Ich weiß, daß mir ein gewisser Ruf vorausgeht«, sagte er. »Ich habe in der Vergangenheit Erklärungen abgegeben, die sich kritisch mit der Traumindustrie auseinandersetzten, und

sie waren nicht dazu gedacht, mir Freunde zu machen. Die Spiegelman-Affäre und jetzt die Sache mit Rondel haben augenfällig die potentiellen Gefahren der Traumtechnologie enthüllt.
Ich bin kein Ungeheuer, Mr. Corrigan. Es ist nicht meine Absicht, wie ein Racheengel über die Traumindustrie herzufallen und sie dem Erdboden gleichzumachen. Aber ich habe ein berechtigtes Interesse an der öffentlichen Sicherheit. Als Sie sich in Rondels Traum eingeschaltet haben, ging es Ihnen darum, die Zuschauer nach besten Kräften zu schützen, und Sie haben das getan, was getan werden mußte. Das ist alles, was ich versuche. Ich möchte, daß Sie mir helfen.«
»Ich werde der Traumindustrie nicht schaden«, sagte Wayne fest. »Sie bedeutet mir zuviel.«
»Ich versuche nicht notwendigerweise ihr zu schaden«, seufzte Forsch. »Aber sie muß sich für das, was sie anrichtet, verantworten. Wir können nicht zulassen, daß noch ein Träumer verrückt wird und sein Publikum tötet, bevor wir ihn aufhalten können. Ich bin Politiker, ich kenne die Kunst des Kompromisses. Ich bin bereit, mir vernünftige Lösungen anzuhören, wenn sie die Sicherheit des Publikums garantieren.
Meiner Meinung nach«, fuhr er fort, »liegt das Problem in der Tatsache begründet, daß man nicht vorhersagen kann, wie ein Träumer reagieren wird. Die ideale Lösung wäre, die Träume aufzuzeichnen und sie vor der Sendung zu überprüfen – aber wir beide wissen, daß das unmöglich ist. Nach den Worten der Experten sind wir von dieser Technik noch zehn Jahre entfernt. In der Zwischenzeit muß ein Traum direkt übertragen werden, und der Träumer hat absolute Macht über das, was in ihm geschieht. In der Politik gibt es eine Maxime über den korrumpierenden Einfluß, den Macht auf jemanden ausüben kann. Solange ein Träumer die völlige Kontrolle hat, besteht die Möglichkeit, daß er seine Macht mißbraucht.«
»Aber wenn ein Träumer keine völlige Kontrolle hat«, entgegnete Wayne, »gibt es keinen überzeugenden Traum. Er wäre ohne jeden Unterhaltungswert, und die gute Absicht würde sich ins Gegenteil verkehren.«

»Haben Sie irgendwelche Vorschläge?«
Wayne dachte einen Moment lang nach. »Ich kann mir nur zwei Möglichkeiten vorstellen, um die Macht eines Träumers zu begrenzen. Entweder man verringert die Sendeleistung – was das potentielle Publikum einschränkt –, oder man sorgt dafür, daß es nicht nur einen Träumer gibt.«
»Sie meinen, man läßt zwei Träumer zusammen agieren, so wie Sie sich mit Rondel die Macht geteilt haben.«
»Hoffentlich nicht *so*. Aber ja, man kann zwei Träumer zusammenarbeiten lassen. Ich habe es schon oft getan, wie die meisten von uns. Es erfordert mehr Personal und viel mehr Koordination, aber es ist möglich.«
Forsch dachte über den Vorschlag nach. »Zwei Träumer in einem Traum, keiner besitzt die völlige Kontrolle, jeder ist in der Lage, im Fall des Falles dem anderen zu helfen. Die Chancen, daß beide zur gleichen Zeit zusammenbrechen, sind sehr gering – und selbst wenn das geschieht, würden beide wohl kaum die gleichen Ziele verfolgen.« Er nickte. »Ja, dieser Vorschlag hat gewisse Vorteile. Ich werde darüber nachdenken und ihn mit einigen anderen Leuten diskutieren. In ein paar Wochen setze ich mich wieder mit Ihnen in Verbindung. Wenn Ihnen irgendwelche anderen Ideen kommen, rufen Sie mich an. Mort Schulberg hat meine Washingtoner Nummer. Bis dahin – nun, ich möchte Ihnen noch einmal meine Glückwünsche für das aussprechen, was Sie getan haben.«
Als er fort war, versuchte Wayne, die Begegnung aus seinen Gedanken zu verdrängen, um wieder einschlafen zu können. Er war ständig müde, und er wünschte, ein ganzes Jahr lang nicht mehr geweckt zu werden. Aber kaum hatte er die Augen geschlossen, als die Schwester hereinkam und ihn fragte, ob er zwei weitere Besucher empfangen wollte – Bill DeLong und Janet Meyers. Trotz seiner Müdigkeit war Wayne hocherfreut, sie zu sehen.
»Wie geht's unserem Helden?« fragte DeLong, als er Janet in das Zimmer begleitete.
»Schrecklich«, sagte Wayne. »Wenn ich jemals wieder den

Helden spielen will, müssen Sie mir das ausreden.« Er wurde ein wenig ernster. »Wie geht es Vince?«
»Er ist schlimmer dran als du, falls dir das ein Trost ist«, antwortete Janet. »Um die Wahrheit zu sagen, er liegt nur ein paar Zimmer weiter. Er ist so schwach, daß er kaum sprechen oder sich bewegen kann, und so überempfindlich, daß ihn die winzigste Aufregung in Weinkrämpfe ausbrechen läßt. Wie du hat er eine Menge Gewicht verloren. Die Ärzte meinen, daß er sich von dem Nervenschock vielleicht niemals ganz erholen wird – und er wird nie mehr träumen können, selbst wenn man ihm nicht die Lizenz entzogen hätte.«
Janet brauchte die letzte Bemerkung nicht zu verdeutlichen. Das würde – mehr als alles andere – Rondels härteste Strafe sein. Ein Träumer lebte, um seine eigenen Realitäten zu erschaffen und sie in den Träumen Gestalt annehmen zu lassen. Träumen wurde für ihn zum Lebensinhalt. Ihn davon auszuschließen, ihm das Träumen zu verbieten, bedeutete, einem Adler die Flügel zu stutzen und ihn aufzufordern, für den Rest seines Lebens zu hüpfen und niemals wieder die Freiheit des Himmels zu genießen. Für einen Träumer von Rondels Kaliber war der Verlust der Traumfähigkeit wie die Verdammung in eine schlimmere Hölle, als Rondel sie sich hätte vorstellen können.
Er wechselte das Thema. »Wie läuft es im Studio?«
»Alles still«, sagte DeLong. »Die ganze Branche ist geschlossen.«
»Alle Sender?«
»Alle Sender«, bestätigte Janet. »Die gesamte Traumindustrie im ganzen Land. Alles dichtgemacht, einfach so. Hat Forsch dir nichts davon gesagt?«
»Nein, er hat nichts in dieser Hinsicht erwähnt«, erwiderte Wayne.
DeLong gab ein Kichern von sich. »Tja. Er hatte wahrscheinlich Angst, daß Sie trotz Ihrer Krankheit aus dem Bett springen und ihn erwürgen würden. Ich fürchte, unser Freund Vince hat einen nationalen Aufstand ausgelöst. Wir werden mit Klagen bombardiert – vor allem von Frauen, und nach

dem, was Sie mir erzählt haben, sind sie alle berechtigt. Aber ich weiß nicht, woher wir das Geld nehmen sollen. Dramatische Träume wird wahrscheinlich Konkurs anmelden müssen. Jeder hat Angst, und niemand weiß, wie es weitergehen soll. Und in der Zwischenzeit ist eine ganze Industrie arbeitslos. Alle sind ohne Stellung, bis Forsch und seine Freunde entscheiden, was aus uns wird.«
Wayne erzählte ihnen von dem Gespräch, das er mit dem Mann von der BKK geführt hatte, von seinem Vorschlag, in Zukunft zwei Träumer zusammenarbeiten zu lassen, und er erwähnte Forschs positive Reaktion.
DeLong war nicht optimistisch. »Nun, er hat leicht reden – aber wie ich die Regierung kenne, wird es noch sechs Monate dauern, bis sie sich zu einer offiziellen Entscheidung durchringt. In der Zwischenzeit werde ich keine Träume mehr schreiben können und mich zur Abwechslung nach ehrlicher Arbeit umsehen müssen.«
Er sah Wayne seltsam an. »Sie sind der einzige Pluspunkt, den die Branche aufzuweisen hat – ein richtiger Held. Sie sind in allen Zeitungen und in allen Nachrichtensendungen gewesen. Die Menschen lieben Sie fast so sehr, wie sie Vince hassen. Ich will Ihnen sagen: Verkaufen Sie keinem Fremden die Rechte an Ihrer Geschichte. Lassen Sie sie mich für Sie schreiben, und wir beide werden ein Vermögen machen.«
»Das ist ein Wort«, lachte Wayne. Die beiden Männer schlugen ein, und dann entschuldigte sich DeLong und ließ Wayne mit Janet allein.
Lange Zeit scheuten beide davor zurück, etwas zu sagen oder sogar einander anzuschauen. Schließlich fragte Wayne: »Wie ist es dir ergangen?«
»Ganz gut«, sagte Janet. »Ich war nach dem Aufwachen ein wenig erschöpft, aber ich habe nicht im entferntesten soviel Energie verbraucht wie du. Mit mir ist alles in Ordnung.«
»Gut.« Und dann, bevor er es verhindern konnte, brach es aus ihm hervor. »Ich habe alles ehrlich gemeint, Janet. Alles, was ich dir gezeigt habe. Alles war wirklich.«
»Ich weiß.« Ihre Stimme war so leise, daß er sie kaum verste-

hen konnte. »Du hättest nicht heucheln können, was ich dort gesehen habe – ebensowenig wie ich heucheln konnte, was du gesehen hast. Wir beide haben ein großartiges Erlebnis gehabt.«
Janet zuckte die Schultern und schenkte ihm ein Lächeln.
»Ich liebe dich, Janet.«
»Ich ... ich liebe dich auch, Wayne.« Sie beugte sich zu ihm hinunter und legte für einen Moment ihre Hand auf seine, um sich dann plötzlich abzuwenden. »Aber das alles scheint jetzt keine Bedeutung mehr zu besitzen. Wir haben unsere Stellung verloren, und vielleicht ist die gesamte Traumindustrie am Ende. Wie können zwei Träumer leben, ohne zu träumen? Was für eine Zukunft wird es für Menschen wie uns geben?«
»Das hängt davon ab, was wir aus unserer Zukunft machen.«
Vor vier Tagen hätte ihn diese Nachricht so bedrückt, wie sie nun Janet bedrückte. Aber nach dem, was er in jenem Traum durchgemacht hatte, hielt die Zukunft keine unüberwindlichen Schrecken für ihn bereit. Er hatte Vertrauen in sich selbst – genug, um zu wissen, daß *er* auch im wirklichen Leben der einzige Schöpfer seiner Träume war.
»Ich weiß, daß die Aussichten im Moment düster sind«, fuhr er fort, »aber so wird es nicht bleiben. Niemand kann eine Technologie verbieten, sobald sie existiert – sie können ihre Verbreitung nur verlangsamen. In etwa sechs Monaten wird es wieder losgehen. Die Öffentlichkeit verlangt genau wie wir nach den Träumen. Wir müssen nur beweisen, daß wir mehr Sicherheit bieten können als bisher.
Warum, glaubst du, habe ich Forsch vorgeschlagen, zwei Träumer pro Traum einzusetzen? Damit ich wieder mit dir zusammenarbeiten kann. Wir sind jetzt ein Team. Wir haben es in diesem Traum bewiesen. Für uns beide gibt es kein Hindernis, das wir nicht überwinden können.«
Er ergriff ihre Hand und zog sie an sich. Sie beugte sich über ihn, und sie küßten einander ... Und alle Gedanken an die Zukunft verloren sich in einem immerwährenden Augenblick.

Das Beste aus Raum und Zeit

Bass, T.J.:
Der Gott-Wal
256 S. Band 5751

Fuchs, Werner (Hrsg.):
Straße der Schlangen
192 S. Band 5761

Fuchs, Werner (Hrsg.):
Licht des Tages, Licht des Todes
174 S. Band 5749

Kilworth, Garry:
Gemini-Götter
240 S. Band 5765

Silverberg, Robert:
Auf zu den Hesperiden
160 S. Band 5752

Silverberg, Robert:
Die Kolonisten Terras
127 S. Band 5740

Silverberg, Robert:
Zeit der Wandlungen
192 S. Band 5730

Simak, Clifford, D.:
Fremde Besucher
240 S. Band 5759

Simak, Clifford, D.:
Mastodonia
189 S. Band 5748

Simak, Clifford, D.:
Poker um die Zukunft
208 S. Band 5768

Sladek, John:
Roderick oder die Erziehung einer Maschine
304 S. Band 5750

Sladek, John:
Die stählerne Horde
203 S. Band 5742